여수역

여수역

양영제 지음

좋은땅

차 례

1
기차

순천역에서 윤훈주가 올라탄 KTX 고속열차는 전라선 마지막 종착역 여수를 향해 출발했다. 동창 아버지 부음 소식을 듣고 서울서 내려가는 길에 순천에 들러 요양병원에 있는 아버지 윤호관을 방문한 후였다.

이내 비릿한 냄새가 객차 안으로 스며들어 왔다. 구둣발 소리에 묻어 들어왔다. 검은 제복을 입은 승무원이 종착역 여수를 앞두고 객차 문을 열고 들어왔다. 객차 창문에 머리를 기대고 생각에 잠겨 있던 몸뚱이가 움씰거렸다. 세월이 흘러 오십 중반을 넘은 나이가 되어버린 지금도 어릴 적 도둑기차에 올라탄 것처럼 몸이 움찔거리는 게 이상했다. 하지만 구둣발 소리가 사라질 때까지 눈을 감고 자고 있는 척하기로 했다. 왠지 그래야 할 것 같았다. 그러지 않으면 머릿속에 그리고 있는 여수 동쪽 푸른 바닷가 풍경에 검정색이 마구 번질 것 같아 움쭉도 않고 코만 벌름거렸다. 생선 비린내 같기도 하고, 해초 냄새 같기도 하며, 피 냄새 같기도 하여 분별할 수 없는 해감내가 코를 후비며 파고 들어오고 있었다.

해감내는 윤훈주 머릿속에 물감처럼 번지면서 그림을 계속 그리기 시작했다. 건들 바닷바람에 억새들이 차례대로 쓰러지다가 이내 일어나는 순천만 갈대밭을 그렸고, 누런 벼들이 파도를 일으키는 광양만 간척지 개펄을 그렸다. 기차는 검은 모래사장이 펼쳐진 만성리해수욕장을 지나 해안 절벽을 아슬아슬하게 휘감고 달리는 모습이 그려졌다. 기차 창문은 짙푸른 여수 동쪽 바다가 여백 없이 가득 들어찼나 싶을 때 순식간에 시커멓게 변해 버렸다. 기차가 굴 안으로 빨려들어가 버린 것이다. 요란한 기차바퀴 소리가 귓전을 때렸다. 여수 사람들이 만성리 굴이라고 부르는 기차 굴이었다.

기차가 만성리 기차 굴을 빠져나오자마자 짙푸른 바다가 펼쳐졌다. 여수 동쪽 바다였다. 바다 위에는 짠물에 몸을 절이고 있는 거대한 통나무들이 둥둥 떠 있었으며, 바닷가 개활지에선 아이들이 뛰놀고 있는 모습이 아스라이 보이는 것 같았다. 그때부터 기차가 서서히 제동을 걸기 시작하면 기차바퀴와 선로가 마찰을 일으키면서 튕겨내는 불꽃과 함께 날카로운 쇳소리가 귓전에 들려왔다. 그 지점에서부터 옥수수가 선로를 따라 커튼처럼 늘어서 있고, 그 너머에 판자촌 귀환정 마을이 얼핏 보였다.

기차가 귀환정 판자촌을 지나쳐 가는 동안 선로 곁에는 철길을 건너려던 귀환정 사람들이 우두커니 서 있으면서 기차에 타고 있던 승객들을 향해 손을 흔들었다. 그 시절에는 왜 귀환정 사람들이 기차 승객을 향해 손을 흔들었는지 모르지만, 타지에서 오랜 시간 기차를 타고 여수에 귀환한 여수 사람을 환영하는 인사 같았다.

기차 창문에 비치는 귀환정 사람들 모습은 지푸라기 허수아비처럼 희극적이었다. 이윽고 기차가 여수역 플랫폼에 들어서면서 길고 긴 전라선 선로를 달려왔던 기차는 숨을 몰아쉬었다. 기차가 더 이상 달릴 수 없는 여수역에 도착한 것이다.

"여……수, 여……수, 여……수, 여기는 종착역 여수역입니다. 여수, 여수, 잊으신 물건 없이 안녕히 가십시오. 여……수, 여……수, 여……수."

여수역 플랫폼 기둥에 매달려 있는 나팔스피커에서는 종착역 도착 안내 방송이 들려왔다. 나팔스피커 소리는 여수역 앞 덕충동 일대에 퍼져나갔다. 바다로도 번져나갔다. 저 멀리 바다에 떠 있는 오동도에서도 들릴 정도로 번져나갔다.

눈을 감고 어릴 적 디젤기관차가 여수역을 향해 달리던 모습을 회상하고 있던 훈주는 구둣발 소리가 완전히 사라지자 그제야 살포시 눈을 떴다. 그러나 기차는 해안절벽을 휘감아 달리지 않았다. 비린 바다냄새도 나지 않았다. 기차 창문 너머에는 바다가 펼쳐져 있지도 않았다. 만성리 기차굴을 향해 달리던 옛 기찻길이 아니었다. 고속열차는 새로 놓인 선로를 따라 마래산을 향해 달리고 있었다.

훈주가 어릴 적 시절 기찻길로 달리고 있었다면, 만성리역을 지나면서부터는 흰 파도가 돌돌 말아오면서 검은 모래를 핥아대는 만성리해수욕장이 눈에 가득 펼쳐보여야 했다. 그리곤 이내 기차 굴 어둠 속으로 빨려들어가야 했다. 그런데 바다가 얼핏 보인 듯했는데 고속열차는 마래산에 새로 뚫린 마래터널 속으로 들어가 버렸다.

기차 굴이든 마래터널이든, 디젤기관차든 고속열차든, 마래산을 뚫고 달리는 열차 창문은 시커멓게 변해버렸다. 옛날이나 지금이나 여수역에 도착하려면 반드시 여수 동쪽을 가로막고 있는 마래산을 통과해야만 하는 것은 세월이 흘렀어도 변함없었다.

마래산에는 버스 굴도 있었다. 기차가 다니는 기차 굴 바로 위에 나란히 얹혀 있었다. 여수 사람들은 만성리 버스 굴이라고 불렀다. 버스만 지나가는 것이 아니라 사람들도 걸어서 지나다녔던 굴이었다. 훈주가 어려서 동네 조무래기 아이들과 만성리해수욕장을 가기 위해서는 통과해야만 했던 어둡고 길며 무서웠던 굴이었다.

새마을운동이 전국적으로 들끓기 시작하던 1970년 한여름 아침나절, 여수역 광장에는 만성리해수욕장을 가려는 동네아이들이 모여들기 시작했다. 자동차 바퀴 튜브를 자랑스럽게 어깨에 걸친 아이도 있고, 수경을 이마에 올려놓고 폼을 잡은 아이도 있었다. 각자 수영하다가 물 먹고 죽지 않으려면 나름 물에 뜨는 장비들을 갖추어야 했다. 훈주는 플라스틱 석유통을 들고 나왔다. 석유통도 튜브만큼 물에 둥둥 잘 떴다. 아버지 윤호관이 꾸리는 쌀가게 번영상회에서 가져온 통이었다. 연탄과 함께 되로 파는 석유를 담는 통이었다.

여수역 광장에 모인 조무래기 아이들은 만성리해수욕장으로 가는 방법을 논의했다. 여수역과 만성리해수욕장까지 거리는 십 리 길이었다. 십 리라 해도 개구리도 뛰면 얼마든지 갈 수 있는 4킬로미터에 불과했다. 그러나 여수역과 만성리해수욕장 사이에는 마래산이 가로막고 있었다. 산을 지나가기 위해서는 마래산에 뚫려 있는 길고 무서운 굴을 통과해야 했다.

그것이 항상 마음에 걸림돌이었다.

어떤 아이가 도둑기차를 타고 가자고 제안을 했다. 하지만 전라선 종착역이자 시발역인 여수역에서 도둑기차에 올라타려면 기차가 역 플랫폼을 빠져나와야 했다. 바닷가 개활지 조개껍데기처럼 더덕더덕 붙어 있는 귀환정 옥수수밭에 몸을 숨기고 있다가 기차가 서서히 지나가면 날름 올라타는 것이었다. 그러나 키가 어느 정도 큰 중학생 아이들은 서서히 굴러가는 기차 난간을 붙잡고 올라탈 수 있었으나, 조무래기 아이들은 그럴 능력이 없었다.

훈주와 아이들은 걸어서 만성리해수욕장에 가기로 의견이 아우러졌다. 입이 여럿이면 쇠도 녹인다고 한통속이 된 아이들은 노래를 부르면서 만성리해수욕장을 향해 행군을 시작했다. 앞장 선 아이는 "새벽종이 울렸네. 새아침이 밝았네. 너도 나도 일어나."라는 새마을 노래를 부르며 앞서 나갔다. 이어서 다음 아이가 베트남전 참전용사를 반기는 유행가 '월남에서 돌아온 새카만 김상사'라는 노래를 꼭 가수 김추자처럼 몸을 흔들면서 불렀다.

만성리해수욕장을 향해 씩씩하게 여수역 광장을 출발한 아이들이지만 마래산 버스 굴 앞에서는 일단 멈춰서야 했다. 버스 굴은 천장에서 물이 뚝뚝 떨어지고 깜깜했으며, 바닥은 온통 울퉁불퉁 돌부리 천지였다. 그나마 지나가는 버스 불빛이 아니라면 거친 암석 벽을 손으로 더듬으며 걸어야 했다. 600미터가 넘는 길고 어두운 굴을 조무래기 아이들이 걸어서 가기에는 큰 용기와 결단이 필요했다.

"어찌끄나? 굴을 끼끄나 마끄나?"

훈주가 먼저 아이들에게 물었다. 사실 훈주 자신이 만성리 굴속을 걸어서 통과하기에는 제일 먼저 무섬증이 들었기 때문이었다.

"끼불자. 항개도 안 무서워야."

튜브를 어깨에 걸친 아이가 거침없이 대답했다. 그 대답은 훈주가 원하는 것이 아니었다. 그래서 이마에 수경을 얹은 아이에게 다시 물었다.

"그믄 니는?"

"나는 산딸기 딸랑께 산 위로 갈란다."

결국 여수역 광장에서 함께 출발한 아이들은 패가 나누어졌다. 모험을 즐기는 아이들은 굴을 통과하자고 했고, 용기가 부족한 아이들은 마래산을 넘어서 간다고 했다. 목적지는 같아도 주어진 상황에서 선택한 길은 달랐다. 굴을 관통하면 빠르게 만성리해수욕장에 갈 수 있겠지만, 자칫 잘못하여 넘어지고 부딪쳐 무릎이 까지고 머리에 피가 날 수도 있는 길이었다. 산을 넘어가면 시간은 더 걸리고 힘도 더 들겠으나, 적어도 피를 볼 위험은 없었다.

언제나 모험을 즐기는 아이들은 있는 것이라, 아이들 중 한 무리가 어두운 굴 안으로 걸어 들어갔다. 산을 넘어가기로 하여 굴 앞에서 걸음을 멈춘 아이들에게 조롱이라도 하는 듯 손을 흔들며 굴속으로 빨려들어 갔다. 그리고 이내 아귀 입 같은 굴 어둠이 아이들을 집어삼켰다. 굴속으로 들어간 아이들은 몇 발자국 못 가 무서움에 겨워 서로의 손을 잡고 휘파람을 불어댔다. 휘파람 소리는 어두운 굴속 암석 벽을 마구 때리며 울렸고, 천장에서 뚝뚝 떨어지는 물소리 공명은 귓전을 물어뜯었다.

지나가는 버스나 트럭 전조등 불빛이 아니라면, 굴속은 그야말로 사람이 죽더라도 어느 누구도 알아차리지 못할 정도로 어두웠다. 그 와중에도 꼭 맹랑한 아이가 있었다. 굴속에 사람 뼈가 무더기로 묻혀 있다는 무서운 말을 하는 아이였다. 실은 그 아이조차도 자기가 느끼고 있는 공포감보다 더 큰 공포감을 조성하여 자신을 지켜내려고 지어낸 말에 불과했다. 그러나 그 말이 아이의 상상력으로 지어낸 것만은 아니었다.

훈주와 함께 마래산을 넘어가기로 한 아이들이라고 해서 마음 편하게 넘어갈 수 있는 것도 아니었다. 산을 넘어가자면 힘이 들고 목도 마르고 배도 고팠다. 다행히 마래산에는 새빨간 산딸기가 피어나 있었다. 아이들은 목이 마르면 손으로 산딸기를 훑어 입안에 욱여넣었다. 새빨간 물이 입가에 질질 흘러내릴 정도로 산딸기를 따서 먹을 수 있어 목마름은 속일 수 있었다. 멍게, 해삼도 물속에서 붉은빛으로 피어난다고 하지만, 마래산 골에도 산딸기가 붉은빛으로 피어났다. 가끔 바다에 빠져 죽은 시체를 건져 올리면 해삼이 더덕더덕 붙어 있는데 산딸기도 무덤 옆에 무더기로 피어났다.

무덤 중에는 돌로 쌓은 돌무덤들도 많았다. 비바람에 무너져 속이 내비치는 붉은 돌무덤 주변에는 산딸기가 특히 많이 달려 있었다. 태아가 태어나서 피어나기도 전에 사망하게 되면, 어른들 무덤처럼 관에 시신을 넣어 묻는 것이 아니라, 붉은 항아리 안에 사체를 넣고 돌을 쌓아 산에 묻었다. 영아사망률이 높던 시절이었다.

마래산 꼭대기를 넘어 만성리해수욕장이 내려다보이기 시작하는 지점부터는 산딸기가 지천으로 피어났다. 마래산 굴을 넘어서면 산딸기는 무더기로 있었다. 커다란 묘가 있어서 그런지 애기들 돌무덤 주변과 달리 한

줄기에 뭉쳐 달려 있었다. 한 손으로 줄기를 훑어도 무더기 산딸기가 손아 귀에 가득 담겼다. 무더기 산딸기를 입안에 넣고 우물우물 씹으면 입가로 흘러내리는 산딸기 붉은 물이 윗도리까지 뚝뚝 떨어져 새빨갛게 물이 들 정도였다. 그러나 훈주와 아이들은 더 이상 갈 수 없었다.

"인자 내려가자. 더 가믄 안 되야."

"쩌어그 뫼똥에 가믄 더 많은디야."

"그래도 내려 가잔께. 아그들 굴에서 나온당께."

"아따 훈주 니는 겁도 많다야."

"여기 온 줄 우리 아부지가 알믄 나 디지게 맞아야."

거긴 여수 사람들의 발길이 닿지 않는 곳이었다. 용과 호랑이가 싸워 죽은 곳이라 하여 어른들도 일절 오지 않는 곳이었다. 아이들은 걸음을 멈 추고 산 아래 시퍼런 여수 동쪽 바다 풍경을 구경하고 있었다. 버스 굴 한 층 아래 해안절벽 기차 굴에서는 디젤기관차가 튀어 나왔다. 기차는 해 안절벽을 휘감아 타고 만성리역으로 내달렸다. 버스 굴에서도 아이들이 팝콘처럼 톡톡 튀어나오면서 환호성을 질러댔다. 길고 긴 어둠 속을 통과 하여 살아 나온 아이들은 산을 타고 넘은 아이들보다 한참 더 늦게 굴을 빠져나왔다. 산을 넘는 것보다 어두운 굴속을 걷는 것은 오히려 시간이 더 걸렸다.

훈주와 아이들은 다시 뭉쳐 만성리해수욕장을 향해 걸어갔다. 아이들은 누가 시키지도 않고 약속도 하지 않았으나, 돌을 어느새 주워 손에 쥐고 걸었다. 그리고 이내 나타난 절벽 아래 무척이나 깊고 넓은 웅덩이에 돌을 던졌다. 돌무덤을 쌓듯이 돌을 던졌다.

"여그에 용하고 호랑이가 싸우다 떨어져 죽었다고 글드라."

"쩌어그 위에 큰 뫼똥이 용하고 호랑이 무덤이라고 하드라."

훈주와 아이들은 어른들에게 전해 들은 이야기를 나누면서 돌을 던졌다. 아이들이 조막손으로 던진 작은 돌 때문에 깊고 넓은 웅덩이는 조금씩 메워져가고 있었다.

돌을 던진 아이들은 만성리해수욕장을 향해 뜀박질을 했다. 만성리 간이역 철길을 넘어 언덕 아래로 미끄러지듯 달려갔다. 검은 모래사장이 확 펼쳐진 해수욕장에는 하얀 천막들이 다닥다닥 붙어 피서객을 맞고 있었다. 아이들은 천막 사이를 빠져나가 태양에 달구어진 검은 모래를 밟고 또 달려갔다. 적당한 장소가 선택되면 그제야 옷을 벗어 모래 속에 파묻고 자신만이 알아볼 수 있는 돌을 얹어 모래무덤을 만들었다.

수영복으로 갈아입었든, 그냥 구멍 난 팬티만 입었든, 벗은 옷과 신발을 묻어 놓은 아이들은 바닷물에 뛰어들었다. 그러나 하루 종일 정신없이 물놀이를 했던 아이들이 해거름에 집으로 돌아갈 때에는 또다시 곤경에 처해야 했다. 옷 무덤이 피서객들의 발과 파도에 흔적조차 없이 사라져버리곤 했다. 벌거숭이 상태로 돌아갈 수는 없어, 할 수 없이 어디서 주운 마대 자루를 옷 대신 걸치고 맨발로 돌아가야만 하는 아이도 있었다.

"어찌끄나?"

"니 옷?"

"옷 말고 집."

"걸어가믄 되지."

"어두워지는디 만성리 굴을 또 끼야."

"산으로 가믄 되지."

"그믄 더 무서운디."

"그믄 기차로 가끄나?"

"기차 값 없는디야."

해수욕장에 올 때에는 의기양양했던 아이들이 집으로 돌아가야 할 때에는 기운이 없이 어두운 표정을 지었다. 날은 점점 더 어두워지고, 만성리역에 정차하는 완행열차 시간이 빠작빠작 다가오면, 허기와 두려움에 지친 아이들은 끝내 도둑기차를 탈 수밖에 없었다. 그 밖에 아이들이 집으로 돌아갈 수 있는 방법도 없고 달리 생각할 여력도 없었다.

사람이 자신의 생각으로 풀어낼 수 없을 정도로 어려운 상황에 놓이게 되면, 무엇이 합당하고 올바른 것인지 당장은 구분하기가 쉽지 않는 것이라, 집은 멀고 날은 어두운 상황에서 아이들이 선택할 수 있는 방법이라곤 도둑기차밖에 없었다. 배가 너무나 고픈 아이들로서는 도둑기차를 타는 것이 도덕적으로 어떤 것인지 생각할 힘이 없었다. 다만 한 가지 분명하게 알고 있는 것은 경찰한테 걸리지만 말아야 한다는 것이었다. 기차에 몰래 올라타더라도 철도공안경찰한테 걸리면 아이들로서는 감당할 수 없는 큰 곤욕을 치러야 했기 때문이었다. 그래도 기차에 올라타게 만든 것은 용기도 아니고 모험심도 아니었다. 단지 배가 고팠고 날이 어두워지고 있었을 뿐이었다.

만성리 언덕 위에 조그맣게 세워진 간이역에는 집으로 돌아가려는 피서객들이 바글거렸다. 여수역 광장에서부터 걸어서 온 어른들도 집으로 돌아갈 때에는 만성리 간이역에서 기차를 기다렸다. 해거름에 만성리 굴을 걸어가기에는 어른들도 무서웠다. 굴속으로 들어가기 전에 용과 호랑이가 싸우다 떨어져 죽은 웅덩이를 지나쳐 가는 것도 어른들은 사리었다. 훈주와 아이들은 간이역을 저만치 두고서 기찻길 옆 숲속에 숨어 순천에서 내려오는 완행열차가 도착할 때까지 기다렸다. 어떤 아이는 물속에 잠수하여 뜯어낸 청각을 한 다발 안고 있었다. 김치 담을 때 넣는 청각은 여수역 앞 역전시장에 들고 가면 돈으로 바꿀 수 있기 때문이었다. 멍게, 해삼 같은 것은 깊은 바다 속으로 들어가야 잡을 수 있지만 청각은 아이들 자맥질로도 쉽게 뜯어낼 수 있었다.

드디어 집으로 돌아갈 수 있는 기차가 만성리역에 도착하자 아이들은 열차 꽁무니를 돌아 반대편에서 올라탔다. 올라타긴 했어도 객차 안으로 들어가지는 못하고 객차와 객차가 연결된 통로에 옹기종기 모여 앉아 객차 이쪽저쪽을 마음 졸이며 살폈다. 검은 제복에 검은 구두를 신은 열차 차장이 표 검사를 하러 나타나면 재빨리 화장실로 숨든지 다른 객차로 도망쳐야 했다. 만약에 철도공안경찰이 나타나면 달리는 열차에서 뛰어내리더라도 절대 잡히면 안 되었다.

무궁화를 모자에 붙이고 있는 열차 차장에게 걸리면 몇 대 쥐어박히고 말 일이지만, 누런 제복을 입고 모자에 독수리 마크가 붙어 있는 철도공안경찰한테 걸리면 어디론가 끌려가기 때문이었다. 달리는 기차에서 뛰어내려 머리가 깨지는 한이 있어도 잡혀서는 안 될 일이었다. 철도청에는 따로 철도공안경찰이 있었다. 파출소 경찰이든 철도공안경찰이든 경찰은 죄다 무서웠다. 옆구리에 긴 칼을 찬 일본 순사가 무서웠듯이 방망이를 찬 경찰은 아이들뿐만 아니라 여수 사람들에게는 무서운 존재였다. 호랑이나 용만큼 무서웠다.

　순천을 거쳐 만성리로 내려 온 완행열차는 이미 콩나물시루였다. 만성리해수욕장 피서객들은 열차 난간을 잡고 올라타기 바쁘고 역무원은 아이들이 건너편 열차 난간으로 올라타고 있는 것을 눈치 챌 상황이 못 되었다. 아이들이 도둑기차를 타는 것을 알고 있어도 심하게 단속하지도 않았다. 어차피 아이들이 도둑기차를 타더라도 기차가 떠나버리고 나면 만성리 간이역 역무원이 책임질 일도 떠난 것이었다. 아이들이 최종적 상황에 처해지고 어떤 식으로든 최종해결이 되는 곳은 여수역이었기 때문이었다.

　완행열차는 피서객을 가득 태우고 다시 여수역을 향해 달렸다. 지정좌석이 따로 없는 완행열차는 발 디딜 공간이 없었다. 객차 연결통로는 물론이고, 물건을 올려놓는 선반 위에도 사람이 누워서 자고 있고, 마주보고 앉은 의자 팔걸이에도 사람들이 엉덩이를 걸쳐 놓은 채 졸고 있었다. 그나마 어디 기댈 곳이 없는 사람들은 그냥 서서 끄덕끄덕 졸았다. 기차 안 사람들이 뿜어내는 뜨거운 열기에 역전시장에 팔려가는 닭도 졸고 있었다.

　그러나 기차가 만성리 간이역을 뒤로하고 여수역을 향해 달리면 그때부터 기차에 타고 있던 여수 사람들은 하나둘씩 눈을 뜨기 시작했다. 종착역인 여수역에 도착한다는 안내방송이 들려오기도 전에 사람들의 눈이 등대 불빛처럼 끔벅끔벅 뜨기 시작하는 것은 콧구멍 속을 사정없이 후비고 들어오는 여수바다 해감내 때문이었다. 눈을 뜬 사람들은 죄다 창밖에 그려지고 있는 여수 동쪽 바다 정경을 바라보았다. 마치 갓난아이가 엄마 젖 냄새를 맡고 고개를 돌리듯 바다를 향해 고개를 돌렸다.

젖가슴을 풀어헤쳐 놓고 아기에게 젖을 물린 채 창문에 머리를 기대며 자고 있던 아낙도, 맥주병을 가슴팍에 안고 자고 있던 남정네도 입가에 흘린 침을 손등으로 쓰윽 닦고서 눈을 떴으며, 엄마 무릎에 기대어 자고 있던 아이도 벌떡 일어나 창밖을 바라보았다. 기차 창문은 차례대로 바다를 담아내면서 긴 벽화를 그려나갔다. 객차 창문에 오동도가 떠 있는 여수 동쪽 바다가 완전히 그려지려면 만성리와 여수를 가로막고 있는 마래산을 통과해야만 했다. 산이 바다로 흘러내려 갯바위와 맞닿은 해안선 절벽 위에 뚫려 있는 기차 굴을 들어갔다 빠져나와야 했다.

완행열차는 미래도 아니고 과거도 아닌 애매모호한 마래산 해안절벽을 뱀처럼 휘감고 기차 굴을 향해 달렸다. 기찻길 바로 위로는 훈주와 아이들이 걸어서 만성리해수욕장으로 왔던 길이 얹혀 있었다. 하지만 어둑해진 저녁나절에 걸어가는 사람은 찾아볼 수 없었다. 기차 굴과 버스 굴이 나란히 뚫려 있는 마래산 해안절벽은 절경이었다. 거기서부터 여수바다 냄새는 진동을 했다. 그러다 갑자기 기차는 어둠 속으로 빨려들어 갔다. 객차 창문은 시커멓게 변해 버렸고 기차바퀴 소리만 요란하게 귓전을 때렸다. 잠시 후 서서히 기차바퀴 소리가 잦아들기 시작하면 마술처럼 객차 창문에 여수 동쪽 바다가 순식간에 그려졌다.

"저어그 온다!"

"뭐! 경찰! 어찌그나. 뛰어불란다."

훈주가 기차 난간을 잡고 뛰어내릴 자세를 취할 때 아이들은 훈주에게 손가락질을 하면서 웃어댔다. 아이들은 기차 안에서도 그렇게 무서운 농담을 했다. 그러나 기차가 굴을 뚫고 나와 여수역 플랫폼에 진입하기 전에 훈주와 아이들은 정말로 기차에서 뛰어내려야 했다. 기차가 귀환정 판자촌 앞을 서서히 지나면 그 지점에서부터 아이들은 기차에서 뛰어내릴 자세를 취했다. 기차바퀴에 제동이 걸리면서 선로와 마찰을 일으키는 쇳소리가 날 때 뛰어내려야 했다. 머리가 깨져 피가 나도 기찻길을 거슬러 귀환정 판자촌을 향해 냅다 뛰어야 했다. 철도공안경찰이 방망이를 들고 쫓아올까 봐 죽을힘을 다해 뛰어야 했다. 아이들은 훈주 뒤꽁무니만 따라 살기 위해 뛰었다.

여수 안이라고 하지만 이방인 수용소 같은 귀환정 판자촌으로는 철도공안경찰이든 파출소 경찰이든 쫓아오지 못했다. 가로등이 없어 어두컴컴하고 태풍이라도 한번 불어오면 똥물이 넘쳐 똥냄새가 철길 건너 덕충동 산중턱까지 진동을 하며, 돌부리가 많아 걸핏하면 넘어지기 십상인 곳이었다. 훈주야 쌀가게를 하는 아버지 외상값 심부름 수금을 하러 무시로 드나든 곳이기 때문에 아무리 어두워도 손바닥 손금 같은 지역이었다.

"여……수, 여……수, 여……수, 여기는 여수역입니다. 여……수, 여……수……."

귀환정 판자촌을 향해 뛰는 아이들 귀에는 여수역 플랫폼 기둥에 매달린 나팔스피커에서 흘러나오는 도착 안내방송이 들려왔다. 그 소리가 아득할 정도로 뛰어야만 아이들은 안심할 수 있었다. 사람이 죽어도 경찰이 나타나지 않고, 여수 시내에는 무수한 교회 십자가가 하나도 세워져 있지 않은 곳이 귀환정이었다.

2
귀환정

귀환정 판잣집들은 집이라기보다는 남우세스러운 창고 같았다. 신문지나 시멘트 포대 종이로 판자벽을 도배한 방 하나가 고작 집이었다. 벽과 벽 사이 천장에는 구멍을 뚫어 전구 하나로 두 집 방을 비추고, 다락을 낸 방을 또 만들어 한 방에 한 식구 전체가 들어앉아 있는 귀환정 사람들이었다. 그래도 집이라고 하는지 어엿이 문마다 문패를 달아 놓고 있었다. 방 하나에 문패가 하나씩 붙어 있으니 다 합치면 삼백 호가 넘었다.

그 많은 귀환정 쪽방 사람들이 똥 누는 변소라곤 딱 하나밖에 없었다. 뒤가 급한 아이들이야 계집아이고 뭐고 바닷가에서 일을 봐도 누가 뭐라고 할 사람이 없었으나, 어른들은 항상 변소 앞에서 서성거리고 있었다. 딱히 마당이 있는 것도 아니라 바닷가 공터가 전부 마당이었다. 여기저기 빨랫줄이 거미줄처럼 이어져 있고, 빨래들이 바닷바람에 너풀거렸다. 빨랫줄에는 허연 소금기가 배어 있는 빨래들만 아니라, 가오리나 갑오징어들도 빨래인 양 함께 너풀거렸다.

그곳에 훈주와 같은 반 홍양숙 집이 있었다. 연탄공장에서 일하는 아줌마 딸이었다. 훈주가 아버지 쌀가게에서 외상으로 가져간 쌀과 연탄 외상값을 받으러 드나들던 집이었다. 훈주가 외상수금을 가봤자 방 안에 드러누워 있는 사람은 할머니뿐이었다.

"외상값 좀 받으러 왔는디라."

"아이 아가, 울 며느리 보고 갖다 줄라고 할랑께 오늘은 그냥 가거라."

"할매는 맨날 갖다준다고 함씨로 안 주요."

홍양숙 집은 항상 허탕만 쳤다. 햇볕에 말라 소금기만 하얀 미역줄기 같은 흰 머리카락을 쓰다듬으며 매번 훈주를 돌려보내게 만드는 할머니는 움펑눈을 박은 채 앞니가 빠져 무서웠다. 훈주를 쳐다보는 눈이 꼭 바닷물에 막 잡아 올린 갑오징어 눈알 같았다. 연탄공장에서 일하는 아줌마 시어머니고 홍양숙 친할머니였다.

서서 외상 주고 엎드려 외상값 받는다고 했다. 홍양숙 엄마가 머리를 조아리며 가져간 쌀과 연탄 외상값을 받으러 온 훈주를 홍양숙 할머니는 손짓으로 물리쳤다. 외상값이라고 해봐야 큰돈은 아니었다. 그래도 수금이 되어야 훈주가 뼁땅을 치든지 심부름값을 받든지 하여 용돈벌이를 할 수 있는데, 홍양숙 집만큼은 매번 허탕을 쳤다. 외상금액이 큰 집들은 훈주 아버지 윤호관이 직접 받으러 다녔으나, 몇 푼 되지 않는 귀환정 사람들 외상은 아들 훈주에게 심부름을 시켰다. 그렇다고 홍양숙 집 외상값이 푼돈이라고는 할 수 없었다. 쌀 한 봉지씩과 연탄 한 장씩 외상으로 가져간 것이 한 달 가까이 쌓이면 그것도 목돈이었다. 쌀가게 주인 윤호관도 머리를 조아리며 정미소에서 쌀을 받아온 것이고, 연탄공장에서 직접 손수레에 싣고 온 연탄이었다. 그래도 윤호관은 홍양숙 집 외상수금만큼은 훈주에게 심부름을 시켰다.

홍양숙 엄마는 연탄공장에서 일하기 전에는 낮에 바닷가에서 쥐치포 뜨는 일을 했고 밤에 기찻길에 떨어진 조개탄을 주워 시장에 내다팔면서 생계를 잇고 있었다. 증기기관차가 디젤기관차로 바뀌고 나서는 철길에 떨어진 조개탄마저 없어지고 연탄이 난방연료로 사용되자, 홍양숙 엄마는 연탄공장에서 일을 시작했다. 홍양숙 엄마가 돈벌이 일을 하는 공간이란 마래산 굴과 1킬로미터도 떨어져 있지 않은 여수역 사이 바닷가 개활지가 전부였다. 연탄공장도 그곳에 있었다.

연탄공장 앞 바닷가 공터는 아이들이 뛰놀기에 아주 좋은 곳이었다. 온돌바닥을 놓기 위한 구들장과 벽돌이 탑처럼 쌓여 있어 숨바꼭질 놀이에는 안성맞춤이었다. 물론 고무줄놀이를 하려고 모여든 여자아이들도 있었는데, 그중에 늘 등에 애기를 업고 고무줄을 발목에서 무릎, 허리, 가슴으로 올리는 줄잡이 계집아이가 있었다. 그 계집아이도 고무줄을 탔지만 고무줄 높이가 발목에서 무릎으로 올라가기도 전에 고무줄에 걸려서 벌칙으로 줄잡이 노릇을 해야 했다.

그 계집아이는 숨바꼭질 놀이에서도 항상 술래를 맡는 게 능사였다. 애기를 등에 업고 벽돌 사이에 숨어봤자 금방 들켜버렸다. 원점을 향해 뒤뚱뒤뚱 달려가 봤자 술래가 먼저 찜을 해버렸다. 그래도 놀이에 끼워주는 것만으로도 고맙게 여겼던 계집아이는 다른 여자아이들이 집으로 다 돌아가는 황혼녘에도 홀로 남아 고무줄을 탔다. 고무줄 한쪽 끝을 기둥에 묶어두고, 손으로 한쪽 끝을 잡아당겨 뒤로 돌아 노래를 부르며 고무줄을 탔다.

"무찌르자 공산당 몇 천만이냐. 대한남아 가는 길 저기로구나. 나가자. 어서 가자. 승리의 길로."

훈주가 보기에 참으로 희한한 고무줄놀이를 하고 있는 계집아이는 홍양숙이었다. 자기 엄마가 연탄공장에서 일을 마치고 나올 때까지 혼자 애기를 업고 고무줄을 탔다.

바다 수평선에 석양이 물들기 시작하면 놀던 아이들은 하나둘씩 집으로 돌아가고 바닷가에서 일을 하던 사람들도 귀환정으로 들어갔다. 바닷가에는 애기를 등에 업은 홍양숙만 홀로 남아 고무줄놀이를 하면서 노래를 부르고 있었다. 황혼 빛마저 바다가 삼켜버리고 오동도 등대 불빛이 툭툭 터지기 시작하면, 그제야 연탄공장도 하루 일이 끝나고 홍양숙의 고무줄놀이도 끝났다. 홍양숙이 업고 있던 업둥이를 받아 둘러업은 연탄공장 아줌마는 귀환정으로 들어가기 전에 철길을 건너왔다.

여수역 앞 덕충동 역전시장 모퉁이에 있는 쌀가게 번영상회 미닫이문을 조심히 열고 들어와서 훈주 아버지 윤호관에게 죄인처럼 머리를 조아렸다. 그때마다 윤호관은 눈을 내리깔고 마땅치 않은 표정을 지었다.

"나도 땅 파서 쌀 떼고 연탄 떼 와서 외상 주는 거시 아닌께 어쯔게 절반이라도 해결을 해야 서로 기분도 좋을 것인디……."

말은 그렇게 해도 윤호관은 홍양숙 엄마의 외상을 물리치지 않았다. 아들 훈주와 같은 반 여자아이의 엄마라서 그런 것이 아니었다.

"에또, 긍께로 오늘꺼 까지 보태믄 서른다섯 장이여. 본께로 서른다섯 장이믄 봉급을 받고도 넘었을 것인디 어째 외상이당가?"

윤호관은 장부를 들척이며 정(正)자 획수로 다섯씩 표시된 숫자 셈을 해본 다음 홍양숙 엄마를 쳐다보았다. 그리곤 새끼줄 끝에 매듭을 지어 구 공탄 구멍 사이에 밀어넣은 연탄 한 장을 내밀었다. 새끼줄에 대롱대롱 매 달린 연탄을 받아 쥔 홍양숙 엄마는 말없이 고개만 조아렸다.

"쌀도 벌써 한 말이 넘었는디 사정은 알지만 나도 공짜로 쌀을 받아 온 것은 아닌께 절반이라도 해결합시다잉."

번영상회 문 밖에 서 있는 홍양숙 가슴팍에는 이미 봉지쌀이 안겨 있었 다. 농사를 짓지 않으니 쌀은 쌀가게에서 외상으로나마 사가는 것은 당연 한 일이겠으나, 연탄공장에서 일하면서 연탄을 한 장씩 사가는 것은 훈주 로서는 이해되지 않는 일이었다. 더구나 한 달이 넘게 외상으로 쌀과 연탄 을 가져가는 홍양숙 엄마에게 또 외상을 주는 아버지 윤호관도 이해할 수 없었다.

홍양숙은 봉지에 담은 쌀을 가슴에 안고, 홍양숙 엄마는 한 손으로는 등에 업은 업둥이 포대기를 받치며, 한 손으로는 새끼줄에 대롱대롱 매달 린 연탄을 들고 번영상회 여수역 앞 광장을 지나 귀환정 철길로 걸어갔다. 여수역 정면에 붙어 있는 아크릴 이정표 간판에 켜진 파리한 형광등 불빛 이 귀환정으로 걸어가는 모녀 뒷모습을 비추어 주고 있었다. 여수역 광장 은 텅 비어가고 있었다.

여수역 앞 언덕배기에 걸터앉은 종고초등학교 교실 창문에는 저 멀리 바다 위에 떠있는 오동도뿐만 아니라, 여수역 광장은 물론 여수역 뒤편 철 길 너머 옥수수밭에 가려져 있는 귀환정도 훤히 내려다보였다. 판자촌 귀 환정만 아니라면 빼어난 풍경화 같은 여수 동쪽 바닷가였다. 아침에는 동녁 햇살이 빗금으로 교실 창문을 뚫고 들어와 눈을 어지럽게 만들었고, 갈매기가 날아와서 등교한 아이들 출석을 부르는 듯 끼룩 소리를 내며 교실 안을 들여다보고 가곤 했다. 오후에는 장작더미 불길이 치솟아 오르는 것처럼 붉은 황혼 빛이 교실 창문을 물들였다.

교실 창문에는 풍경만 그려져 있던 것은 아니었다. 구호와 노랫소리도 들려왔다.

"멸공!!"

우렁찬 구호소리가 교실 창문 밖에서 들려왔다. 아이들은 창가로 우르르 몰려가 여수역 광장을 내려다보았다. 학도호국단 깃발을 앞세우고, 발목에 각반을 찼으며, 옆구리에는 칼을 꽂은 대대장이 구호를 외치면, 두부처럼 각을 만들어 대열해 있던 학도호국단 고등학생들이 따라서 구호를 외쳤다. 얼룩무늬 교련복을 입은 여수고등학교 학생들이었다. 고등학교 형들이 대열을 지어 만성리 굴을 향해 행진을 시작하면 참으로 멋있게 보였다.

뒤이어 여수여고 누나들도 어깨에 구급가방을 맨 채 뒤따라 행진했다. 하늘로 치뻗어 올리는 손등이 한 치도 틀리지 않게 로봇처럼 행진했다. 지금은 없어진 학도호국단 반공 행렬은 여수역을 출발하여 어두운 만성리 굴속을 기차처럼 힘차게 들어갔다.

여수역에서 만성리 굴로 이어지는 길에는 아이들 합창소리도 들려왔다. 마래산 옆 종고산 아래에 있는 동초등학교 아이들이 만성리해수욕장으로 소풍을 가면서 질러대는 노랫소리였다.

"저 푸른 초원 위에 그림 같은 집을 짓고 사랑하는 우리 님과 한 백년 살고파라. 종고! 종고! 짜잔한 새끼들아!!"

동초등학교는 일제강점기 때 일본인 자녀들과 소수 친일부호 조선인 자녀가 다니던 학교였다. 동초등학교 아이들이 종고초등학교를 향해 질러대는 노래 후렴구에 붙인 짜잔하다는 말은 더럽고 추하다는 여수 사투리였다. 훈주는 옆에 앉은 짝꿍에게 속삭였다.

"쟈들을 어째부끄나?"

"누구? 동교 아그들?"

"아니. 저 간네."

"누구?"

"떡떡굴 쟈들 말여."

"홍양숙이도 떡떡굴에 사나?"

"그래. 나가 떡떡굴에 사는 줄 안당께. 저것들 땜시 우리가 동교 아그들한테 짜잔하다는 소리를 들어야."

훈주는 반 아이 중 서너 명에게 손가락질을 했다. 귀환정 판자촌에 살고 있는 아이들이었다. 귀환정에 사는 아이들이 섞여 있기 때문에 훈주가 다니는 종고초등학교가 짜잔하다는 소리를 듣는 것이라 화가 났던 것이다. 귀환정에 사는 아이들만 없으면 그런 소리를 들을 필요가 없다고 생각했다. 그래서 그런지 귀환정에 살고 있는 아이 중에는 학교가 끝나면 길 건너 기찻길을 넘어 귀환정으로 들어가지 않고 일부러 다른 곳에 사는 것처럼 여수역을 돌아서 가는 아이도 있었다.

그해, 초등학교 마지막 겨울방학을 앞두고 덕충동 마래산 자락 토끼산에서 내려오는 차가운 바람이 여수역을 넘어 바다로 몰려가는 어느 날이었다. 반 아이들이 교실 창가에 서서 손가락으로 귀환정을 가리키며 쑥덕거리고 있었다.

"저어그 저 집이 홍양숙 집이여."

"아니랑께. 저기 굴뚝 자빠진 집이여."

홍양숙은 학교에 나타나지 않았다. 어디론가 사라져버렸다. 번영상회 윤호관도 더 이상 훈주에게 홍양숙 집에 외상값 수금 심부름을 보내지 않았다. 아이들이 귀환정을 바라보며 홍양숙 집에 대해 이러쿵저러쿵 나누는 이야기는 훈주의 가슴을 송곳처럼 꾹꾹 찔러 무섬증이 들기까지 했다. 괜히 훈주는 자기 때문에 홍양숙 엄마가 죽은 것 같았다. 아버지 윤호관에게 밀대로 야무지게 머리통을 얻어맞고 난 날부터 그랬다.

하지만 반 아이들에게 홍양숙 엄마가 죽었다는 소문은 큰 파도를 일으키지 않았다. 옥수수가 커튼처럼 가리고 있는 철길 건너에 판자촌 귀환정이 있는 줄조차 모르는 여수 사람들도 많았다. 안다고 해도 귀환정 사람의 죽음이 여수 시내에 알려질 일도 아니거니와, 알려진다고 해도 소문 날 일도 아니었다.

여수는 죽음이 산재해 있는 거대한 공동묘지 같은 곳이라, 기차바퀴에 엄마와 애기가 깔려 죽었던들, 물에 빠져 죽었던들, 그저 무수한 죽음이라는 연속된 띠에 찍는 점 하나에 불과했다. 어른들이야 그런다 치더라도 아이들조차 죽음에 대해 타성이 붙어 있는 것은 죽음의 화석을 너무 쉽게 보는 탓도 있었다.

아이들은 사람의 뼈를 어디든 쉽게 발견할 수 있었다. 산에는 온통 무덤들이고 그나마 무덤마저 없이 뼛조각만 흙에 묻혀 있는 것을 쉽게 발견할 수 있었다. 산으로 소풍 가면 발견하고 심지어는 학교 운동장에서도 뼛조각이 나왔다. 아이들은 뼛조각을 발견하면 그것이 짐승의 뼈인지 사람의 뼈인지 가늠해 보았다. 이빨이 있는 턱조각 뼈 같으면 자신의 뺨에 대어 보아서 사람의 뼈라는 것을 알아냈다. 막대기처럼 긴 뼈는 정강이에 대보고 나이를 가늠해 보기도 했다. 아이들 정강이 길이만 한 뼈들도 간혹 나왔으나 그게 사람의 뼈인지 짐승의 뼈인지 구분할 수는 없었다.

아이들은 사람이 죽어 상여를 타고 나가는 것도 무수히 보아왔다. 학교 교실에서 여수역 광장을 내려다보면 상여가 종소리를 울리며 저승길로 떠나는 모습도 심심찮게 보였다. 여수는 삶과 죽음이라는 것이 따로 분리되어 있는 것이 아니라, 한 공간에 뒤섞여 있는 것 같아 죽음에 대한 만연된 정서가 짙게 배어 있었다.

하지만 훈주는 다른 아이들과 똑같이 시큰할 수는 없었다. 오히려 자신에게 무슨 일이 생길 것 같은 사려증이 소마소마하게 배어들어 왔다. 홍양숙 엄마가 업둥이 애기와 함께 만성리 굴 앞 철길에 서서 기차에 몸뚱이를 맡긴 것을 알고 있었기 때문이었다. 조상 대대로 여수에 터를 잡고 살아온 한 집안이 몰락한 종점이었다. 여수역 광장에서 홍양숙 아버지 홍의철이 후쿠와 혈투를 벌이다 물에 빠져 죽은 지 이태가 지나지 않았던 때였다.

3
여수역 광장

여수역 광장은 넓었다. 유랑극단이 천막 공연을 하고 노래자랑 무대가 설치될 정도로 넓은 장소였다. 여수역을 빠져나온 승객들이 버스를 기다리는 정류장이기도 했다. 기차를 타고 내리는 사람들이나, 오동도나 만성리로 놀러가는 사람들이 만나는 장소였다. 광장에는 커다란 나무가 그늘을 만들어내는 둥그런 화단이 있었다. 일제강점기 때 만들어진 화단이었다. 화단에는 우리네가 소나무라고 부르고 일본인들이 적송이라고 부르는 나무가 심어져 있었다. 일제가 1930년 여수역을 세우고 나서 기념식수로 심은 나무였다. 홍양숙 아버지 홍의철과 상이용사 후쿠가 광장에서 혈투를 벌이던 1968년으로 치면 수령이 38년이나 된 거목이었다. 소나무가 심어진 화단은 오십 명은 족히 둘러앉아도 될 정도로 넓었다. 여름에는 단물 장사꾼, 겨울에는 군고구마 장사꾼과 낱담배를 파는 까치 장사꾼들이 진을 치고 있는 장소이기도 했다.

화단에는 장사꾼만 걸터앉아 있는 것이 아니라 부랑인들도 널브러져 있었다. 여수역 광장 화단에 사람들이 늘어져 있다가도 나팔소리가 터져나오면, 장사꾼이든 부랑인이든 절름발이든 죄다 벌떡 일어나 화단에 세워진 국기게양대를 향하여 부동자세를 잡았다. 그 모습들은 꼭 마네킹이 서 있는 것 같았다. 나팔스피커는 플랫폼 기둥에만 매달려 있는 것이 아니라 여수역 지붕에도 얹혀 있었다. 나팔스피커에서는 국기에 대한 맹세문이 터져나왔다.

　　나는 자랑스런 태극기 앞에 조국의 통일과 번영을 위하여 정의와
　　진실로서 충성을 다할 것을 다짐합니다.

새마을운동이 선포되던 1970년 이전에는 국기에 대한 맹세문에는 조국의 영광 대신에 통일이라고 했다. 그 후 박정희의 3선 개헌을 위한 유신헌법이 시행되고 나서는 통일이 빠져버린 맹세문을 따라서 읊조려야 했다.

그날, 국기 하강식이 끝나자 화단 주변에 마네킹처럼 서 있던 사람들은 죄다 지푸라기처럼 푹석 주저앉았다. 그중에 홍양숙의 아버지인 홍의철도 엉덩이를 화단에 걸쳤다. 소달구지에 벽돌이나 구들장을 실어나르는 일을 하며 살아가고 있던 홍의철은 귀환정으로 돌아가던 중이었다. 국기 하강식 때문에 잠시 멈춘 김에 달구지를 세워놓고 화단에 걸터앉아 막걸리 지게미가 담긴 주전자 주둥이를 빨고 있었다. 하필 그때 후쿠가 광장에 나타났다. 허름한 군복에 한쪽 팔에 의수로 갈고리를 끼우고 있어 사람들은 후쿠라고 불렀다. 후쿠는 이미 역전시장에 들어가 강짜를 놓아 술을 공짜로 마시고 나온 길이었다. 갈고리 의수를 사마귀처럼 높이 쳐들고 여수역 광

장으로 휘적휘적 걸어왔다.

후쿠가 여수역 광장에 나타나면 사단이 나는 날이었다. 정말 한국전쟁에 국군으로 참가해서 팔을 잃은 상이용사인지는 알 수 없었다. 이북 사투리를 쓰는 후쿠는 괜히 지나가는 사람들을 붙잡고 시비를 걸기 일쑤라서후쿠에게 운 없게 걸려든 사람은 곤욕을 치러야 했다. 어지간하면 달래서보내야 했다. 그러지 않고 일부러 피하는 사람은 쫓아가서 갈고리로 옷을걸어 찢어버리고, 제지하는 사람에게는 갈고리를 휘두르곤 했다. 사람들은 후쿠와 부딪치지 않는 것이 상책이었다. 괜히 대거리를 했다간 낭패를당하기 십상이었다. 그런데 불행하게도 후쿠에게 홍의철이 걸려든 것이다. 후쿠는 홍의철과 함께 쉬고 있던 소 정수리를 갈고리로 쿡쿡 찍으며헛소리를 해댔다.

"빨갱이 새키들이 끌고 가분 소이레 내가 회수해야것어."

겁을 먹은 소가 후쿠의 갈고리를 피해 요동을 치기 시작했다. 소가 놀라자 홍의철은 막걸리 주전자를 내동댕이치고 후쿠 앞을 가로막아 섰다. 하지만 소가 아무리 중해도 군복을 입은 상이용사 앞에 나서서는 안 될 일이었다. 후쿠는 가로막는 홍의철에게도 갈고리를 들어 위협했다.

"요런 빨갱이 새끼레 어데서 소를 끌고 가."

홍의철은 소가 놀라지 않게 비켜서지 않았다. 그러나 후쿠는 기어코 소를 날뛰게 만들어버렸다. 갈고리로 소뿔을 걸어 끌고가려 했던 것이다. 놀란 소는 달구지를 매단 채 날뛰더니 만성리 굴 쪽으로 달리기 시작했다. 소가 느릴 것 같아도 한번 뛰기 시작하면 아이들 달음질보다 더 빨랐다. 후쿠는 소를 잡으러 가려는 홍의철 뒷덜미에 갈고리를 걸었다. 대신 훈주와 아이들이 소를 붙잡으러 쫓아갔다. 날뛰며 달리던 소는 만성리 굴 안으로 들어가지 못하고 멈추어 버렸다. 아이들이 굴 앞에서 헐떡거리는 소고삐 줄을 잡아 다시 여수역 광장으로 되돌아왔을 때 끔찍한 광경이 벌어지고 있었다.

여수역 광장에서 어른들이 싸우는 광경은 정말 무서웠다. 더구나 의수로 갈고리를 낀 후쿠는 더 무서웠다.

"아부지!! 저그서 양숙이 아부지가 후쿠하고 싸우요!"

훈주가 번영상회로 뛰어가 소리치는데 이미 윤호관은 광장에서 펼쳐지고 있는 혈투 광경을 물끄러미 쳐다보고 있었다.

"야 시키야, 까불지 말고 가만있어."

"아부지, 좀 말기 주시오. 양숙이 아부지 죽것소."

"가만히 있어랑께. 쬐간한 것이 도시고 있어."

윤호관은 가게 문을 닫아 버렸다. 구경꾼들이 몰려들고 아이들도 여수역 광장으로 몰려가고 있었다.

"요 빨갱이 시키 디져라!!"

후쿠는 한쪽 손으로 홍의철 멱살을 잡고 한쪽 갈고리로 머리를 찍어댔다. 아이들은 소 정수리를 쇠망치로 내리찍어 죽이는 것은 봤어도 갈고리로 사람 머리를 찍는 것은 처음 보는 장면이었다. 머리에서 피가 흘러내리는 홍의철도 만만치는 않았다. 피를 보자 눈에 독기가 뿜어 나오면서 후쿠의 안면을 박치기로 박아버렸다.

"똥개새끼야 같이 죽자!!"

홍의철은 쓰러진 후쿠 위에 올라타고 연신 박치기를 해댔다. 후쿠가 아무리 갈고리를 가지고 있다고 해도 나이가 젊은 홍의철 독기는 이길 수 없었다. 여수역 광장에는 지나가는 사람들이 몰려들었다. 그러나 구경꾼 중 어느 누구 하나 끼어들어 싸움을 말리지 않았다. 함부로 나서거나, 끼어들거나, 말을 해서는 안 되는 곳이 여수여서 그런지 사람들은 혈투를 구경만 할 뿐이었다. 어차피 상이용사 후쿠나 귀환정 홍의철이나 둘 다 내부 이방인이었다. 여수의 세월이 흐르는 동안 불가피하게 끼어 있는 이물질 같은 사람들이었다.

"아부지, 왜 안 말기요. 싸우다 죽어부믄 어쩐다요. 우리 반 양숙이 아부지인디."

"가만히 있어랑께!"

훈주는 아버지 윤호관 팔을 붙잡고 발을 동동거렸다. 하지만 윤호관은 번영상회 창문 너머 여수역 광장을 풍경처럼 바라만 보고 있었다. 다만 다른 것은 가까이에서 쳐다보는 것과 좀 떨어진 곳에서 바라보는 차이일 뿐, 구경하는 것은 다를 바 없었다.

"훈주야, 니 점빵 잘 지키고 있어라."

"아부지, 싸움 안 말기고 어디 가요?"

"니는 점빵에 가만 있어."

윤호관은 번영상회를 나가 여수역 광장 건너편을 향해 걸어갔다. 그곳에 적이 남기고 간 재산이라고 해서 적산이라고 하는, 일본인 소유였던 2층 적산가옥에 역전파출소가 있었다. 윤호관은 파출소로 들어갔다. 잠시 후 파출소 경찰이 방망이를 들고 천천히 여수역 광장으로 건너왔다. 아이들이 경찰을 보고 먼저 길을 텄고 구경꾼들이 물러났다. 경찰은 홍의철 머리를 방망이로 툭툭 치고선 등짝을 움켜쥐었다. 경찰이 나타나고서야 여수역 광장에 몰려든 사람들은 흩어지고 안정을 되찾았다.

광장에서 혈투가 벌어지고 나서 며칠 후, 여수역 뒤 바닷가에는 가마니로 덮어 놓은 시체 한 구가 발목만 내놓은 채 널려 있었다. 바닷물에 둥둥 떠 있는 아름드리 통나무들 사이에서 일꾼들이 건져 올린 시체였다. 여수역 뒤 바다에는 사람이 열 명이 올라서도 물에 가라앉지 않는 아름드리 통나무가 바다 위에 떠서 소금물에 절여지고 있었다. 제재소에서 일하는 일꾼들이 통나무 위에서 도시락도 먹고 앉아서 쉬기도 할 정도로 큰 나무들이었다. 합판이나 목재로 가공하기 위해 보르네오에서 수입해 와서 바닷물에 절이고 있는 나무 위에 제사라도 지내려 했는지, 소주병이 바닷물에 빠지지도 않고 세워져 있었다.

기찻길에서 놀던 조무래기 아이들이 소식을 듣고 몰려갔다. 포대기에 애기를 업은 여자가 머리까지 뒤덮은 가마니 밑으로 나온 시체 발목을 붙잡고 통곡하고 있었다. 홍양숙 엄마였다. 곁에는 계집아이가 멍한 표정을 짓고 서 있었다. 이발소에서 바리캉으로 귀밑까지 깎아 올린 단발머리 홍양숙이었다. 멀리서 볼 때에는 희극적이던 귀환정 사람은 가까이서 보았을 때에는 비극적이었다. 늦더위가 채 가시지 않은 여름 끝 무렵 어느 날 여수역 뒤편 부둣가 그림 한 점이었다.

홍양숙이 등에 애기를 업고 바닷가 개활지 연탄공장 앞에서 혼자 고무줄놀이를 시작하던 때가 그해부터였다.

"전우의 시체를 넘고 넘어 앞으로 앞으로, 낙동강아 잘 있거라 우리는 전진한다.”

홍양숙은 업둥이 동생을 등에 업어 한 손으로 받치고 한 손으로는 고무줄을 잡아 혼자서 고무줄을 탔다. 고무줄놀이는 바다 멀리 설피 보이는 남해에서부터 물들기 시작한 황혼이 오동도를 적실 때까지 이어졌다. 연탄공장 하루 일이 끝날 때까지 이어졌다.

그해 겨울부터 홍양숙 엄마는 번영상회에 머리를 조아리고 들어와 외상으로 봉지쌀과 연탄을 가져가기 시작했다. 여수역 앞에서 그래도 오래전부터 아는 사람이라곤 번영상회 사장인 윤호관밖에 없었다.

혈투가 벌어진 여수역 광장은 아무 일 없다는 듯이 태극기만 펄럭이었다. 단층이라도 무척 높은 지붕에 삼각형 돔 세 개가 툭 튀어나온 전형적인 일본식 건물인 여수역은 일제강점기인 1930년에 완공된 목조건물이었다. 일제는 전라선이 완전 개통되고 중일전쟁이 시작되던 1937년보다 훨씬 이전인 1920년대부터 이미 여수와 순천 사이에 선로를 먼저 놓고 있었다. 만주와 몽골까지 침략 지배하려는 일제는 군수물자 육로수송을 위해 기찻길이 필요했던 것이다. 여수는 일본 시모노세키와 가까워 군수물자를 실어오기 유리하며, 호남평야에서 쓸어 모은 쌀과 자원을 일본으로 가져갈 수 있는 최적의 장소였다.

일제는 여수와 순천을 잇는 철로를 놓기 위해 여수 동쪽을 가로막고 있는 마래산에 굴을 뚫어야 했다. 해안까지 암석으로 흘러내린 마래산에 굴을 뚫기 위해서는 정이 필요했고, 정을 쳐서 암석을 갉아내듯 파낼 노무자들이 필요했다. 암석을 정으로 찍어 파야 하는 일이란, 그야말로 쥐가 쥐

36

구멍을 만들기 위해 이빨로 거대한 바위를 갉아서 구멍을 관통시키려는 것이나 다름없었다. 만주에서 끌고 온 꾸리라고 부르는 중국인과 강제동원된 조선인들이 쥐 역할을 했다.

일제는 중국인 꾸리들과 조선인 노무자를 수용할 막사가 필요하여 여수역 옆 바닷가 개활지에 막사를 지어 수용했다. 긴 장방형 수용소는 군대 막사처럼 가운데 통로가 있고 양쪽으로 판자를 대어 창고처럼 만들었다. 그 가축 막사 같은 곳이 바로 귀환정 판자촌의 원래 모습이었다.

만성리 굴을 뚫고 나서 여수역을 완공한 일제는 지붕에서 땅까지 닿는 거대한 일장기 두 개를 교차로 세워 놓았다. 조선인 여수 학생들이 일본으로 수학여행을 떠나기 전에는 여수역 광장에서 일장기를 배경으로 기념사진을 찍었다. 일본도를 옆구리에 찬 조선인 순사와 함께 기념사진을 찍었다. 그리곤 일본 천황이 있는 동쪽을 향해 허리 숙여 인사를 하는 동방요배를 한 다음, 일제가 조선인을 동원하여 만든 신항구 부두에서 일본 시모노세키로 가는 배를 탔다.

조선이 일제에서 해방되자 여수역에 세워졌던 일장기는 미군에 의해 내려졌다. 대신 미국 성조기가 여수역 천장보다 더 높이 올라가 펄럭였다. 일제 징용으로 끌려갔던 사람들도 귀국선을 타고 여수로 귀환했다. 몽양 여운형이 중심이 된 조선건국준비위원회 지역자치조직인 여수인민위원회가 귀환동포 전재민 구호소로 천막을 치고 구호활동을 했던 장소 중의 한 곳이 바로 귀환정이었다. 여수인민위원회에서는 귀국 동포들을 위해 수제비를 끓여 배급하고, 일본군 부대에서 모포를 가져와 귀환정에 잠자리를 마련했다.

여수로 귀환한 동포들 중 갈 곳이 마땅치 않은 사람들은 막사에 눌러 앉아 칸을 나누고 벽을 세워 방을 만들었다. 방마다 문을 내어 살면서 스스로 귀환정으로 고쳐 불렀다. 그 후 불바다 피바다가 된 여순참변 때 집을 잃어버린 사람들이 들어왔고, 한국전쟁 후에는 피난 내려온 사람들이 판자로 따로 집을 지어 눌러앉기도 했다. 그럴 때마다 귀환정은 굴 껍질 달라붙듯이 늘어났다. 나중에 귀환정에 눌러앉은 사람들이 따로 판잣집을 지어 이어나간 곳은 구숙사라고 불렀다. 이곳 모두가 아이들이 떡떡굴이 라고 불렀던 귀환정이었다.

4
귀환정 철거사태

귀환정에서 큰일이 일어난 것은 홍양숙 아버지가 죽은 그다음 해였다. 철길에 불길이 치솟아 기차가 오가지 못하고 사람이 죽어 나오던 귀환정 철거사태였다. 선로 확장을 위한 철도청 부지 불법시설물 강제철거였다. 그날 훈주는 아버지 대신 쌀가게 번영상회를 지키고 앉아 있어야 했다.

"훈주야, 점빵 단도리 잘 해야지 어디로 쎄뿌믄 큰일 난다. 알것냐!"

"알았어라. 암 데도 안 나가라."

윤호관은 연탄을 가득 실은 손수레를 끌고 가면서 훈주에게 신신당부를 했다. 80킬로그램 쌀 한 가마니는 주문한 집까지 배달을 가서 뒤주에 넣어주고 와도 금방이지만 연탄은 달랐다. 연탄배달만 하는 사람이 있어도 인건비 아낀다며 직접 배달을 했다. 번영상회는 연탄과 쌀뿐만 아니라 석유까지 팔았다. 형편이 나은 집들은 연탄아궁이에 밥을 하지 않고 석유곤로에 음식을 조리하기 시작했다. 그만큼 훈주가 가게를 지키고 있으면 팔아야 할 것도 많지만 또 그만큼 삥땅을 쳐서 용돈벌이를 할 수 있는 기회도 많았다.

훈주는 쌀가마니 위에 척 올라앉아 유리창 너머로 지나가는 사람들을 지켜보고 있었다. 가게 미닫이문 상반신은 쪽창으로 되어 있어 지나가는 행인들 모습이 굴절되어 비쳤다. 그래도 업둥이 동생을 업은 홍양숙은 금방 알아볼 수 있었다. 홍양숙은 훈주가 들어오라고 하지도 않았는데도 미닫이문을 옆으로 조심히 밀고 들어왔다. 낯빛은 노랗게 떴고 몸은 사시나무 떨듯 떨고 있었다. 등에 업은 업둥이 애기는 배가 고픈지 자지러지게 울고 있었다. 홍양숙도 울고 있었다.

"왜그냐?"

"훈주야 울 옴마 못 봤다냐."

"느그 옴마가 연탄공장에 있것지 여기 있것냐?"

"어디 갔다냐…… 우리 옴마……."

"근디 니 왜 우냐?"

연탄공장 공터에서 고무줄놀이를 하고 있든지 아니면 바닷가에서 고동을 줍고 있든지 할 시간에 홍양숙이 울면서 번영상회로 들어왔다. 훈주가 가만 살펴보니 홍양숙 머리통에서는 뻘건 피가 귓전까지 흘러내리고 있었다. 술래잡기를 하다가 공터에 쌓아놓은 구들장에 머리를 부딪쳐 피가 난 줄 알았다.

"우리 옴마 죽어불믄 어찌끄나."

"왜 그냐께?"

"사람이 죽어써야."

"뭐? 어디서 사람이 죽어야?"

"저어그서……."

홍양숙이 덜덜 떨리는 손가락으로 가리킨 곳은 여수역 뒤쪽이었다. 훈주가 가게 밖으로 나가보니 기찻길에 검은 연기가 치솟아 오르고 있었다. 귀환정에 불이 난 줄 알았다. 그런데 불자동차는 보이지 않고 경찰특공대들만 잔뜩 있었다. 경찰특공대들은 긴 방망이와 곡괭이를 들고 있거나 돌을 집어서 철길 건너로 던지고 있었다. 귀환정 쪽에서도 역시 작은 돌이 날아오고 있었다. 기찻길을 사이에 두고 경찰과 귀환정 사람들이 서로 투석전을 벌이고 있었다.

어른들이 서로 싸우는 광경은 정말 무서웠다. 그것도 패를 나누어 싸우면 더 무서웠다. 더구나 한쪽이 경찰들이라면 지옥에서 일어난 싸움이나 다름없었다. 경찰도 동네 순경이 아니라 머리에 투구를 쓰고 갑옷을 입은 특공대들이었다. 무장공비를 잡는 무서운 경찰특공대는 기찻길을 넘어가지 못하고 있었다. 기찻길 위에는 폐타이어나 고기를 담는 상자들이 불길에 휩싸여 훨훨 타오르고 있었다.

"아야, 느그 엄마도 저그에 있냐?"

"어딨는지 모르것써야. 오메! 우리 옴마 죽어뿌믄 어찌끄나!"

홍양숙은 울어젖히는 애기를 업은 채 발을 동동 구르며 울부짖었다. 철길 건너 연탄공장으로 가볼 수도 없었다. 불길은 치솟아 오르고 곡괭이와 방망이를 들고 있는 경찰특공대가 공격 준비를 하고 있었다. 기차가 오가지 못하는 여수역은 일시 폐쇄되어 버렸다.

귀환정 쪽은 철길로 단절되어 기차를 타고 지나가야 스치듯 보이는 섬 같은 곳이었다. 공간적으로 단절도 되어 있지만 시내 사람들과도 단절되어 있었다. 자신이 귀환정에 살고 있다고 말하는 사람도 없었다. 공동묘지의 십자가처럼 셀 수 없이 많이 솟아 있는 교회 십자가조차도 귀환정에는 없었다. 철거가 된다 한들 그곳에 누가 살고 있었는지 기억할 사람은 많지 않았다.

"동포를 죽이는 경찰을 박살내자!! 징용 갔다 온 것도 서럽다!! 여기가 우리 무덤이다!!"

철길 건너에서는 귀환정 사람들이 악을 쓰고 있었다. 폐타이어나 쓰레기 등 이물질이 타는 냄새는 지독했다. 연기도 기관차에서 내뿜는 연기보다 더 시커멓게 피어오르고 있었다. 여수역 인근에 사는 사람들은 코를 막고 인상을 찌푸리며 사태가 빨리 해결되기만을 기다렸다.

"뭘 구경하고 자빠졌냐. 얼릉 들어가!"

"아부지, 저그서 사람이 죽었다요."

"빨랑 들어가랑께!"

연탄배달을 갔다 온 윤호관은 훈주 머리를 툭 쳐서 번영상회 안으로 밀어넣어 버렸다. 윤호관은 가게 안 구석에서 애기를 업고 벌벌 떨고 있는 홍양숙을 보고도 본체만체하고서는 의자에 앉아 코를 벌름거렸다. 그때 가게 안으로 경찰특공대 한 명이 들어섰다.

"물 좀 주시오."

계급이 높은 듯 투구를 쓰지 않고 국방색 전투복에 하얀 독수리 마크가 붙은 모자를 쓴 경찰이 벽돌만 한 무전기를 들고 번영상회 안으로 들어와 물을 요구했다. 여수역 건너편 파출소 순경이 아니었다.

"아이고 고생 많습니다잉. 어쯔게 식사라도 자시고들 나라일 하시는지 모르것습니다. 막걸리라도 대접해야 쓰는디…….”

윤호관은 바가지에 물을 떠 와서 경찰에게 내밀며 무척이나 죄송하다는
듯이 머리를 긁적거렸다. 파출소 순경이라면 분명 책상 위에 있는 자석식
전화기 수화기를 들어 교환원에게 역전다방을 연결시켜 주라고 했을 것이
다. 윤호관은 고개를 조아리며 경찰이 물을 마실 때까지 기다렸다가 바가
지를 두 손으로 공손히 받았다.

“하여간 빨갱이 같은 놈들은 지독해. 어이 여기 밥 좀 먹을 데 없나?”

“식사요? 한데서 식사를 자실 수는 없고라 요기 골목이 바로 시장인
디…….”

윤호관은 잘됐다 싶었는지 가게 문을 열고 역전시장 골목을 손가락으로
콕콕 찔러대며 가리켰다. 경찰은 구석에 떨고 있는 홍양숙 등에 업힌 업둥
이 애기가 요란하게 울어젖히고 있어 시끄러웠고 배도 고팠는지 식당을
물어봤다.

“거기 괜찮은 식당이 있나?”

“그르므니라잉. 시장 쪼 안에 들어가믄 금풍생이 기맥히게 하는 백반집
이 있어라.”

“금풍생이가 뭐여?”

“아따 어디서 오셨는가 모르것습니다만도 여수에서 제일 이쁜 기생 풍
생이를 모른갑소잉.”

“백반집이라더니 기생집이여? 여수에 기생집들이 유명하다던데?”

“기생집이야 일정시대부터 여수가 유명하지라이. 서울 기생이 여수 기
생한테 낯바닥 자랑하다가는 뺨 맞아 부러요. 근디 풍생이는 기생인디 금

풍생이는 기생이 아니고라 괴기인디 괴기가 얼매나 맛있쓰믄 풍생이 닮았다고 했것습니까."

윤호관은 경찰을 가게에서 얼른 내보낼 심사로 입에 침을 발라가며 군평서니 고기를 기생에 빗대었지만 즉석에서 지어낸 거짓말은 아니었다. 일제강점기 때 여수 요정들은 경성 종로거리 기생집들과 비교하면 섭섭하다는 말을 들을 정도로 화려하고 규모가 컸다. 일본제국주의 대륙침략 전초기지이고 조선에서 수탈된 물자를 일본으로 실어가는 항구인 여수였다. 일본인이 세운 공장이나 수산회사들이 많고 큰 장사꾼들도 많으니 자연스럽게 요정도 크고 화려했다. 해방 후 징용동포들이 귀환했을 때 해월루 등 요정에서도 모포와 물자를 가져와 구제했을 정도였다.

일제강점기에 일본인이라고 해도 여수 요정을 드나들 수 있는 사람은 헌병대 높은 계급이나 식산은행 직원들이었다. 조선인 중에는 일본 전투기 제로센을 헌납할 정도로 큰 상인들인 보국대 사람들이 일본 헌병대들과 함께 드나들었다. 보국대는 일본 침략전쟁 물자를 지원하기 위해 모인 조선 사람들이었다.

"뭔 고기가 기생처럼 생겼나?"

"그거이 아니고라 생긴거슨 쬐간하니 못 생겨도 맛이 기맥혀부러요. 이순신 장군이 아프실 때 풍생이라는 기생이 구어서 드렸더니 힘을 차리시고 왜적을 물리쳤다 혀서 금풍생이라고 하는디라, 쪼 시장 끄트러미에 들어가믄 중한 손님에게만 내는 백반집이 있구만요잉."

"그래? 그럼 당신이 안내 좀 해 보라고."

"아…… 그……까라? 그믄…… 저만 따라 오시요잉. 흠흠……."

윤호관은 경찰을 가게에서 내보내려고 하다가 오히려 시장 안 식당까지 안내를 해야 하고 잘하면 조기보다 비싼 군평서니 구이 밥값까지 덤터기 쓸 판이었다. 말은 참기름을 발랐어도 표정은 녹이 슬고 찌그러진 양푼 같았다.

"훈주야, 점빵 잘 지키고 있어라. 좀 있다 손님이 연탄 가지러 오끈게 아부지 금세 온다고 기다리시라고 해라."

"연탄 다 떨어졌는디라?"

윤호관은 훈주 말에 대꾸 않고 가게 문을 열고 나가 역전시장 골목을 향해 앞장섰다. 경찰은 모자로 엉덩이를 털고서 윤호관을 따라나섰다.

여수역 앞 역전시장은 귀환정에 사람이 죽어나가도 전혀 모르는 것처럼 상인들이 북적거렸다. 좁은 시장 통로는 하루를 살려고 발버둥치는 사람들이 앉을 수 있는 공간이 조금이라도 있으면 쭈그려 앉아 좌판이나 대야를 놓고 장사를 하고 있었다.

역전시장은 해방 후 일제징용을 갔다 온 귀환동포들이나 생필품을 구하려고 생겨난 보잘것없는 장터였다. 여수역 앞 덕충동이 여순참변으로 집들이 죄다 불타버려 재만 남았던 동네에 오갈 곳 없는 사람들이 움막을 짓고 살면서 시장이 형성됐다. 그 후 한국전쟁 때 여수로 피난 내려왔던 사람들이 덕충동 일대에 눌러앉으면서 조금씩 시장이 커지기 시작했다. 그러다 경제개발계획에 따라 서울에서 떠돌아다니던 부랑인들을 강제로 호남선·전라선 기차에 태워 내려보내자 전라선 종착역 여수역에 내린 부랑인들까지 보태져 역전시장은 활성화되기 시작했다. 게다가 인근 섬 남해 사람들 상당수가 건너와 장사를 하다 보니 역전시장에는 밥집, 술집뿐만 아니라 여인숙도 생겨나기 시작했다.

윤호관이 앞장서고 전투복을 입은 경찰이 역전시장에 들어서자 시장 입구에 있던 상인들은 일순 긴장하면서 가게 안으로 들어가 몸을 숨겼다. 장사꾼들은 좌판을 거두어 골목으로 들어가려고 했다. 경찰들이 귀환정 철거뿐만 아니라 역전시장도 철거하는 줄 알았는지 장사꾼들은 목을 자라처럼 집어넣고 몸을 피하고 있었다.

"아쥠씨 괜찮혀. 괜찮흔게 장사 혀."

소쿠리에 말린 생선을 올려놓고 파는 아줌마가 몸을 피하려 하자 윤호관은 뒷짐을 쥐고 안심시켰다. 그래도 시장 통로는 얼음장에 금이 가듯 윤호관과 경찰이 걸을 때마다 쩍쩍 갈라졌다. 장을 보러 온 사람들도 얼른 양쪽으로 비켜섰다. 그런데 비켜나지 않는 장사꾼이 있었다. 소독약 나프탈렌을 파는 장사꾼이었다. 이번에는 윤호관과 경찰이 비켜서 지나가야 했다.

"예수의 보혈로 나를 살게 하시니 예수여 나를 인도하사 날마다 주께로 나아갑니다."

양쪽 다리가 없는 나프탈렌 장사꾼은 허리 아래에 검은 타이어 튜브를 찢어서 대고, 상반신을 시장바닥에 엎드린 채 복음성가를 부르면서 상반신만 남은 몸뚱이를 손으로 끌어나가고 있었다. 바퀴가 달린 사각형 나무상자에 나프탈렌을 가득 담아서 손으로 밀고 가는데, 마치 군인이 전투 중에 포복을 해서 적진을 향해 기어가는 것같이 보였다. 나무상자를 밀어놓고 기어가고, 또 밀어놓고 지렁이처럼 기었다. 나프탈렌 장사꾼이 역전시장 통로를 기어 도달하는 끝 지점에는 십자가를 들고 고무줄 장사를 하는 여자가 서 있었다.

"고무줄 사시오. 애기 기저귀 고무줄, 빤쓰 고무줄 많소. 고무줄 사시오."

십자가 막대기에 치렁치렁 매달린 고무줄 장사를 하는 여자는 양쪽 팔꿈치 아래 손이 없었다. 대신 갈고리로 된 의수를 달고서 고무줄 장사를 했다. 바람이라도 불면 노란 애기 기저귀 고무줄과 팬티 검은 고무줄이 서로 휘감겨 갈고리로 고무줄을 쓸어내렸다. 고무줄은 갈고리로 쓸어내린다고 하지만 감지 않아 덕지덕지 붙은 머리카락은 어떻게 쓸어내리고 코는 어떻게 푸는지 알 수 없었다.

십자가를 든 고무줄 장사꾼 여자와 나프탈렌을 파는 남자 장사꾼도 훈주 아버지 뒤를 따르는 경찰을 보고서야 얼어붙은 듯 움직이지 않았다.

"괜찬혀, 괜찬흔께 장사들 혀."

훈주 아버지는 손짓까지 하면서 고무줄 장사꾼 여자와 나프탈렌 장사꾼 남자를 안심시키고 밥집 안으로 들어섰다. 한참 수저질을 하고 있던 밥집 손님들이 밥알 가득 들어찬 입을 헤 벌리고 쳐다봤다. 찬을 차리고 있던 주인아줌마도 손을 멈추고 경찰을 쳐다보았다.

"아쥠씨, 이 나리님이 나라일 하시믄서 시장허셔 모셔 왔은께 금풍생이 양념 좀 잘 발라서 내놓드라고."

손님을 모셔 왔으면 고맙다고 해야 할 밥집 주인아줌마 낯빛은 석쇠에 구운 군평서니 고기껍질처럼 변한 채 윤호관을 바라보았다. 경찰이 탁자를 차지하고 앉자 윤호관은 얼른 자리를 뜰 요량으로 경찰에게 고개를 조아리며 인사했다.

"어쯔게 식사가 마음에 드실랑가 모르것습니다잉. 그믄 자시고 계십시오. 나는 배달 땜시……."

날름 밥집을 나서는 윤호관 등 뒤로 밥집 주인아줌마의 원망스런 눈빛이 꽂히고 있었다.

역전시장 통로는 여전히 긴장감이 맴돌고 있었다. 경찰을 떼어버린 윤호관은 뒷짐을 쥐고 시장 통로를 유유히 걸어 나오면서 시장 안을 살펴보았다. 물건을 파는 장사꾼들은 여전히 많은데 물건을 사러 온 손님들은 많이 줄어버린 것이 눈에 띄었다. 번영일로에 있던 역전시장이라 윤호관도 쌀가게 간판으로 번영상회로 올렸는데 귀환정에서 불길이 치솟고 경찰특공대들이 진을 치고 나서부터는 장사가 시원찮았다.

대치상태가 한 달 가까이 이어지자 장을 보러 온 손님들은 역전시장에서 발길을 돌리고 있었다. 고무줄 여자 장사꾼과 나프탈렌 소독약 남자 장사꾼은 매일 장사를 하러 왔으나 골목 술집들만 장사가 되었지 시장 장사꾼들은 파리나 쫓아내고 있었다. 경찰이 물러가든지 아니면 귀환정이 철거되든지 빨리 해결이 되어야 했다.

번영상회도 손님 발길이 끊어지고 대신 홍양숙이만 업둥이 동생을 포대기에 업고 들락거렸다. 학교도 가지 않고 애기를 업고 하루 종일 돌아다니다 여수역 뒤로 돌아 귀환정에 가서 엄마에게 애기 젖을 먹이고 다시 나오곤 했다. 귀환정 사람들이 철길 위에 드러눕고 불을 피워대고 경찰특공대는 수시로 공격을 해대니 아이들이 있기에는 위험했다. 더구나 돌이 날아다니는 터라 애기를 업은 홍양숙으로서는 번영상회가 그래도 피난처였다. 홍양숙은 경찰특공대가 철수할 때까지 근 한 달 넘게 번영상회에 들락날

락거렸다. 경찰들이 밤에 귀환정을 습격하면 홍양숙은 번영상회 쌀가마 위에서 업둥이 동생과 함께 잠을 잤다. 그래도 윤호관은 본체만체했지 가게에서 내보내거나 귀찮아하지 않았다.

사람이 죽어나간 덕분이었는지 귀환정은 철거되지 못했다. 번영상회로서는 다행이었다. 그러나 외상이나마 봉지쌀은 이전만큼 팔리지 않았다. 귀환정 사람 중 일부가 국동 새마을동네로 옮겨가 버렸기 때문이었다. 정부는 귀환정 사람들에게 여수 서쪽 국동지역에 있는 야산 땅을 무상으로 임대하겠다는 제안을 했다. 시달림을 견디지 못한 구숙사 사람들 일부는 정부에서 제공한 무상임대 국동 야산으로 옮겨갔지만 귀환정 사람들은 버티었다. 일제로부터 해방된 조국으로 돌아온 동포들을 위해 여수인민위원회가 정착촌으로 마련해준 땅에서 떠날 수 없다는 것이었다. 징용으로 끌려갔다 나라가 해방되어 내 나라, 내 땅에 귀환했는데 또다시 징용처럼 끌려갈 바에는 혀를 깨물고 죽는 것이 낫다고 버티었다. 국동 야산 새마을동네로 옮겨가지 않은 사람 중에는 홍양숙 엄마도 있었다. 여수 서쪽 새마을동네는 홍양숙 일가나 윤호관도 갈 수 없는 지역이었다.

5
새마을동네

몹시도 춥고 무서웠던 밤이었다. 훈주 할머니가 눈을 감은 그날 밤, 여수역에 마지막 열차가 들어와서 부려놓은 사람들이 어둠 속으로 뿔뿔이 흩어져 사라지고 난 후, 여수역 역사 불빛이 완전히 꺼지자 윤호관은 준비했던 삽과 곡괭이를 챙겨 덕충동 집을 나섰다. 할머니 시신과 함께 집에 있기 무서웠던 훈주도 윤호관을 따라나섰다. 전신주 줄에 매달린 박쥐들이 날아다니는 길을 따라 국동을 향해 걸었다.

"아부지 어디까지 간다요?"

"잔말 말고 빨랑 따라와. 통행금지 걸리면 경찰서에 끌려가야 돼."

"일로 가믄 서정시장이 나온디라. 시장도 다 문을 닫았을 건디."

"소리 내지 말고 빨랑 따라 오랑께."

훈주가 아버지 윤호관을 따라 도착한 곳은 서정시장을 지나 국동으로 접어들어 신월동으로 넘어가는 넘너리 길이었다. 소달구지도 밤에는 다니기 힘든 길이었다. 가로등이 있을 리 만무한 자갈밭이라 훈주는 몇 번이나

넘어지고 또 넘어졌다. 아들 훈주가 넘어져서 비명을 질러대도 윤호관은
뒤도 안 돌아보고 발을 재촉해서 앞서 걸었다. 바다 건너 돌산도가 눈에서
비켜나고 섬 경도가 시야에 잡힐 때까지 걸어들어 갔다. 교회 종소리가 귓
전에 들려왔다. 통행금지가 시작되는 자정이 임박했다.

구봉산 산자락을 달빛에 의지해 올라가는 동안 눈에 보이는 것이라곤,
제단은커녕 돌로 된 비석조차 없는 묘 봉분만 여기저기 널려 있었다. 봉분
이 제대로 형태를 갖추고 있는 묘도 없었다. 비바람에 봉분이 깎여나가 있
는 것이 대부분이고, 어떤 봉분은 짐승의 짓인지 파헤쳐져 달빛에 속이 드
러났다. 윤호관은 어둠 속에서도 묘 사이를 용케 이리저리 피해 올라갔다.
어느 봉분 앞에 다다르자 품 안에서 막걸리 한 통을 꺼내 흩뿌렸다. 그러
고 나서 묘에 엎드려 절을 올렸다.

"야, 훈주야. 니도 빨리 절 올려라."

"누군디라?"

"니 할아부지란 말이다."

"근디 왜 밤에 절을 한다요. 낮에 와서 하믄 되끈디."

"잔말 말고 빨랑 해랑께."

훈주는 아버지에게 뒤통수를 한 대 맞고서야 기억조차 없는 할아버지
묘에 절을 올렸다. 훈주에게 절을 시킨 윤호관은 묘 주변을 둘러보다가 여
의치 않은지 더 멀찌감치 올라가서 곡괭이와 삽자루를 내려놓았다. 묘를
쓸 수 있는 공간이 아예 없는 것은 아니었으나, 행여 남의 묘가 다칠 염려
때문에 할 수 없이 멀찌감치 산 위로 더 올라가 묫자리를 파기 시작했다.

윤호관이 밤하늘로 치켜들어 땅으로 내리치는 곡괭이질에 얼어 있는 땅

은 돌덩이 부딪치는 소리를 튕겨냈다. 얼어붙은 땅을 곡괭이로 파내는 윤
호관의 눈이 달빛에 번들거림을 훈주는 똑똑히 지켜보았다. 할머니 묘를
만들고 있다는 것을 어린 훈주도 눈치를 챘으나 왜 밤에 와야 하는지 알
수 없었다.

"아부지 왜 밤에 와서 땅을 판다요."

"……."

"우리 동네 토끼산에도 뫼똥들 많은디."

"……."

윤호관은 대답해 주지 않았다. 국유지 불법매장이기 때문이었다.

여수 서쪽 국동 구봉산 자락 공동묘지가 암암리에 형성되기 시작한 것
은 여순참변 때부터였다. 1948년 10월 27일 새벽에 진압군 5연대 1대대
가 수산학교(여수수산대학 전신) 기숙사에 있던 학생 김말동 등 학생 아
홉 명을 구봉산 큰 바위 밑 구덩이에 끌고 가서 사살했다. 서초등학교에서
부역혐의로 학살된 사람들도 유족들이 시신을 거두어 와서 몰래 묻었다.
중앙초등학교에서 부역재심사를 받은 사람 중 서른 명을 트럭에 실어 구
봉산으로 와서 학살한 다음 구덩이에 묻어버렸다. 그날은 1948년 11월 3
일이었다. 참변으로 학살당한 죽음들이 구봉산에 와서 묻히기 시작하면서
공동묘지가 생겨났다. 이승만 남한 단독정부 출범 석 달도 지나지 않아 구
봉산에는 거대한 공동묘지가 생겨났다. 그것도 불과 며칠 만에 생겨난 묘
지들이었다.

윤호관이 파는 묏자리는 통금이 해제될 시간쯤에야 겨우 다 파내어 관
이 들어갈 만한 긴 사각형 구덩이가 만들어졌다. 곡괭이를 내던지고 철퍼

덕 주저앉은 윤호관은 담배를 입에 물고 바다를 내려다보았다. 달빛이 요요히 드리우고 있는 여수 서쪽 바다였다.

얼마 후 멀리서 교회 종소리가 울렸다. 야간통행금지가 풀리는 새벽 4시가 되었다. 윤호관은 아들 훈주 손을 잡고 구봉산을 내려와 여수 동쪽 여수역을 향해 걷기 시작했다. 행여 사람들 눈에 띄기라도 할까봐 걸음을 재촉해 걸었다. 여순참변에 불타버린 집은 고사하고 변소 똥통 속에 묻어둔 요강단지마저 녹아 없어져버린 여수를 무작정 떠나려는 어머니 손을 잡고 여수역을 향해 걸었던 그 길이었다. 윤호관은 아들 훈주 손을 잡고 똑같이 걸어서 되돌아왔다.

훈주가 아버지와 함께 덕충동 집으로 돌아와 보니 삭풍이 파고드는 방 안에 할머니가 반듯이 누워서 솜이불을 머리 위까지 뒤집어쓰고 있었다. 수의로 갈아입지도 못하고 시신을 가릴 병풍도 없이 그저 이불만 뒤집어쓴 채 누워 있었다. 윤호관과 훈주도 할머니 시신 옆에 누워 잠을 자야 했다. 이불도 깔지 않고 드러누운 바람에 살이 에일 듯 몹시 추웠다. 할머니 시신이 부패할까봐 방에 연탄을 때지 않아 얼음장 위에 누운 것 같았다. 훈주는 너무나 추워 이불을 끄집어 당겨 덮었다. 할머니 시신을 덮은 솜이불이었다.

다시 밤이 되었다. 여수가 어둠에 휩싸이고 사람들 발걸음이 사라졌다. 교회 종소리가 울리기 전에 윤호관은 시신을 얹은 손수레를 끌고 덕충동을 나섰다. 훈주도 아버지를 따라나서야 했다. 할머니 시신은 관에 들어가지도 못한 채 손수레에 실렸다. 수의나 관을 마련하려면 어떻게 해서든 마련하겠으나 윤호관은 자신의 어머니가 숨을 거둘 때 입고 있던 옷 그대로 시신을 이불에 둘둘 말아 끈으로 묶어 손수레에 실었다.

"훈주야, 니 절대로 할머니 돌아가셨다는 말 하믄 안 된다."

"왜라?"

"하여간 어느 누구한테도 말하믄 안 된단 말이다. 글고 기간정 할매한
테는 절대로 말하믄 안 된다."

"홍양숙이 할매라?"

"그래."

"왜라?"

"좋다고 깨춤 춘단 말이다."

"사람이 죽었는디 왜 깨춤 춘다요?"

"긍께 하여간 절대로 말하믄 안 된다. 알것냐?"

"……예 알아써라. 절대로 말 안 하께라."

"옳지. 그래야 쓴다."

훈주는 할머니 시신을 실은 손수레를 끌고 덕충동 집을 나서는 아버지
눈자위가 달빛에 번들거리더니 이내 뺨을 타고 눈물이 흘러내리는 것을
보고서야 대답했다. 왜 그래야 하는지 몰랐지만 아버지에게 물을 수는 없
었다.

사람이 죽으면 죽은 사람은 상여를 타야 했다. 죽은 이를 수의 입혀 관
에 넣고 상여에 실어 장지로 가야 했다. 요령잡이가 종을 울리며 상여꾼들
을 이끌고 나가는 것을 숱하게 봐왔던 훈주였다. 그러나 훈주 할머니가 이
승의 마지막 길을 떠날 때는 상여가 아닌 손수레를 타고 가야 했다. 곡소
리도 없이 밤을 틈타 아무도 모르게 길을 떠나야 했다. 훈주 할머니는 그

렇게 구봉산 산자락에 묻혔다. 그 후로 훈주는 한 번도 국동 구봉산을 가 본 적이 없었다. 가봤자 할머니, 할아버지 묘소는 없었다.

귀환정 철거사태가 일어난 그다음 해, 새마을운동이 선포되고 귀환정 사람들 중 일부인 구숙사 사람들이 정부가 제시한 땅으로 이주했다. 적어 도 정부에서 허가해준 땅에서 숨이라도 제대로 쉬며 살아보겠다는 사람들 이 옮겨갔다. 허가된 내부 이민자 수용지대였다. 국동 구봉산 산자락이었 다. 그리고 사람들은 그곳을 새마을동네라고 불렀다.

그해, 추석을 얼마 남기지 않는 가을 초입 때였다. 국동 공동묘지로 벌 초를 갔다 온 윤호관은 번영상회 문을 벌컥 열고 들어와 가져간 낫을 쌀가 마니에 꽂았다.

"저것들을 다 죽여 버린다!"

"아부지…… 왜 그요."

윤호관은 쌀가마니에 꽂았던 낫을 다시 빼들고 여수역 너머 귀환정 쪽 을 노려보았다. 그러나 귀환정에는 낫을 꽂을 사람은 없었다. 국동 구봉산 으로 이주를 거부한 사람들만 남아 있었다. 나라를 잃어 징용갔다 온 것만 해도 서러운데 내 나라, 내 땅에서 다시 쫓겨날 수 없다고 버틴 사람들이 었다. 그러나 정부가 제시한 국동 구봉산 산자락으로 보따리 싸서 간 사람 들은 그만 오금이 저려 주저앉고 말았다. 그곳은 여순참변 때 떼죽음을 당 한 사람들 유족들이 남모르게 한두 명씩 매장하면서 자연스럽게 형성된 무연고 공동묘지였다.

귀환정 구숙사에서 옮겨 온 사람들은 자신들이 살 판잣집을 짓기 위해서는 어쩔 수 없이 묘들을 밀어버렸다. 누구의 묘인지 도무지 알 수 없는 국동 유령 묘들은 자연스럽게 여수에서 흔적이 없어졌다. 대한민국 초대 정부를 세우는 데 이물질로 죽음을 당했던 묘들은 역시 시민으로서 대접받지 못하는 이방인 같은 귀환정 사람들에 의해 청소되었던 것이다.

윤호관은 귀환정을 노려보며 손에 쥔 낫을 힘없이 바닥에 떨어뜨릴 수밖에 없었다. 원한과 닭똥 같은 눈물도 낫과 함께 떨어졌다. 어쩔 수 없는 일이었다. 돌비석 하나 무덤에 꽂아 놓지 못했고, 훤한 낮에 성묘 한번 가지 못했던 윤호관 부모 무덤이었다. 그나마 이제는 부모 뼛조각조차 찾을 수 없게 되었던 것이다.

"아부지 왜 우요……."

"훈주야, 니는 말이다 에비가 죽으믄 절대로 여수에 묻으믄 안 되야."

"아부지…… 아부지가 왜 죽는다요……."

"시키야, 아부지가 언젠가 죽고 나믄 여수 땅에 묻지 말고 화장을 해서 오동도 앞바다에 뿌리란 말이다. 알것냐 훈주야."

"아부지, 화장은 여자들이 하는 것인디……."

윤호관은 아들의 어린 가슴팍에 자신의 이마를 박고 신신당부를 했다. 아들의 윗도리가 젖어가도록 윤호관은 눈물을 쏟아냈다. 그때는 훈주가 아버지 윤호관이 왜 울고 있는지, 무슨 말을 하는지 이해할 수 없었다. 그건 도무지 올 것 같지 않은 먼 미래이고 어린 훈주로서는 전혀 알 수 없는 말이었다.

그리고 또 이해할 수 없었던 일은 귀환정에서 국동 공동묘지로 이주하여 판잣집을 짓고 모진 목숨을 이어가던 사람들도 오래 정착하지 못하고 어디론가 사라졌다는 것이다. 그 땅에 국가방위산업체 공장이 들어서게 된 것이다. 국가 땅에 신성한 국가방위를 위한 공장을 짓는다는 명분에는 조금도 버틸 수 없었다. 결국 귀환정에서 이주해 온 구숙사 사람들은 공동묘지 뼛가루를 석회 삼아 땀으로 비벼 다진 땅을 내주고 어디론가 또다시 뿔뿔이 흩어져 가야 했다.

6

쌀

기차는 만성리 굴에서 빠져나오자마자 요란하게 기적을 울려대면서 여수역에 진입했다. 귀환정을 지나칠 때까지 호랑이 울음소리 같은 기적을 질러댔다. 서울행 완행야간열차가 출발하면서는 아예 플랫폼에서부터 기적을 울려대면서 만성리 굴에 들어갔다. 굴 앞 기찻길에서 사람이 죽고 나서부터였다. 여수역 이정표 파리한 불빛이 꺼지고 역사 안 형광등 불빛도 차례대로 꺼지고 있었다. 그제야 술을 거나하게 마신 윤호관이 번영상회 안으로 들어섰다.

윤호관이 역전시장 골목 술집에서 막걸리를 마시고 오는 날은 외상값 수금이 잘되었거나 아니면 정미소에서 쌀을 싸게 잘 들인 날이었다. 하지만 그날은 디젤 박과 술을 마시고 온 날이었다.

"헤일 수 없이 수많은 밤을 내 가슴 도려내는 아픔에 겨워 얼마나 울어 부렀든가 동백 아가씨~ 그리움에 지쳐서 울다 지쳐서 꽃잎은 뻘겋게 멍이 들어 부렀소."

가게에 들어온 윤호관은 의자에 걸터앉아 노래를 반복해서 불렀다. 역전시장 뒷골목 동백 술집에서 딱딱이가 부른 이미자의 노래였다. 딱딱이는 동백 술집 여자였다. 싸구려 한복을 입고 상을 젓가락으로 두들기면서 노래를 부르는 여자였다. 껌을 딱딱 소리 나게 씹어대어 훈주가 붙인 별명이었다.

"아부지, 인자 오믄 어쩐다요. 디젤 박 아저씨랑 술 자셔지라?"

"씨그러 임마. 기간정에 가서 외상 수금해 온 거 읎냐?"

"거기 무서워서 인자 못 가것서라."

"뭐가 무서워?"

"사람이 맨날 죽은께라."

"사람은 이래도 죽고 저래도 죽는 거시여. 그게 다 팔자라는 거시여."

"디젤 박 아저씨가 그랬지라."

"음마? 쬐깐한 거시 주둥아리를 함부로 놀려 부네."

디젤 박은 여수역 소속 기관사였다. 여수역 소속 기관사 중 증기기관차 조수에서 시작하여 디젤기관차 기관사가 되었다고 하여 붙여진 별명이었다. 윤호관은 디젤 박을 위로한답시고 동백 집에 가서 딱딱이가 따르는 술을 거나하게 마시고 왔다는 것을 훈주는 눈치로 알고 있었다. 낮에 번영상회로 찾아온 디젤 박과 윤호관이 기찻길에 대해서 이야기 나누는 것을 훈주는 들었던 터였다.

"아따 긍께 그거시 시커먼 밤인디 어디 사람이 보일랍디여? 잊자부시오. 그것이 어디 성님 잘못이다요."

"참말로 나가 사람 쥑이는 것을 허벌나게 봤고, 죽어 자빠진 시체가 멸치 말리는 것 맨키로 허옇게 깔린 것도 숱하게 봤어도, 내가 쥑이고 거둔 것은 처음이랑께."

디젤 박은 입에 물린 주전자 주둥이에 이빨 부딪치는 소리를 내면서 말을 흘려내었다. 눈까지 뻘겋게 충혈되어 몸까지 떨고 있는 디젤 박을 보다 못한 윤호관이 한소리를 더 보탰다.

"아따! 성님 자꾸 왜그요. 왜 성님이 기간정 아짐씨를 죽였다고 그요. 기찻길에 석고 주울라고 그랬는지 진짜로 죽어불라구 그랬는지 몰라도 기차가 튀 나오는 굴 앞에 서 있으면 안 되는 것이제."

"디젤로 바뀐 지가 언젠디 석고가 있것다고 만성리 굴 앞에 서 있었것어……."

석고는 증기기관차 물통을 달구는 연료로 쓰는 조개탄이었다. 선로에 떨어진 석고를 주워 시장에 내다팔면 돈이 되었다. 기찻길 옆에 사는 귀환정 사람들은 달도 없는 밤이면 기차선로를 손으로 더듬어 석고를 줍곤 했다. 국가재산인 석고를 줍다 철도공안경찰에 걸리면 절도죄로 처벌을 받아야 했기 때문에 밤을 택하는 수밖에 없었다. 그러나 증기기관차가 디젤기관차로 바뀌자 선로에서 석고가 떨어지지 않았다. 기차는 빨라지고 좋아졌으나 귀환정 사람들은 그만큼 살기가 더 어려워졌다.

"그믄 자기 집으로 돌아가는 길이었든갑소. 어둡고 긍께로 기찻길 따라 기간정으로 돌아갈라고 했는갑소."

"기관정으로 갈라믄 등이 보여야 하지 왜 정면으로 굴 앞으로 걸어오냐 이 말이시. 나가 기적소리를 씨게 울렸는디도……."

윤호관은 귀환정을 기간정이라고 불렀고 디젤 박은 기관정이라 불렀다. 윤호관은 정부미와 일반미를 손으로 조심조심 섞으면서 디젤 박을 위로했다. 그러나 디젤 박은 윤호관의 위로도 소용없다는 듯이 깊은 한숨만 내뱉고선 주전자 주둥이에 입을 갖다 댔다.

"성님, 잊자부시오. 그게 그 아줌마 운명이라는 거시오. 타고난 운명을 어찔 꺼시오. 나가 이따가 막걸리 한 잔 받아 줄랑께 잊자부시오. 잊자부는 거시 최고 상수요."

정부에서 제공한 국동 새마을동네 야산으로 옮겨가지 않은 홍양숙 엄마는 업둥이 애기를 업은 채 만성리 굴 앞 선로 위에서 기차에게 몸을 맡겼다. 어차피 홍양숙 아버지 홍의철이 물에 빠져 죽고 없는 마당에 야산에 판잣집이라도 지을 사람도 없었고, 홍양숙 할머니는 귀환정 철거사태 때 죽어도 국동으로는 절대 갈 수 없다고 철길에 드러누웠다. 그렇게 발버둥을 하여 귀환정에서 떠나지 않았지만 더 이상 봉지쌀을 가슴에 안고 여수역 광장을 걸어서 철길을 건너는 모녀 그림자는 볼 수 없게 되었다. 여수역 아크릴 이정표 불빛이 꺼지듯 어둠 속에 운명으로 사라져버렸다. 홍양숙도 교실에 더 이상 나타나지 않았다. 번영상회 미닫이문도 열고 들어오지 않았다. 어디론가 사라져버린 벌거벗은 생명이었다.

홍양숙 엄마가 기찻길에서 죽고 난 며칠 후였다. 쌀가게 번영상회에서는 윤호관이 아들 훈주에게 쌀을 되에 담는 기술을 가르치고 있었다. 쌀 때문에 여수에서 벌어졌던 참변을 온몸으로 고스란히 겪었던 윤호관은 때려서라도 되에 쌀을 담는 기술을 가르쳐야 했다.

"야 이노므 시키야! 고렇게 흔들지 마랑께!"

"아이고 아프당께요. 아부지 나 대갈통 깨지요."

"긍께 되를 흔들지 말랑께."

"근다고 밀대로 대갈통을 때리뿌믄 어찐다요."

"시키야, 쌀 한 톨이 농부들 피 한 방울이고 한 되빡이 사람 목숨 하나
여."

"뭐가 근다요, 아부지."

"요놈이 암것도 모르지야. 쌀 되빡하고 사람 목숨하고 바꾸는 것이여."

"그런 법이 어디 있다요."

"요놈아! 아부지가 니만 할 때는 요 쌀 한 줌만 씹어 묵으면 죽어도 소
원이 없거드라."

"그때는 일제 땐께 글지라."

"해방되고 나서는 더 그랬어."

"해방이 됐는디라?"

"긍께 말이다."

훈주는 아버지 말을 도무지 이해할 수 없었다. 어린 시절에 해방을 맞은
윤호관 역시 이해할 수 없는 일이었다.

나라가 일제에 해방되었다고 해서 달라진 것은 없었다. 해방이 되자 조
선 사람들이 착각한 것이 두 가지 있었는데, 하나는 굶주림에서의 해방이
고 또 하나는 압제에서의 해방이었다. 그건 정말 순전히 조선 사람들의 착
각이었다. 말이 해방이지 조선 38도 이남은 미국의 점령지였다. 명령에 복

종하지 않으면 처벌하겠다는 포고령이 미육군 태평양 총사령관 맥아더로 시작해서 남한 미군정 하지 중장까지 연달아 발표하면서 옴짝달싹하지 못하게 하니, 조선 사람들이 착각을 해도 대단한 착각을 했던 것이다.

"쌀이 없스믄 보리 묵으면 되끈디요?"

"시키야 방구 뀌라고 보리라도 있는 줄 아냐. 보리도 공출로 싸그리딱딱 걷어 가부러서 씹어 묵을 것이라고 산에 칡밖에 없어부러."

"아부지, 근디 공출이 뭐다요?"

"농사지은 곡식을 뺏아가는 것이여."

"누가라?"

"미군이."

"나가 농사지은 것을 왜 미군이 뺏아간다요?"

"배급으로 준다고 함시롱."

일제 대신 남한을 점령한 미군정은 처음에는 쌀을 미국식으로 자유대로 사고판다고 했다. 그러나 두 달도 못 되어 쌀이 부족하고 쌀값이 치솟자, 미군정 행정을 담당하는 미군청은 갑자기 일제강점기 시대로 되돌아가서 배급제를 하겠다며 미곡수집령을 담벼락에 붙이고 다녔다. 미군청 아래에 있는 조선 경찰 경무대는 미군청의 허가 없이 쌀을 사고팔거나 운반하다 발각되면 추호의 용서도 동정도 있을 수 없다고 엄포를 놓았다. 배급제를 하든 자유로 사고팔든 해방된 조선 사람 기대대로 배만 고프지 않으면 되는데 오히려 일제강점기보다 더 굶주려 갔다.

그래도 미곡매매 단속을 피해 신월리나 광양 간척지나 미평 등지에서 농사짓는 사람들이 시장에 쌀을 내다 몰래 팔았다. 미군청이 공출로 쌀을 빼앗아가면서 주는 돈이라곤 퇴비로 쓴 똥값도 안 되는데, 시장에 내다팔면 공출 값의 몇 배를 받을 수 있었다. 그러니 목숨을 걸고서라도 쌀을 경찰들 몰래 시장에 내다팔고, 미곡 상인들은 사들였다. 교원 한 달 봉급을 다 털어서 쌀을 사도 보름 먹을 양도 안 될 정도로 물가는 치솟고 태풍은 연달아 몰아쳐 왔으며 콜레라는 창궐했다.

이래저래 굶주림은 일제강점기 때보다 더 심해졌다. 가뭄과 태풍 때문에 흉작을 면치 못해도 미군청에 의해 내려진 공출량을 채우기 위해 동원된 경찰의 수탈행위는 악랄했다. 여수 사람들이 입을 다물고 있어서 그렇지 일제강점기 때에는 조선인 경찰이 쌀을 공출할 때에도 보리나 잡곡은 거두어가지 않았고, 여자가 해산하여 쌀죽이라도 하려고 하면 그 정도는 눈을 감아주었다. 흉작이 들어 기근에 시달리면 조선총독부는 쌀은 거두어가도 보리를 일본에서 가져와 배급하여 민심동요를 사전에 막았다. 그러나 미군청은 조선인들에게 쌀은 목숨과 다름없다는 사실을 모르고 무조건 배급을 위한 공출만 강압했다. 그렇다고 배급이 제때 이루어지지도 않았고 양도 적었다. 일제강점기 때에는 2.5홉 배급받았지만 미군정하에서는 1홉이었다.

"근디 아부지, 왜 미군이 우리나라에서 근다요?"

"미군이 일본한테 이겨쓴께."

"아! 긍께 나가 우리 반 아그하고 쌈 해갓고 이겨뿌러서 급식 **빵** 뺏아 쬐간히 노나 준거 맨키요?"

"훈주야……. 니가 느그 반 아그 때리갓고 보리빵 뺏아 묵었냐?"

"학교에서 두 사람한테 급식 **빵** 한 개밖에 안 줘라."

"그래서 니가 뺏아 묵어 부렀냐?"

"예, 고놈이 코피 난께 암말도 안 하든디요?"

"에라 나까지마야! 한 대 맞아라. 근다고 친구를 때리갓고 니가 다 뺏아 묵어부러? 수득세 받아 처묵었냐."

"아이고 아부지, 왜 자꾸 대갈통을 때리요. 나가 믄 나까지마다요."

"글다가 고놈이 달라들믄 어쪨라고 뺏아 묵어."

윤호관은 훈주 머리를 밀대로 다시 한번 툭 쳐버렸다. 일제강점기 때보다 배가 더 고팠던 미군정 시절을 겪었던 터라, 쌀을 빼앗겼던 섞 삭은 감정이 불쑥 되살아났기 때문이었다.

나까지마는 어린 훈주도 알고 있을 정도로 악랄했던 일제강점기 때 일본인 지주였다. 나까지마는 조선인을 동원하여 광양만 일대를 간척하기 위해 간척지 불하를 약속했다. 그 대신 일정기간 동안 정해진 소출을 갖다 바치는 조건이었다. 나라가 빼앗겨 땅이 없는 조선인 농민들은 그렇게 해서라도 자기 땅을 가질 수 있을 것 같아 기꺼이 노역을 하여 간척지를 개간했다.

바다를 막아 간척지를 개간한다는 것은 산에 돌로 성을 쌓는 것보다 더 힘든 일이었다. 바다를 막는다고 해서 바로 논이 되는 것이 아니라 개간을 위해서는 땀을 섞어야 했다. 간척지 불하 약속을 받은 조선인 노역자들은 땅을 기름지게 만들기 위해 퇴비로 아이들 똥까지 받아서 뿌렸다. 그것도 모자라면 인근 섬사람들 똥을 받아와서 개간을 해나갔다. 땔감이 부족한 섬에 장작을 실어다 주고 대신 똥을 받아오는 풍선배를 여수 사람들은 똥장군배라고 불렀다.

그러나 여수 사람들이 개간한 간척지를 기름지게 만들었어도 가뭄이나 태풍이 불어 흉작이 지면 정해진 소작료를 낼 수 없었다. 나까지마는 소작료를 조금이라도 모자라게 내면 가차 없이 소작인을 쫓아냈다. 조선 소작인이 억울하다고 일본 관헌에 하소연해 봤자 소용없었다. 그런 식으로 광양만 일대 거대한 간척지가 나까지마 소유가 되었던 것이다.

일본이 패망하고 일본인 지주들이 여수에서 물러간 후 주인 없는 적산 농경지 땅을 여수 사람들은 나까지마 땅이라고 불렀다. 해방이 되자 나까지마 땅은 남한을 점령한 미군정에 의해 미군청으로 고스란히 넘어가서 미군청이 관리하는 신한공사 소유가 되어버렸다. 신한공사는 일제가 조선을 체계적으로 수탈한 동양척식주식회사 식산은행을 미군청이 바꾼 이름이다.

신한공사는 나까지마 농경지를 이승만 남한 단독정부 수립 이전에 임의로 불하해 버렸다. 북한이 1946년 토지의 무상몰수, 무상분배를 단행하자 남한을 북한의 사회주의 정책에 대립시키기 위해 적산 농경지를 임의로 먼저 불하해버린 것이다. 미국식 사회체제를 심기 위한 초석이었다. 이때 여수에서도 신한공사를 통해 적산 농경지를 불하받은 사람들이 많았다. 그중에는 홍양숙 할아버지도 있었다.

나까지마 농경지를 불하받은 농민들은 일정기간 일정한 소출을 세금 형식으로 바쳐야 하는데 그걸 여수 사람들은 수득세라고 불렀다. 수득세는 수혜를 받은 것이 아니라 재앙이었다. 조선 전체 농경지의 15프로밖에 되지 않는 나까지마 농경지에서 미군청의 전체 식량수급 30프로를 충당했으니, 나까지마 농경지를 불하받은 농민은 되로 받고 말로 지급하고 있었다.

일반 농경지를 경작하는 농민들도 시장 쌀값 절반의 절반도 안 되는 가격으로 공출을 당하고 있었다. 농사짓는 사람은 일제강점기 때나 미군정 때나 똑같이 공출을 담당한 조선인 경찰들에게 수난을 당해야 했다. 일제강점기의 조선총독부 대신 미군정의 미군청은 일제순사 출신들을 그대로 경찰복을 다시 입혀 조선치안을 담당하게 했다. 미군청의 모든 지배정책 수행은 일제순사 출신 경찰들이 담당하고 있었다.

경찰들은 자신들에게 일제순사라는 불명예스런 딱지를 떼어주고 다시 검은 제복을 입게 해준 미군청이 지시한 임무는 물불을 가리지 않고 수행했다. 그중 미군청의 식량배급제 포고령에 따라 강제로 거두어들이는 미곡공출은 이미 일제강점기 때 숙달된 경험도 있고, 미군청에 충성도를 보일 수 있는 가장 손쉽고 가장 완벽하게 수행할 수 있는 일이었다. 이래저래 여수시민들의 경찰에 대한 감정은 일제강점기 때보다 더 악화되고 있었다.

사람들은 굶주림에 쓰러져갔다. 여수역에서는 배고픔에 쓰러져 있던 사람을 경찰이 콜레라에 걸린 줄 알고 수용소로 실어가 버렸다. 또 외지로 출가한 딸이 해산하자 쌀죽이라도 먹이려고 숨겨 두었던 쌀 보따리를 들고 여수역에서 기차를 타려던 노인이 쌀 공출을 담당하는 취재원 경찰에게 맞아 죽은 일도 있었다. 어부들은 쌀을 배 밑창에 숨겨놓곤 했는데 그래도 취재원 경찰들은 뒤져냈다. 굶주림에 시달리는 여수 사람들은 산에 올라가 삐삐라는 껌 같은 풀이라도 씹어 연명해야 했다.

미군청의 점령정책은 끝내 대구에서 인민봉기를 일으키게 만들었다. 미곡강제공출정책에 항의하는 총파업이 1946년 10월 대구에서 일어나고 말

았다. 미군청은 대구 인민봉기를 소련의 사주를 받은 사회주의자들이 일
으킨 폭동으로 규정했고, 경찰은 무자비한 진압을 하여 많은 사상자를 내
고 말았다. 대구 인민봉기는 전국으로 번져나가기 시작했고 민심은 동요
하기 시작했다. 그럴 때 여수에도 시내 곳곳 담벽에 포스터들이 나붙기 시
작했다.

　쌀을 달라. 쌀을 주는 우리 정부를 세우자!

　여수인민위원회 민주여성동맹원들이 손으로 그린 포스터였다. 나라가
해방되었으나 민족정부가 없으니 고기 잡는 일도 공출당하는 것은 마찬가
지였다. 일본인이 남겨두고 간 수산회사나 모든 배나 어구와 어장은 미군
정의 소유가 되었다. 고기잡이를 하려면 미군정의 허가를 받아야 했다. 허
가 없이 고기를 잡다간 바로 경찰서 유치장으로 끌려가야 했다. 허가를 받
아 고기를 잡는다 해도 일정 어획량은 세금 형식으로 갖다내야 했다. 만일
허가된 어획량을 초과하거나 숨겨서 발각될 경우 허가취소는 물론 징역을
살아야만 했다. 취재원 경찰이 집집마다 뒤지고 다닐 뿐만 아니라 선창가
나 어시장에서도 방망이를 들고 돌아다녔던 시절이었다.
　"야 시키야! 봐랑께. 쌀을 푼 다음에 되를 흔들면 안 되는 거시여. 그믄
쌀이 차곡차곡 자빠져서 더 많이 담겨부러. 에비처럼 되를 쌀 속에 푹 집
어넣어 부러. 그믄 손님이 쌀을 몽창 담는 줄 안당께. 그 다음에 되가 흔들
리지 않게 꽉 쥐고 밀대로 슬며시 민씨롬 되도 같이 슬며시 기울어야 쌀이
많이 떨어지는 것이어. 어디 다시 해 봐."

"아부지, 근다고 쌀이 남는다요."

"남는께 시키는 거시 아니여."

윤호관의 말은 맞는 말이었다. 되에 얼키설키 담긴 쌀을 흔들어보면 한 줌 정도 더 담아야 되 높이와 수평을 맞출 수 있을 정도로 차이가 났다. 같은 되라고 해도 담는 기술에 따라 양이 차이가 났다. 게다가 둥근 밀대에 힘을 주어 눌러 평미레질을 하면 더 차이가 났다. 그러니 되를 흔들지 말아야 하고 밀대에 힘이 들어가면 안 되는 것이었다. 하지만 손도 작고 숙달도 되지 못한 훈주로서는 되에 쌀이 더 많이 담기면 담겼지, 덜 담기지 않아 아버지에게 훈련을 받아야 했다.

더구나 서울의 되 용량과 여수의 되 용량은 또 달랐다. 사각형 나무상자로 쌀 양을 재는 되 용량은 서울에서는 800그램이지만 여수의 되는 두 배로 용량 단위가 컸다. 일제가 호남곡창지대에서 수탈한 많은 양의 쌀을 빨리 측정하려면 되가 커야 했기 때문이었다. 그러니 서울에서 되를 손바닥으로 한 번 치는 것과 여수에서 되를 쳐서 쌀이 담기는 정도도 더 많이 차이가 났다. 거기에 평미레질 한 번에 봉지에 담는 쌀 양이 달라지는 것이었다.

"훈주야 봐바잉. 쌀을 되로 펐으면 고 상태에서 밀대로 쓱 미는디 절대로다 밀대에 힘을 주믄 안 되는 거시여. 어디 혀 봐."

"붓글씨 쓰듯끼 손에 힘주지 말고 쓱 밀어라고라?"

"그래, 바로 고것이여. 그래야 쌀이 되에 눌러 담기지 않는 것이여."

그러나 훈주가 아버지 대신 쌀가게를 지키고 있으면서 쌀을 팔 때 훈련받은 것은 소용없었다. 훈주가 되에 고봉으로 담긴 쌀에 평미레질을 하려고 하면 손님이 밀지 말라고 버럭 소리를 쳤다. 훈주는 어른 손님들의 소리를 무시하고 되에 고봉으로 담긴 쌀을 밀대로 밀어버리기에는 아직 담력이 부족한 어린 나이였다.

평미레질은 인심을 깎아버리는 것이었다. 그래서 되에 쌀이 고봉으로 담기면 밀대로 밀어 되 용량에 맞추지만 어느 정도 선에서는 멈춰 쌀 인심을 보태주었다. 하지만 그것은 엿 장사꾼 가위치기와 마찬가지로 쌀 장사꾼 마음이었다. 한 되가 담기는 봉지쌀을 사가는 덕충동 사람들이나 귀환정 사람들에게 쌀 장사꾼 평미레질은 예민한 사안이었다.

"근디 아부지, 홍양숙 옴마한테 외상값 못 받았는디 어찌까라."

"어찌긴 어째 잊자부러야지."

"잊자뿌믄 어쩐다요. 적어 놓고 냉중에라도 받아야지라."

"요 새키가. 쬐간한 것이 사람이 죽었는디 인정머리가 없네. 한 대 맞아라."

윤호관은 훈주 머리를 밀대로 야무지게 때렸다. 박달나무로 만들어진 밀대는 경찰들이 옆구리에 끼고 다니는 홍두깨 방망이처럼 단단하여, 사람 머리를 내리치면 두개골이 부서지지 않는 것이 다행일 정도였다. 손아귀에 잡히는 되 밀대이기에 망정이지, 쌀 열 되가 담기는 한 말 큰 밀대였으면 훈주는 쓰러지고 말았을 것이다.

"아부지, 왜 때리요. 나는 아부지가 시켜서 외상값 받으러 허벌나게 댕겼는디라."

"시켜야, 근다고 사람이 죽었는디 외상값 타령이나 하고 자빠졌냐. 모지락스러운 놈 같으니라고 원."

"홍양숙이 즈그 할무니는 있쓰건디요. 나가 즈그 할무니 때문에 얼마나 고생했는디요. 맨날 외상값 안 줘라."

"시끄러. 할매도 곧 죽게 생겼드라. 외상값이고 뭐고 봉투에 풀이나 부치."

사실 훈주가 남의 사정을 이해하는 간사위 성질이 부족해서 그런 것이 아니었다. 연탄공장에서 일하던 홍양숙 엄마가 죽었는지 살았는지 실감하지 못하고 있기 때문이었다. 다만 아버지가 외상값 심부름을 더 이상 시키지 않고 있다는 것만 중요했다. 외상값을 주지도 않으면서 무섭게 노려보는 홍양숙 할머니를 더 이상 찾아가지 않아도 되는 것은 잘된 일이기도 하고, 외상값을 받아 삥땅을 칠 수 있는 기회가 사라진 것은 섭섭하기도 했다.

훈주가 용돈을 받기 위해 쌀을 담아 팔 봉투에 풀칠을 하고 있는 동안 윤호관은 책상 의자에 앉아 외상장부를 들여다보았다. 홍의철 집이라고 칸을 만들어 놓은 장부 갈피에 주판을 대고 빨간 볼펜으로 두 줄을 쭉 그었다. 홍양숙 집안은 외상값만 남긴 채 몰락했다. 대마저 끊긴 채 몰락한 집안인데 쌀 한 말 값도 안 되고 연탄 오십 장도 안 되는 외상값을 못 받은 것이 전혀 섭섭해할 일이 아니었다. 윤호관은 마음이 검쓴지 한 손으로 턱을 괴고 한 손으로는 책상을 손가락으로 툭툭 치면서 노래를 흥얼거렸다.

"여수는 항구였다아 철썩 철썩 파도치는 꽃피는 항구 안개 속의 기적소리 옛님을 싣고 어디로 흘러가나 재만 남은 이 거리엔 부슬부슬 이슬비만 나린다 여수는 항구였다아 마도로스 꿈을 꾸는 남쪽의 항구 어버이 혼이 우는 빈터에 서서 옛날을 불러 봐도 오막살이 처마 끝엔 부슬부슬 부슬비만 나린다아."

"아부지, 그거이 이미자가 부른 노래다요?"

"임마, 니는 씨끄러운께 봉투에 풀이나 잘 부치."

"아부지는 맨날 이미자 노래만 부른디. 이상한 노래를 부른께 글지라."

훈주로서는 아버지 입에서 처음 들어보는 노래였다. 여수 블루스라는 노래는 윤호관 집안이 살던 여수 서쪽 마을을 떠나 여수 동쪽 덕충동 토끼 산에 움막을 짓고 살기 시작한 그해부터 여수 사람들 사이에서 입에서 입으로 전해졌던 노래였다. 윤호관은 여수 블루스 노래가 전해지던 그해, 여순참변이 일어나던 가을, 참혹하기 그지없었던 여수가 머릿속에서 암암하게 떠오르고 있는 중이었다. 너무나 푸르러서 손가락으로 콕 찌르면 푸른 물이 쏟아져 내릴 것 같은 가을 하늘이었다.

7
번영상회

　윤호관은 번영상회 대표 명패가 놓인 철제 책상 의자에 앉아 밖을 암상 궂게 노려보고 있었다. 꼭 닫힌 가게 미닫이문 쪽창에는 땡볕이 달구어져 아지랑이처럼 피어오르는 여수역 광장 열기가 고스란히 비쳐지고 있었다. 쌀가마니에서 풍겨 나오는 쉬척지근한 냄새가 가게 안에서 빠져나가지 못하고 있었다. 그럼에도 팔짱을 끼고서 다리를 책상 위에 얹어 꼬고 앉아 콧김을 연신 뿜어대면서 벌끈거리는 것이 몽니가 단단히 난 표정이었다.

　번영상회 미닫이문 앞에는 기차놀이하듯이 줄을 이어선 아이들이 늘어서 있었다. 옆 가게로 들어가기 위해 줄을 선 아이들이었다. 여름이면 아이스바라고 하는 아이스케키를 찍어내던 얼음공장 가게였다. 차례대로 얼음공장 가게로 들어간 아이들은 나무에 비닐을 두텁게 입혀 만든 얼음상자를 어깨에 메고 나와서는 "아이스께끼 사려!"소리를 외치면서 길거리 여기저기로 흩어져 갔다. 얼음가게에서 받은 얼음과자를 다 팔고나면 얼마씩 돈이 남기 때문이었다.

쌀가게 주인 아버지 덕분에 비지땀을 흘리며 얼음과자를 팔러 다니지 않아도 되는 훈주이지만 꽉 닫힌 미닫이 가게 문 때문에 이마에 땀이 쪼르르 흘러내리고 있었다.

"아부지, 문 좀 엽시다. 더워 죽것당께요."

"냅둬야."

"손님 안 들어와 부믄 어찌끄요."

"저 놈이 쫑포 공장에서 얼음 찍어 내던 놈인디……. 왜놈들 한티 얼음 기술을 배우드만 인자 돈을 쓸어 담네 담어."

아들 훈주의 걱정은 아랑곳하지 않고 윤호관은 혼잣말로 딴소리를 했다. 번영상회 옆에 얼음공장 가게가 들어서면서부터 하루에도 몇 번씩 되풀이해 대는 말이었다.

"그믄 아부지도 얼음공장 해 불지 뭘라고 쌀장시를 했다요."

"긍께 말이다. 미군들이 얼음공장을 팔라믄 나한테 팔아야지."

"아부지가 쫑포 얼음공장에서 주임으로 있었쓴께라."

"글지. 나가 사무를 볼 것이 아니라 기술을 배웠어야 쓴디."

"아부지, 근디 쫑포 얼음공장이 본래 일본 놈들 꺼시담시오."

"글지. 일본 놈들이 만들었지."

윤호관은 자신이 얼음공장 사장이 못 되고 쌀가게 주인밖에 못 된 것은 순전히 미군청의 잘못 때문이라고 아들 훈주에게 자주 말했다. 윤호관은 지금의 여수 서초등학교인 보통학교를 졸업하고 나서 지금의 하멜수변공원이라고 불리는 쫑포 선창가 일본인 소유 제빙공장에서 주임 일을 하다가 해방을 맞았다.

일제강점기 때 여수바다는 바닷물에 손만 넣으면 고기가 잡힐 정도로 개체수가 많았고 고급으로 쳐주는 어종도 많았던 바다라서 큰 일본인 수산회사들이 많았다. 선어라고 하여 잡은 고기를 살짝 얼린 다음 회를 떠서 먹기 좋아하는 일본인들은 선창가에 제빙회사를 세워 얼음을 고깃배에 공급했다. 얼음에 재운 고기는 배에 실려 일본으로 갔다.

"아부지, 근디 일본 놈들 꺼시었는디 왜 미군이 판다요?"

"미군이 일본한테 이겼슨께. 왜놈들이 즈그 나라로 도망 가부렀슨께."

"그믄 우리나라 꺼신디라?"

"긍께 말이다. 왜놈들이 우리 조선 사람 피고름 짜서 돌린 공장인께 해방이 되야쓰믄 고거시 조선 것이지 왜 미군 꺼시냐고. 글고 이왕지사 미군이 새 주인을 찾아 줄라믄 나가 일본말도 잘 알고 주임으로 있었슨께 나를 사장으로 앉혀어야 하제."

해방 후 미군정이 실시되면서 미군청은 남한 내에 있는 적산토지뿐만 아니라 점포나 가옥 등 소규모 적산은 매각했지만 덩치가 큰 공장이나 일반 농경지는 민족지도자들의 저항이 심해 매각을 미루고 있었다. 그러다 이승만 남한 단독정부가 들어서자 신한공사를 통해 급하게 불하를 시작했다. 남한에 하루라도 빨리 미국식 자본주의 체제를 세워 북한의 소련식 사회주의 체제 남하를 막아야 했다.

미군청의 불하가 시작되자 민족진영이나 사회주의 진영 모든 지도자들은 적이 남기고 간 재산인 적산은 조선인이 관리해야 한다고 항의했다. 비록 미군이 조선 남쪽을 점령했다고 해도 점령국의 사유재산은 몰수할 수 없다는 것이 당시 국제법인 헤이그 조약이었다. 이 조약에 의하면 미군이 남한을 점령했다고 해서 사유재산이던 적산을 몰수할 권한이 없었던 것이다. 조선 사람들은 북한이나 남한이나 해방된 나라의 모든 적산은 국가가 무상몰수하고 인민에게 공평하게 무상분배해야 한다고 생각하고 있었다.

일본인 소유 수산회사나 정미소나 시멘트 공장 등 적산공장들이 많았던 여수 사람들도 적산은 당연히 무상몰수, 무상분배할 것으로 기대하고 있었다. 종포 선창가에 있는 제빙공장도 그중 하나였다. 제빙공장은 일본인 밑에서 일하던 조선인 노동자들이 스스로 자치위원을 만들어 공장을 운영하고 있었다. 그러나 미군청은 공장 자치위원을 인정하지 않고 공장 불하를 해 버렸다. 공장 자치위원들은 힘을 쓸 수 없이 물러나야 했다. 대신 적산공장을 불하받고자 나선 사람들이 있었다. 조선인 중 불하받을 수 있는 우선조건을 갖춘 사람은 공장 관리자였거나 영어, 일어를 잘 아는 사람이었다. 인민위원회이거나 노동조합 같은 곳에 속해 있지 않고 좌익성향을 갖고 있지 않은 사람이어야 하는 것이었다.

"우리 아부지가 얼음공장 사장을 했어야 하는디."

"긍께로 아부지가 미국말을 이승만 대통령처럼 쌀라쌀라 잘했스믄 얼음공장을 받아 묵는 것인디…… 나가 히라가나를 배울 것이 아니라 미국말을 배웠어야 하는디…… 훈주 니는 미국말을 열심히 공부해야 쓴다. 그래야 성공하는 거시여."

"나는 아직 영어 안 배운디라?"

"중핵교 들어가믄 영어 배운게 쎄가 빠지게 영어공부 해야 쓴다 이거여. 그래야 뭐라도 받아 묵는 것이여."

윤호관은 일어만 배웠지 영어를 배우지 못해 제빙공장 사장이 되지 못

76

한 것을 한탄했다. 하지만 연탄공장에서 손수레에 연탄을 싣고 배달이나 하던 윤호관이 연탄가게를 열고 쌀에 석유까지 팔면서 성공신화를 쓰게 된 것은 순전히 일본어를 안 덕분이었다.

윤호관은 자신이 맨주먹으로 시작한 자수성가 성공신화를 수없이 아들 훈주에게 들려주곤 했다. 여순참변 때 생지옥 불구덩이에서 겨우 목숨만 붙이고 여수역 앞으로 넘어온 윤호관이었다. 솥단지는 물론 요강단지도 불길에 녹아 없어져 삶지도 못한 고구마 한 개로 하루를 연명하면서 덕충동 토끼산에 움막집을 짓고 부두에서 하역 일을 하며 목숨을 이어갔다. 물 건너왔다는 미국 배에 올라가 밀가루 포대를 등에 짊어지고서 부두와 배 사이에 놓인 나무 발판을 딛고 내려와 창고에 수백 장을 쌓아야 한 끼 밥을 먹을 수 있었다.

"아따 역전에 일본 놈들 하꼬방 빈 것이 몇 개가 쪼르르 있는디 거기에 들어가 뭐라도 팜시롱 앉은뱅이 장사를 하믄 딱 좋것든거."

"아부지, 일본 놈들이 도망갔쓴께 빈 점빵인디 왜 못 들어간다요?"

"긍께 말이다. 임자 없는 하꼬방인께 먼저 차지하는 사람이 임자인디. 하지가 이거슨 전부 미군 꺼 이렇게 써 부쳐 놨는디 무서워서 어찌 들어가 것냐."

"하지가 뭐다요?"

"음마? 니는 학교에서 선상님이 하지도 안 갈챠 주드냐?"

"선생님이 그런 거 안 갈차 주던디요?"

"느그 선상님은 아부지보다 더 모른갑다. 하지 장군이 미군 대빵이여."

"맥아더 장군이 아니다요?"

"맥아더는 태평양에서 대빵이고 하지는 한국에서 대빵이여."

남한을 점령한 미군은 바로 맥아더 포고령 1호를 공표했다. 북위 38도 이남의 조선과 조선인민에 대한 통치권은 맥아더 자신에게 있다는 것이고, 영어가 공식 언어이며, 조선인민은 자신의 명령에 복종해야 한다는 것이었다. 남한을 다스리기 위해 상륙한 하지 중장도 연달아 포고령을 발표하고는 건국준비위원회를 배척하면서 미군정 정책을 실시했다. 미군정의 미군청 러치 군정관은 미곡수집령을 공표하고 적산토지와 가옥 점포 불하를 시작했다.

"근디 담벼락에 하꼬방 판다고 써 놨드라고. 그걸 애비가 읽어 부렀다."

"미군은 영어를 쓴디라? 아부지는 일본말을 잘 알아도 영어는 모른답서요?"

"짜슥아, 영어 옆에다 일본 글자로 또 써 놨어. 아부지나 된께 일본 글자 알아 묵고 그거이 무슨 내용인지 뜻을 이해한 거시여."

"그때 우리나라 사람들 전부 일본 글자 모른다요?"

"하믄. 조선 사람이라고 혀서 다 일본 글자를 다 알아묵었간. 아부지처럼 공부를 해야 쓰는 것이여."

"우리 친구 옴마도 일본 말 잘 하든디……."

"짜슥아, 일본 말은 잘해도 글자는 에비 정도 돼야 안당께."

사실 영어와 일본어로 써진 미군청 시행령을 읽고 이해할 사람이 많지는 않았다. 윤호관은 일제강점기에 보통학교를 다니면서 일본선생 밑에서 공부했고 일본인 제빙공장에서 급사 일을 시작하고 나서 일본어는 웬만큼 쓰고 읽을 줄은 알았다. 그 덕분에 미군청의 신한공사가 적산가옥을 불하

한다는 시행령을 이해했던 것이다. 윤호관은 여수역 앞 일본인 소유였던 빈 가게에 슬며시 손수레를 집어넣은 다음 문을 잠가 버렸다. 미군청의 허가 없이 적산을 매매할 수 없지만 점유권은 인정하여 불하 우선순위라는 것도 알아냈기 때문이었다.

그랬더니 나중에 생전 보도 듣지도 못한 사람들이 나타나 자신들이 점포 소유권이 있다고 주장하는 바람에 다툼이 벌어졌다. 일본인 소유자가 일본으로 돌아가면서 자신에게 임시로 맡아 달라고 했다는 것이다. 그러자 윤호관은 한술 더 떠서 일본인 소유자한테 돈 주고 점포를 샀다고 주장하면서 계약서를 명도제 경찰에게 내밀었다. 명도제 경찰이 윤호관이 혼자서 쓴 점포 매매계약서가 가짜라는 것을 모를 리 없었지만, 평소 인사성이 밝은 터라 아무 말도 하지 않았다. 대신 윤호관은 명도제 경찰에게 엎어져야 했다.

미군청이 적산가옥과 점포부터 먼저 급하게 불하를 시행하자 정보를 입수한 사람들은 너나 나나 일본인 소유였던 빈 가옥이나 점포에 들어가 자신들이 소유자라고 주장을 하는 바람에 다툼이 심했다. 이를 해결하기 위해 미군청은 명도제 경찰을 배치했다. 소유권을 두고 다툼이 벌어지면 누구에게 소유권을 넘기는 것이 타당한지 판결을 담당하는 경찰이었다. 명도제 경찰이 '이 점포를 불하받을 사람은 당신이오.' 하면 소유권을 인정받게 되는 것이었다. 게다가 불하금액을 신한공사에서 장기 저리로 대출해주니, 이자를 내다 말든 그건 나중 일이고, 일단 명도만 받으면 그야말로 횡재를 하게 되는 것이었다. 그 대신 명도제 경찰이 수시로 점포로 찾아오면 윤호관은 역전다방에 계란 노른자위를 띄운 쌍화차를 주문하고 봉투를 마련해야 했다. 여순참변 때 집을 잃고 여수역 앞 덕충동 토끼산에 움막집을 짓고 연명하던 윤호관의 성공신화는 그렇게 시작되었다.

"그믄 아부지가 하지 장군한테 점빵을 산 것이다요?"

"산 거시 아니고 불하받은 것이제."

"아부지, 불하가 뭐다요?"

"불하라고 하는 거슨…… 에또…… 이를테면…… 아부지처럼 일본말을 잘하거나 아니믄 미국말을 쌀랴쌀랴 잘하거나 하는 사람한테 맡아라고 하는 거시여."

"그믄 차라리 정미소나 아부지가 주임으로 있었다는 저어그 종포 얼음공장을 불하받아 불지 쬐깐 가게를 받았다요."

"근께 그거시 웃껴분다 말이여. 일본 놈들이 도망갔슨께 일본 놈 똥구멍 밑에서 쎄가 빠지게 일하던 사람들이 공장을 돌리는 것이 도리에 맞는디……. 아니믄 관리를 하던 사람한테 줄라믄 나가 주임으로 있었슨께 나가 맡아야 하는 것인디."

윤호관의 생각은 자신이 공장을 인수해야 한다는 것만 빼고는 공장 자치위원회 노동자들 생각과 같았다. 그러나 여수 제빙공장 자치위원회는 경찰에 의해 강제 해산됐다. 미군청은 미군청의 명령에 절대 복종해야 할 조선인민들이 반발하고 나선 것은 소련의 사주를 받은 남로당이 주도하여 일으킨 것이라 판단했다. 대구 10월 총파업이 경찰의 무자비한 진압으로 많은 사상자를 내며 제압되자 여수인민위원회도 수면 아래로 들어갈 수밖에 없었다. 저항하는 기운이 수면 아래로 들어가자 그때를 틈타 신한공사 여수지부는 신속하게 적산 농경지와 점포 가옥을 불하해 버렸다.

윤호관이 불하받은 점포가 역전 연탄가게 간판을 붙이고 번영하기 시작한 것은 한국전쟁이 끝난 후부터였다. 부둣가 하역작업에서부터 시작하여 한국전쟁 중에는 폭탄을 등에 이고 나르던 지게부대인 보국대를 하면서 배달을 몸에 익힌 윤호관이었다. 가정연료로 연탄이 보급되자 연탄공장에서 도매로 받아 온 연탄을 점포에 쌓아 놓고 팔기 시작한 것이다.

"아따 고거 재밌드라고잉. 연탄 몇 장을 팔아 분께 밥값이 나와불드만잉. 훈주 니는 아직 그 맛을 모를 꺼시다."

역전시장을 이용하는 덕충동 일대 주민들이나 귀환정 사람들은 연탄을 몇십 장씩 사서 집에 쌓아둘 형편이 못 되었다. 하루에 필요한 연탄 한두 장을 사야 하는데 연탄공장에서는 낱개로 살 수 없었다. 할 수 없이 돈을 더 주고 윤호관 연탄가게에서 낱장으로 연탄을 사야 했다.

여수 선창가가 있는 남쪽과 달리 여수역이 있는 동쪽은 샛바람을 피할 수 없어 겨울이면 추웠다. 더구나 판자로 지은 움막집들은 웃풍이 사정없이 파고들어 더 추웠다. 조개탄이든 연탄이든 아궁이 불을 지피지 않으면 동상에 걸려 손발이 썩어 들어가야 했다. 한겨울 동안 목숨을 지켜내기 위해서는 연탄이 반드시 필요했다.

"잇꼬 니꼬 산꼬 용꼬 꼬꼬……."

"아부지, 다 안 팔리믄 어쯜라고 왕창 사부요."

"짜슥아! 천 년 묵은 것으로 만든 것인디 백 년 간다고 썩는 줄 아냐. 물만 안 묻으면 되는 거시여. 에비가 다 못 팔고 죽어뿌믄 니가 팔믄 되는 것이여."

"아따 나는 연탄장시 싫어라."

"그믄 연탄공장 사장 해 부러라."

"연탄은 싫단께라."

"그믄 쌀을 팔던지."

"쌀장시도 싫어라."

"그믄 정미소 사장 해 부러라."

윤호관은 가게에 연탄을 들여놓을 때마다 장단에 맞추어 일본 숫자를 세면서 쌓았다. 얼굴에 검댕이가 묻어 시커멓게 되어도 흡족한 표정을 감추지 못했다. 가게 천장에 닿도록 가득 채운 연탄을 바라보고서 또다시 손가락으로 연탄 개수를 세었다.

윤호관의 연탄가게가 번영상회로 간판을 바꾼 것은 가게에 쌀을 들여놓고 팔기 시작할 때부터였다. 여수역 일대 사람들은 연탄뿐만 아니라 쌀도 말로 살 형편이 못 되다 보니 한 되씩 담아 파는 봉지쌀을 사야 했다. 윤호관은 정미소에서 쌀을 받아 와 봉지쌀을 팔기 시작했다. 쌀은 연탄보다 이윤이 더 많이 남았다. 일반미에 정부미를 섞으면 이윤은 크게 남았다. 그러기 위해서는 눈이 달린 동장 반장은 물론 방범대원에게까지 고개를 숙여야 했고 단속반원과 함께 다니는 경찰에게는 아예 곱사등이 되어야 했다. 그 덕분에 번영상회는 연탄가게에서 출발하여 쌀을 팔고, 석유도 병에 담아 팔더니, 돈이 급한 사람들 편의를 봐주는 일수까지 놓으면서 번영했다. 급기야 철제 책상이 가게에 들어와 자리를 차지하고 책상 위에는 '번영상회 대표 윤호관'이라고 써진 자개 명패가 올려졌다.

8
여자 거지

　동백 술집 딱딱이 여자가 번영상회로 들어왔다. 단골이라면 단골이었다. 눈썹 위는 숯검정 칠을 하고 입술은 빨간 크레용으로 색칠을 한 딱딱이 여자는 가게 미닫이문이 털컥 떨어지도록 밀치고 들어와서는 명패가 놓여 있는 철제 책상에 엉덩이를 걸쳤다.

　"아부지 안 계시냐?"

　"아부지 연탄 받으러 갔는디라?"

　"잉 그냐, 그믄 언제쯤 오끄나?"

　"모르것써라. 연탄 받으러 갔쓴께 오래 있다 오끈디 왜그요?"

　"아따 급한디 언제 온다냐."

　"쌀 주까라?"

　훈주는 딱딱이 여자가 얼른 가게를 나가주길 바라면서 외상으로라도 쌀을 주어 내보내고 싶었다. 딱딱이 여자가 싫기도 하거니와 다른 손님이 들어오게 되면 용돈벌이를 하는 데 방해가 되었다. 그런데 딱딱이 여자는 아

무 대꾸도 없이 손에 둘둘 말아 쥐고 온 잡지책을 펼쳐놓고 딱딱 소리가
요란하도록 껌을 씹어댔다. 복어처럼 볼에 바람을 잔뜩 넣어 부풀리더니
주둥이 밖으로 풍선을 불었다. 껌은 풍선이 되어 주둥이에 대롱대롱 매달
리다 퍽 소리와 함께 터지면서 주둥이에 착 달라붙었다. 딱딱이 여자는 다
시금 혀를 내밀어 요리조리 껌을 쓸어 모아 입안에 넣고 다시 씹었다.

역전다방 여자는 불러야 왔지만 딱딱이 여자는 부르지 않아도 날름날름
잘도 번영상회에 들어왔다. 쌀을 외상으로 가져가기도 했으나 돈도 외상
으로 가져갔다. 미국 사람들이 쓰는 돈을 달러라고 하는데, 여수 사람들이
급히 빌리는 돈을 '딸라'라고 부르고 차용해가는 돈은 한국 돈이었다. 윤
호관은 딱딱이 여자가 딸라 이자로 차용해간 돈을 수금하러 동백 집에 갔
다 올 때에는 꼭 막걸리를 마시고 왔다.

"아따 급한디 왜 안 온다냐. 아야 느그 아부지 어느 연탄공장으로 갔
냐?"

"몰라라. 수정동 연탄공장으로 갔쓰건디요?"

"급한디…… 수정동까지 가고 염병하든 갑네."

딱딱이 여자는 답답한 듯 읽고 있던 잡지를 탁 덮고서는 엉덩이를 일으
켰다. 아직 해가 중천에 떠 있어 딱딱이 여자에게는 별로 급할 것도 없는
시간이었다. 딱딱이 여자는 뒤가 급한 것처럼 번영상회 미닫이문이 떨어
지도록 밀쳐내고 나가버렸다. 딱딱이 여자가 엉덩이를 털고 일어난 책상
위에는 미처 챙겨가지 못한 잡지가 놓여 있었다. 만화책보다 더 흥미로운
'선데이서울'이라는 잡지였다. 잡지에 실린 기사가 아무리 자극적이라도
전부 서울에서 일어나는 내용이고 여수에서 일어난 사건기사는 없었다.

여수에서 일어난 사건이 서울까지 전달되기에는 너무 멀리 떨어져 있었다. 그나마 지방신문이 소식을 전하긴 했으나 여수 소식이 서울에 있는 신문사에 제대로 전달되기에는 먼 거리였다.

딱딱이 여자가 기다리다 짜증을 내고 가게를 나가버릴 때 윤호관은 수정동 연탄공장에서 손수레를 끌고 막 나오던 참이었다. 윤호관도 정미소에서 쌀을 받아 와야 쌀을 팔고, 연탄공장에서 연탄을 받아야 팔 수 있었다. 조금이라도 더 이윤을 남기기 위해서는 싸게 도정된 쌀을 받으러 정미소를 찾아다녔고 조금 멀더라도 싸게 받을 수 있는 연탄공장에서 연탄을 받아왔다.

여수역 건너편 수정동에도 연탄공장이 있었다. 빈터도 있었고 연못도 있었다. 아이들이 연못에서 떼 지어 놀면 연탄공장 앞 빈터에도 거지들이 떼로 몰려 있었다. 그 거지들 중에 여자 거지가 있었다. 정신이 온전하지 못하여 아이들이 놀려도 씰쭉씰쭉 웃었다.

"미친년아……!"

한 아이가 여자 거지를 조심스럽게 놀렸다. 나이 든 여자 거지에게 아이가 놀리기 위해 소리친다는 것은 용기가 필요했다. 그래도 아이 자신에게 별다른 일이 생기지 않는지 의구심을 떨쳐버리기 위해서는 확인을 해야 했다. 여자 거지는 비시시 웃기만 할 뿐 구석진 곳에 앉아 있었다. 의구심이 떨쳐진 아이는 조그만 돌을 집어 여자 거지에게 던졌다. 여자 거지가 별다른 반응을 보이지 않자 이번에는 다른 아이가 조금 더 큰 돌을 던졌다. 거지라도 돌을 던지면 되나 싶었던 아이들의 의구심이 사라지고 난 다음 던진 돌은 컸다. 아이들이 던지는 돌은 점점 커지고 많아졌으며 반복되었다. 그때 수정동 연탄공장에서 연탄을 떼서 손수레에 싣고 나오던 윤호관이 아이들의 몹쓸 짓을 봐 버렸다.

"야 이노므 세키들이!! 어디서 못된 짓들을 해!!"

윤호관은 연탄을 가득 실은 손수레를 비탈길에 내팽개친 채 연탄집게를 치켜들고 아이들에게 달려왔다. 그제야 아이들은 자신들이 한 행동이 어른에게 혼나는 짓인 줄 알고 그 자리에 얼어버린 채 서 있었다. 사람이 자신의 의지로서 피할 수 없는 상황에 처하게 되면, 아무것도 할 수 없이 상황이 주는 운명을 맞는 처연함을 보여주는 것이었다. 어린 조무래기 아이들은 쇠붙이를 들고 벼락같이 소리치며 달려오는 윤호관을 보고서 그만 발이 땅에 붙어 버린 채 서 있었다. 그 상황에서도 숨는 아이들도 있었다. 윤호관은 콧김을 풍풍 내뿜고 연탄집게를 허리춤에 찼다. 그리고 아이들을 무릎 꿇리고 숨은 아이들을 향해 소리쳤다.

"좋게 말할 때 숨은 놈 나와라잉! 나가 느그 집들 다 안께 집으로 쫓아간다잉! 만약에 안 나오믄 진짜 범인으로다 알아불란께 나와라 잉."

그 말은 금방 효과를 나타냈다. 누구 집 몇 째 자식이라는 것을 다 아는 동네에서 당장 도망을 쳐서 위기는 모면할 수도 있겠지만, 나중에 더 비싼 대가를 치러야 하는 것이 염려된 숨은 아이들은 하나둘씩 모습을 드러냈다. 윤호관은 아이들을 전부 무릎 꿇렸다. 아이들은 그때까지만 해도 자신들이 한 짓이 어른한테 뺨까지 맞아야 하는 짓인 줄 몰랐다.

"나는 안 그랬어라. 구경만 했어라."

숨었던 아이 중 한 명이 자신은 돌을 던지지 않았다고 울먹거렸다. 나머지 아이들도 돌을 던진 것은 자신이 아니라고 발뺌했다.

"그믄 누가 했냐? 조사해 보믄 다 밝히진께 자수해라잉! 요런 조마탁만한 것들이 어디서 징한 짓을 배워갓고!! 어뜬 놈들이 돌을 던졌는지 빨랑자수해랑께!!"

윤호관은 몹시 화가 나 있었다. 아이들은 성난 황소처럼 날뛰는 윤호관 모습을 보자 더욱 얼어붙어 버렸다. 아이들은 자수를 해야 무서운 상황에서 살아남을 수 있는 것인지, 아니면 끝까지 오리발을 내미는 것이 살아남는 길인지, 판단을 하지 못하고 있었다. 그래서 침묵만 하고 있었다.

"자수하믄 용서해 주껀께 빨랑 자수해라잉. 안 그믄 느그 담임선상님한테 끌고 가분다잉."

아이들 낯빛이 어두워지기 시작했다. 담임선생님에게 끌려가면 분명 부모님 모셔오라고 할 것이고, 그렇게 되면 사건이 걷잡을 수 없이 일파만파로 번질 판이었다. 아이들은 도무지 자신들의 생각으로는 상황을 받아내기 힘들어졌다. 그럴수록 더욱 가만히 있었다. 어떤 결과가 내려지든 가만히 있으면서 주어진 결과를 받아들이는 무기력 상태에 빠져들고 있었다.

"하! 호적에 잉크도 안 마른 것들이 벌써부터 오리발 내미네. 근다고 나가 모를 줄 아냐? 느그들 전부 손바닥 까 봐!!"

아이들이 고개를 숙이고 침묵을 하고 있자 더 화가 난 윤호관은 아이들 손바닥을 하나씩 펴서 흙이 묻어 있는 아이를 골라냈다.

"나는 한 개 밖에 안 던졌어라."

"거짓깔 치고 있어 나가 전부 다 봤는디 한 개 밖에 안 던졌어?"

"진짜라. 나는 한 개 밖에 안 던졌서라."

"그믄 돌 던진 놈을 니가 골라 내. 안 그믄 전부 니 혼자 던진 것으로다 한다잉."

지목받은 아이는 머뭇거렸다. 같은 동네에서 사는 친구들인데 자신이 공포 상황에서 벗어나기 위해 다른 아이를 지목하기는 차마 힘든 일이었다. 그래도 자신이 공포 상황에서 벗어나려면 돌을 던진 아이를 지목해야 하는 정도는 계산이 되었다. 윤호관은 아이가 그런 계산을 빨리 하도록 만들려면 공포 상황을 극한까지 몰고 가면 되는 것이었다. 윤호관은 먼저 골라낸 아이의 뺨을 모질게 후려쳤다.

"요 새끼가! 니 혼자 돌 다 던졌지!"

"나는 진짜로 한 개 밖에 안 던졌어라. 진짜랑께라."

"그믄 또 돌 던진 놈들 찍어내란 말이다. 안 그믄 니 혼자 다 맞든가."

윤호관은 손바닥을 번쩍 치켜세웠다. 그제야 아이는 자신이 살기 위해서는 다른 아이를 지목해야 한다는 생각이 확연하게 들었다. 오들거리며 쥐고 있던 주먹에서 집게손가락을 폈다. 무릎을 꿇고 있는 아이들은 손가락이 자신을 지목할까봐 땅만 쳐다보고 있었다.

"에또, 사람한테 돌을 던지는 거슨 짐승이나 하는 짓이여. 사람한테 하라고 학교에서 선상님이 갈치드냐! 글고 사람한테 징한 짓을 한 놈을 감싸 주면 그놈이 더 나쁜 놈이여. 왜 그냐믄 징한 짓을 나쁘게 생각하지 않는다는 것인께 그믄 또 근다 이거시여. 그믄 어찌 되긋냐 사람들이 살 수 있것냐? 긍께 그런 놈은 골라내서 혼나야 다른 사람들이 살 수 있다 이거시여. 친구라고 감싸주믄 공멸한다 이 말이여. 뭔 말이냐면 다 죽는다 이거여 알긋냐?"

윤호관은 연탄집게를 찬 허리춤에 손을 게 발처럼 척 얹고서 아이들에게 일장연설을 쏟아냈다. 아이들이 혼이 나야 하는 이유를 설명해야 잘못한 짓에 대한 대가를 받아들이는 데 저항이 줄어들고, 지목을 하는 아이에게는 자신의 손가락 지목이 친구를 해코지하는 것이 아니라, 친구들이 안전하게 살 수 있는 환경을 만들기 위한 의로운 행위임을 알려줄 필요가 있었던 것이다. 그러나 아이들은 그게 무슨 말인지 분별하지 못하고 있었다.

"알것냐 이놈아!"

"네……."

"그믄 빨리 찍어 내란 말이다."

손가락을 편 아이는 마지못해 대답을 하긴 했으나 정말 이해를 해서 대답한 것은 아니었다. 다만 판단할 수 없는 자신의 행동을 훈주 아버지 판단에 의존했을 뿐이었다. 더구나 당장 자신들의 생사여탈권을 쥐고 있는 훈주 아버지가 하는 말이었다. 그러나 얼렁뚱땅 대답을 하긴 했어도 막상 돌 던진 다른 아이들을 손가락으로 지목하려고 하니 또 뭔가 마음에 걸려 머뭇거렸다. 윤호관은 아이의 머리통을 사정없이 쥐어박아 버렸다.

"요놈 봐라? 그거이 느그들 의리여? 그건 의리가 아니고 친구를 더 못쓰게 만드는 거시여. 글고 니가 혼자 다 했냐? 그믄 니만 혼나믄 쓰것냐?"

머리를 맞은 아이는 아무리 어른이고 훈주 아버지이지만 머리통이 아프니 자연 반감이 갔다. 그런데 요상하게 반감이 분출되는 방향은 윤호관이 아니라 다른 아이들이었다. 괜히 다른 아이들 때문에 자신이 맞는 것 같아 화가 났다. 그래서 손가락을 편 아이는 무릎을 꿇고 있는 다른 아이들 중 평소 친하지도 않고 이전에 다툰 적이 있는 체구 작은 아이를 향해 손가락질을 했다.

"야 새끼야! 나가 언제 돌 던졌냐? 니 나한테 죽고 잡냐?"

지목을 당한 아이는 자신을 손가락으로 지목한 아이에게 눈을 부라리며 버럭 화를 냈다. 그러나 얼굴 표정에는 공포감이 위장된 적대감에 젖어 있었다. 손가락 권총으로 지목한 아이는 순간 뒤로 물러서며 쭈뼛거렸다.

"이노므 시키가 어디서 양심불량이여. 니 절루 가서 무릎 꿇고 앉아 있어."

"나가 안 그랬는디…… 훈주 아부지, 나가 안 그랬당께요."

윤호관은 손가락 지목을 받은 아이 등덜미를 잡아 끌어내 왼편에 따로 앉혔다. 왼편에 따로 앉게 된 아이는 눈물까지 글썽이며 윤호관에게 동정을 구했지만 소용없었다. 윤호관 입장으로서는 아이가 눈물을 보인다고 용서를 해 주면, 연탄이 가득 실린 손수레를 내팽개치고 달려와 아이들에게 큰소리 친 자신의 위신이 그만큼 손상되는 것이고, 어른이 별일도 아닌 것에 흥분한 것밖에 지나지 않는 것이었다. 동네 어른으로서 아이들에게 위엄을 지키려면 용서를 해서는 안 되는 일이었다. 그 대신 우는 아이에게 면책권을 부여했다.

"니가 안 그랬다고? 나가 다 봤는디?"

"나는 돌 던질라다가 말았어라."

"그믄 니 말고 누가 던졌냐? 인자 니가 찍어 봐."

"……"

"안 찍을래? 그믄 느그 둘이만 던졌슨께 둘이만 혼나믄 쓰것다. 느그 둘이 마주보고 서로 뺨을 때리."

윤호관은 둘을 마주보게 하고 서로 뺨을 때리도록 지시했다. 원래 상호 뺨 때리기는 일본군들이 내무반에서 힘들이지 않고 체벌을 할 때 쓰는 방법이었다. 학교에서도 아이들이 잘못을 저질러 선생님한테 걸리면 받는 체벌이라 어떻게 하는지 아이들도 잘 알고 있었다. 다만 손가락으로 지목한 아이와 지목을 당한 아이가 마주보긴 했지만 누가 먼저 뺨을 때릴 것인지 정해지지 않아 머뭇거렸다.

"요것들 봐라? 안 때려? 안 때린 놈이 먼저 돌을 던진 놈이여. 그놈이 제일 나쁜 놈이여. 니가 먼저 그랬지?"

"아녀라. 나가 먼저 돌 안 던졌어라."

"근디 왜 안 때리냐? 니가 먼저 돌을 던졌쓴게 양심상 글지?"

"나가 진짜로 안 그랬당께라."

"그믄 때려야 쓰거이 아니냐."

그제야 손가락 권총을 쏜 한 아이가 지목을 받은 아이 뺨에 손을 살짝 갖다 댔다. 이번에는 맞은 아이가 상대방 아이 뺨을 아프지 않게 때렸다.

"요것들 봐라? 느그들 서로 짰지? 서로 다섯 번 씩 때린다. 알것냐?"

그제야 마주보고 있는 아이 둘은 숫자만 채우면 상황에서 벗어날 수 있다는 공통된 생각이 통했는지 뺨을 번갈아 때리기 시작했다. 그러나 뺨 때리기 숫자를 채울수록 강도는 강해졌다. 누가 먼저 강도를 높였는지는 분별할 수 없었다. 오로지 자신이 맞은 뺨이 상대방보다 더 아프다는 감정만 들었다. 결국 윤호관이 지시한 상호 뺨 때리기 마지막 횟수에 이르렀을 때에는 찰싹 소리가 모질게 났고 서로의 뺨에는 손바닥 자국이 벌겋게 났다. 아이 둘은 서로를 노려보며 싸울 기세였다.

"훈주 아부지, 저 새끼도 돌 던졌는디라!"

그런데 손가락 지목을 받아 상호 뺨 때리기를 한 아이가 엉뚱하게 무릎 꿇고 있는 아이들 중 한 명을 손가락으로 가리키면서 소리쳤다. 윤호관으로서는 첫 번째 아이를 적발해 내는 수고를 함으로써 두 번째와 세 번째 아이까지 추려낼 수 있게 되었다.

"요런 쥐새끼 같은 놈이 완전히 양심불량이구마이. 즈그 친구들이 맞고 있는디 지는 안 근척 가만 있어부러. 에라 니는 진짜 불량한 놈이여. 니 일어섯!"

훈주 아버지 윤호관에게 불량하다는 낙인이 찍힌 아이는 맥없이 일어났다. 어떤 변명도, 어떤 구원도 통하지 않는다는 것을 봤던 탓에 체념 상태로 일어났다. 정신적으로 무기력한 상태가 되어버린 불량한 아이는 그저 처분만 바라고 있었다. 어떤 처분에 대해서도 선처를 구하려는 의지는 조금도 찾아볼 수 없었다.

"니는 니가 맞은 것 만큼 야를 때리."

"나는 다섯 대 맞었는디라?"

"그믄 니도 다섯 대 때려 뿌러라."

윤호관은 두 번째 아이에게 세 번째 아이 뺨을 때리도록 지시했다. 이번에는 상호 뺨 때리기가 아니고 일방적으로 때리는 것이었다. 그러자 두 번째 아이는 조금도 머뭇거림이 없이 자신이 가리킨 세 번째 아이 뺨을 때리기 시작했다. 첫 번째 아이한테 손가락 지목받아 뺨을 맞은 분풀이를 자신이 가리킨 세 번째 아이에게 퍼부었다. 두 번째 아이는 자신이 뺨을 맞은 것은 첫 번째 아이 손바닥이 아니고, 여자 거지한테 돌을 던져서도 아닌, 오로지 세 번째 아이 때문이었다.

일방적으로 뺨을 맞고 있는 세 번째 아이는 완전히 침묵한 채로 뺨을 맞았다. 친구지간에 이어지는 뺨 때리기 끝에 서 있었다는 운명적 체념이었다. 운명을 체념으로 받아들이고 아무 희망도 없는 저항의 힘겨움을 스스로 거두어들일 때 고통은 오히려 감소하는 것이었다.

윤호관은 손가락 지목을 받지 않은 오른쪽 아이들을 쓱 내려다봤다. 아이들은 움찔거리며 더 오른쪽으로 움직이면서 밀집했다. 왼쪽에서 뺨 때리기 하고 있는 아이들과 조금이라도 더 멀리 떨어지고 싶었던 것이다.

"니는 이름이 뭐냐?"

"문부영이요."

"잉 그냐. 그믄 니는 이름이 뭐냐?"

"고형선이요."

"그냐. 니들은 양민인께 절대루다 사람혼티 돌 던지면 안 된다잉."

"예!!"

윤호관은 손가락 지목을 받지 않은 아이들 이름을 하나씩 물어보았다. 그리곤 양민이라고 부른 아이들을 향해 씩 웃음을 지어 보였다. 미소를 짓는 윤호관 얼굴을 본 아이들은 하나님 아버지 얼굴을 본 것처럼 환하게 밝아졌다. 조무래기 아이들이 이해할 수 없는 극심한 공포 상황에서 어른이 자신들에게 미소를 보이는 것은 빛이고 생명이었다. 공포감을 조성했던 윤호관은 아이들에게 어느덧 거룩하게 보이고 있었다.

"근디 느그는 불량한 놈들이여."

윤호관은 손가락 지목을 받아 연속적으로 뺨을 맞은 아이들 이름은 물어보지 않았다. 그냥 불량한 놈들이라고 뭉쳐서 불렀다. 그러나 불량한 놈들로 불린 아이들에게 이름은 있었다. 윤호관이 동네아이들을 양민과 불량한 놈으로 분류하자 비로소 어른으로서 권위와 위엄을 아이들로부터 확인받고 있었다. 여자 거지에게 돌을 던진 것에 대한 옳고 그름은 사라지고 오로지 어른으로서 윤호관의 권위와 권능만 수정동 연탄공장 앞 공터에서 빛나고 있었다.

9
인민위원회

몇 달 후, 수정동 연탄공장 앞 공터에서 상호 뺨 때리기를 한 아이들이 서로 앙금이 가시기도 전, 학교에서는 신기한 소문이 나돌기 시작했다. 수정동 여자 거지가 아이를 낳았다는 것이었다. 어떻게 거지가 아이를 낳을 수 있는 것인지 아이들은 이해가 되지 않았으나, 수정동 연탄공장 공터로 동네 어른들이 가마니와 세숫대야를 들고 가는 것은 분명히 봤다. 어른들은 거지들이 몰려 있는 공터에 가마니를 둘러쳐 공간을 만들고 아줌마들이 가마니 공간 안으로 들락거렸다. 얼마 있지 않아 병원차가 달려왔고 여자 거지를 실어 갔다. 아이들은 행여 자신들이 던진 돌에 맞아 여자 거지가 죽은 게 아닌가 싶어 몹시 불안하여 매일 정보를 수집하고 있던 중이었다.

훈주가 소문이 사실인 것을 알게 된 것은 조씨 영감 때문이었다. 동네 토박이 조씨 영감이 손에 편지봉투를 들고 번영상회를 찾아왔다. 쌀을 사려고 온 것이 아니었다.

"어이 호관이! 배달 안 나가고 있었구먼."

"아따 통 밖에 안 나다니는 영감님이 웬일로 발걸음 하셨는게라?"

"잉 자네흔티 뭘 좀 상의하러 왔구먼."

"믄 일인디 나 흔티 상의할 일이 있으까라."

조씨 영감은 수정동 공터에서 여자 거지가 애를 낳은 문제를 상의하려고 왔던 것이다. 거지라도 어려운 상황에 처해 있는데 동네 사람들이 모른 척 할 수 없었던 것이다.

"동네 사람들이 십시일반으로다 돈 좀 모은 거 가져왔네. 호관이 자네도 생각해 보믄 우리도 불쌍하지만 그 간네도 불쌍하기 그지없는 일이 아니드라고. 사정 아는 사람들이 돈 좀 모아씀께 자네가 시장에서 미역이라도 사고 애기 기저귀천이라도 사서 갖다주소."

"아따 저가 먼저 해야 할 일을 영감님께서 수고스럽게 하셨구만이라. 이거 죄송스러 어째야 쓸란가 모르것습니다. 근디 심부름은 하것습니다만 나 흔티 상의할 일이 또 있다요?"

"나 개인적인 생각이네만 이 돈으로다 미역이랑 애기 기저귀는 사것지만서도 애까정 났슨께 키울라믄 방이라도 하나 있어야 쓸 것이 아니더라고. 동네 사람들이 힘을 모다서 사글셋방이라도 얻어 당분간 살게 해 주믄 쓰것네."

"영감님, 돈이야 모을라믄 모다지것지만 어디 누가 방을 내 줄라고 할랑가 모르것소."

"돈 주는디 왜 방을 못 얻것는가."

"그거시……. 즈그 아부지가 율촌 인민위원장이었다는 것을 다 아는디 누가 선뜻 방을 내줄라고 할랑가 모르것소."

"이 사람아 자네도 알다시피 내 선친이 여기 덕충동 인민위원장이었는디 나도 살고 있지 않는가."

해방 이전부터 몽양 여운형이 준비하고 있던 건국준비위원회가 결성되었다. 조선의 각 지역에서는 건국준비위원회에 따라 좌우익을 가리지 않고 인민위원회를 꾸려 행정공백을 메우고 있었다. 덕충동 인민위원회는 여수인민위원회 지역 단위였다. 그러나 조선건국준비위원회가 조선인민공화국 수립을 발표하자 남한을 점령한 미군청은 이를 용인하지 않았다.

더구나 민족주의자 김구, 사회주의자 박헌영, 미국에서 건너온 이승만 등 지도자들의 결집이 이루어지지 않아 건국준비위원회는 힘을 발휘하지 못했다. 건국준비위원회의 조선인민공화국 주석으로 추대된 이승만은 주석 취임을 거부하며 미군청의 정책에 거슬리지 않게 독단적 행보를 시작하고, 미군청이 건국준비위원회를 배척하자 각 지역 인민위원회도 유야무야되어 가고 있었다.

여수는 유명무실해진 건국준비위원회와 달리 자치적으로 여수인민위원회를 따로 꾸려 활동했다. 조씨 영감 부친 되는 사람은 해방 전에 덕충동 동장을 맡고 있던 덕에 자연스럽게 위원장이 되었다. 행정공백을 메우기 위해서는 우익 좌익을 가리지 않았고 서울과 멀리 떨어져 있는 탓에 여수인민위원회 활동은 활발했다. 귀국선을 타고 여수로 귀환한 징용동포들을 위해 귀환정에서 구호활동을 한 것도 여수인민위원회였다.

그러나 미국은 북한이 소련군에 의해 신속히 사회주의 체제를 갖추어 가고 있는 것에 몹시도 불안을 느끼고 있었다. 게다가 전국적으로 미군정 점령정책에 항거하는 인민봉기가 발생하자 불안한 미국은 한시라도 빨리 남한에 토착 미군정 대리정부를 만들어야 했다. 남한 대리정부를 만들기 위해 끌어내어 사용한 물리력이 해방 후 숨어 지내던 친일경찰들이었다. 미군청은 친일경찰들을 불러들여 다시 검은 제복을 입히고 총을 쥐어주면서 우선적으로 인민위원회를 해체시키도록 명령을 내렸다. 숨겨 두었던 일제 경찰 검은 제복을 다시 입게 된 친일경찰들은 인민위원회를 무자비하게 때려잡기 시작했다. 여수 인민위원회도 경찰이 때려잡자 결국 여수도 대구와 마찬가지로 인민항쟁이 일어나고 말았다. 지금은 여순사건이라고 말하는 여순반란사건이었다.

여수 주둔 국군 14연대가 일으킨 군사행동으로 촉발된 여순사건은 이승만 정부 진압군에 의해 여순참변을 가져왔다. 제주도가 도륙되고 있는 것과 마찬가지로 여수 순천도 도륙이라는 참변을 고스란히 맞아야 했다. 이승만 정부 진압군들에게 동포를 죽여도 되는지에 대한 의구심은 이미 제주도 도륙을 통해서 사라지고 난 후였다. 도살의 카니발이 벌어지던 때 덕충동 인민위원장 조양래 아들이었던 조씨 영감도 이승만 정부군과 경찰에 의해 오동도로 끌려 간 후 총을 맞고 절벽에서 떨어졌으나 천우신조로 살아남은 사람이었다.

"긍께 그거시 그때는 일본 놈들이 싹 물러갔은께 동네 살림 할라고 만든 인민위원회를 요상하게 빨갱이로 돌리 뿐께라 참 거시기 해 분당께라."

"여수에 살던 인민들은 다 여수 인민위원 사람들이지 어디 별통별에 살아깐디."

"그야 글지만 지금은 세상이 그런께 안 그라요. 부모 자슥 간에도 자기 집에 하룻밤이라도 자게 되믄 유숙계에 다 써서 지서에 갖다 바쳐야 하는

98

다…… 인민위원장 자식한테 방을 내주믄 경찰이 조사하고 그껀디요."

"이 사람아, 이승만 자유당 유숙계가 없어진 지 언젠디 그러것는가."

도륙천지였던 여순참변이 마무리되자 이승만 정부는 부역자를 적발하고 불순분자를 미연에 탐지한다며 유숙계(留宿屆)라는 것을 시행했다. 자신의 집에 어느 누가 하룻밤이라도 자게 되면, 그 사람이 비록 부모 형제이더라도 종이에 써서 반장에게 신고해야 하고, 반장은 파출소에 신고하는 제도였다. 만약 신고를 하지 않아 탐문한 경찰에 의해 적발되면 경찰서로 끌려가 구류를 살아야 했던 제도였다.

"아따 영감님 모르시요잉. 이승만이 유숙계는 없어져도 새마을 반상회 때 동장, 반장이 다 조사해서 경찰서에 일러 받친당께라."

"그믄 어찌끈가. 애기야 나중에 고아원에 갖다 준다고 해도 당장은 엄마하고 애기하고 같이 있어야 하끄시 아닌가."

"긍께 말이요잉. 어찌야 쓰까요잉. 어뜨케 기간정에 판자라도 이어서 방하나 만드까요?"

"그러믄 쓰것는디 귀환정 사람들이 좋아라 하것다고. 그렇잖아도 빨갱이 자속들 모여 있는 데라고 해서 감시가 심한디 대놓고 빨간 딱지 붙은 자속을 갖다 놔 불믄 되끈가."

"거진디 어찔랍디여?"

"이 사람아 빨갱이가 거지 행세 하면서 근다믄 어찌근가."

"긍께 말이요. 영감님 말씀 들어 본께로 그것도 그요잉."

"글고 새마을운동인가 뭔가 한다고 귀환정을 완전히 밀어불라고 근디 거기다 갖다 놓으면 언제 쫓겨날지도 모를 일 아니것는가."

"긍께라. 그믄 어쯔야 쓰까요. 아따 어쯔게 해 주긴 해야 쓰건디라. 나가 즈그 아부지 대갈통을 아직도 잊어불지 못한당께라. 요즘도 꿈에 나타나서 지 딸 좀 어트게 해 달라고 하는디 어찌야 쓸란지 모르것습니다."

조씨 영감과 윤호관이 고개를 맞대고 수정동 여자 거지 문제를 상의해도 뾰족하게 좋은 수가 나오지 않았다. 조씨 영감과 윤호관이 여자 거지 산후조리 문제를 두고 심각하게 논의를 하는 까닭은 본디 여자 거지가 여수 토박이이기 때문만은 아니었다. 남다른 사연도 있기 때문이었다. 여자 거지는 동네아이들이 미친년이라고 놀려 댔어도 완전히 넋이 나간 것은 아닌 듯 동네에서 밥을 얻어먹을 때에는 고맙다는 말도 할 줄 알았다. 나이 든 동네 어른들 보면 허리를 숙여 인사도 할 줄 알았다. 그럴 때마다 덕충동 사람들은 안쓰러워서 혀를 끌끌 찼고 옷도 입혀주곤 했다.

"도대체 어뜬 놈이 에비이까요잉."

"즈그들끼리 그랬것지. 누가 그 불쌍한 간네한테 그랬것어."

"참말로 거지들도 불알 찼다고 그랬는 갑소잉. 웃겨 불구만요잉."

"웃낄 일은 지금 아니고 어쯔게 여인숙 방이라도 얻어야 쓰것는디."

"여인숙은 누가 방을 거지한테 내줄라 하것습디까."

"거지라도 돈 주는디 방을 못 얻것는가."

"아이고 영감님! 그 간네가 누군지 다 아는디 여인숙 주인은 미쳤다고 방을 내주것소."

"참말로 돈 주고도 방을 못 얻는다는 거시 뭔 일이당가."

"긍께 말이오. 간네가 어디 멀리 가서 살아불든가 할 것이지 뭣땀시 여수에 있어갓고 근가 모르것소."

100

"자네가 즈그 아부지를 저 마래산에 묻었담서. 긍께로 못 떠나고 글것 지."

"그까라? 그래서 나만 보믄 넙죽넙죽 인사를 하고 그까라? 지가 쬐간 했을 때고 혼도 떠 부렀는디 그것을 기억하까라?"

"혼 떠도 그거까지 잊어부까이."

"긍께 어찌 잊자불것소."

여자 거지 아버지를 산에 묻어준 사람은 바로 윤호관이었다. 동네 남자라 곤 죄다 끌려가고 죽임을 당한 판국에 그래도 지게를 지고 산에 올라갈 수 있는 남자는 덕충동 산자락에 움막을 짓고 자리를 튼 윤호관밖에 없었다.

원래 여수역 앞 덕충동은 조씨 집성촌이고 좌우익 마찰이라곤 전혀 없 었던 지역이었다. 그랬던 지역이 여수참변 시작 지점이 된 것은 여수 주둔 국군 14연대가 이승만의 제주도 4·3항쟁 진압출동명령에 항명하여 군사 행동을 일으켜 순천으로 진격하면서 여수역에 진을 치고 숙영을 했기 때 문이다. 이승만 정부 진압군 입장에서 보면 반란군의 본부나 다름없었다.

여수에 진입한 진압군은 덕충동 마을 사람들을 밭에 모아놓고 호박잎 하나라도 14연대 반란군에게 줬다는 의심이 드는 사람은 '적의 개'라고 하 는 적구(敵狗)로 취급하여 가차 없이 도살했다. 그러고 나서 불총이라고 하는 화염방사기로 집들을 죄다 불질러버렸다. 조씨 집성촌 덕충동 마을 에서만 도살된 사람이 사십 명이 넘고 백 호가 넘은 집들이 딱 네 채밖에 남지 않았다. 그나마 불길을 피한 집 네 채도 조씨 성을 가진 진압군 중대 장이 집마다 걸려 있는 조씨 문패를 뒤늦게 보고서 제지했기 때문이었다.

여수 서쪽 중앙동 일대도 진압군 함선에서 쏘아 댄 박격포와 3연대 송석하 소령의 방화로 집들이란 집은 사그리 불타 잿더미가 되어버렸다. 원래 여수 서쪽 연등천 뱃머리에서 살고 있던 윤호관과 홍의철의 집도 불타 푹석 주저앉아버렸다. 집만 없어져버린 것이 아니라 아비들도 죽임을 당하고 말았다. 살 곳을 찾아 어디론가 떠나야 했다. 먼저 여수를 떠나려고 동쪽 여수역으로 먼저 온 사람은 홍의철 엄마였다. 그러나 이미 순천 벌교 곡성까지 전남 동북부 지역은 여수와 다름없이 생지옥이 되어가고 있었다. 기차마저 오가지 않자 할 수 없이 귀환정으로 스며들어 천막을 쳐서 몸을 뉘었다. 윤호관 엄마도 여수 서쪽 마을 사람들 눈총을 피해 동쪽으로 넘어왔지만 기차는커녕 바다도 완전히 봉쇄된 상태라 역시 오도 가도 못하게 되었다.

일단 덕충동 마을에서 불길을 피한 집 중 일가족 여섯 명이 몰살을 당해 주인이 없는 빈집이라도 일단 들어가 지내보려고 했던 윤호관은 밤마다 귀신이 나타난다고 하여 그만 나와버리고 말았다. 할 수 없이 마래산 자락 토끼산 언덕배기에 움막을 지었다. 윤호관이 자신의 어머니와 함께 살아남기 위해 움막을 짓고 있을 때 만성리 굴에서 나온 소달구지가 여수역을 향해 터벅터벅 오고 있었다. 워낭소리를 울리며 달구지를 매달고 느직느직 걸어오던 소는 길섶에 풀을 뜯어 먹으려 토끼산 아래 멈추었다. 달구지 위에는 가마니가 둘둘 말려 얹혀 있었다. 보나마나 땅에 묻을 시신을 싣고 온 달구지였다. 달구지에는 시신의 유족인 여자와 계집아이도 함께 있었다.

덕충동에서 살아남은 사람들이 소달구지에 조심히 다가갔다. 넋이 절반

쯤 나가 눈에 초점이 없는 여자와 계집아이는 소달구지 위에 얹혀서 움쩍도 않고 있었다. 덕충동 사람들은 주변을 먼저 살펴보았다. 진압군들이나 경찰이 없는 것을 확인하고서야 지게에 가마니를 옮겼다. 사람들은 여자에게 가마니에 싸여 있는 것이 산에 묻을 시신이냐고 물어보지도 않았다. 지옥이 따로 없는 도살이 일어나고 있는 참변이라 사방에 널려 있는 것이 송장이었다. 누구의 시신을 떠나 유족이 있든 없든 관계없이 땅에 묻어 주는 것이 살아남은 사람이 해야 할 일이었다. 사람들은 이승만 정부 진압군과 경찰이 와서 시신을 불태워 버리기 전에 산에 얼른 묻어 주어야 했다. 그런데 덕충동에서 살아남은 남자들이라곤 노인네들밖에 없었다. 그나마 지게를 지고 마래산으로 올라가서 땅을 팔 수 있는 남자는 턱수염도 제대로 나지 않은 윤호관밖에 없었다. 덕충동 사람들은 윤호관에게 지게를 내밀었다.

"아따 나가 참말로 그때 생각하믄 아직도 오금이 저려분단께라. 어른들이 지게를 지라고 항께 지긴 졌는디 가볍습디다."

"이 사람아 뭘라 그 야그를 또 꺼낸가. 생각만 하믄 징하시."

"너무 짠 한께 안 그요."

"어디 억울하게 죽은 사람이 한두 명이든가. 한 집안에 한 사람씩은 죽었는디."

"긍께 말입니다. 육이오 때도 생생하게 살것드만 왜 그때는 그리 많이 죽여 부렀는지 모르것당께라."

"사람이 도깨비한테 홀리뿌믄 정신이 나가갓고 지가 사람을 죽이는지 짐승을 죽이는지도 모르고 무조건 도깨비가 좋아라고 항께로 죽여가지고 갖다 바치는 것이지."

"하여간 영감님, 쪼 위에 애기들 항아리 무덤들 안 있소. 나는 어른들이 글로 올라가자고 해서 뭣도 모르고라 가마니 속에 애기 시체가 있는 갑다 그리 생각만 했당께라. 그 여자가 애 낳다가 죽어뿐 애기 시체인 줄 알았소. 근디 올라가서 지게를 내릴라고 한디 워마…… 뭐가 가마니 속에서 툭 떨어지는디…… 워마……! 나는 뭔 수박이 떨어져서 굴러가는 줄 알았당께라."

윤호관은 입가에 흐르는 침을 손바닥으로 닦으며 몸을 부르르 떨었다. 여순참변이 아직 끝나지 않은 1948년 11월 초, 덕충동 만성리 작은 굴 위 마래산이었다. 조씨 영감은 고개를 숙이고 우물거렸다.

"그걸 봤슨께 간네가 미치지 않고 베기것어……."

"긍께 말이오. 간네가 즈그 아부지 머리통이 굴러간 것을 주서다가 갖다주는디 워마…… 나가 돌아불 것드만요잉. 나가 시체는 부지기수로 묻어 봤어도 몸뚱이 없는 머리통만 묻어 본 것은 처음이랑께라."

"간네가 어려서 뭔지 모르다가 나중에 커서 생각 해 봉께 즈그 아부지 머리통이란 거를 알고 정신이 나가분 거지."

"긍께 간네가 안 짠하요. 분명히 즈그 옴마도 미쳐서 오동도에 가서 물에 빠져 죽어 부렀을꺼시오. 산에는 간네만 따라왔습디다."

"여자는 장지에 가는 것이 아닌께 글지."

"상여 나가는 것도 아닌디 안 따라 올 것이 뭐가 있다요. 나가 맨 처음 보자마자 눈이 회까닥 뒤집어져 있는 거 보고 알아봤당께라. 산에서 내려 와 봉께 구루마만 있고 즈그 옴마는 없어져 부렀습디다."

"참…… 그래도 어린 간네가 지 아부지 머리통이라고 주서 갖고 온 것만 해도 용하시."

덕충동 사람들이 몸뚱이 없는 머리를 산에 묻고 어린 여자아이 손을 잡아 내려오긴 했으나 여자아이 엄마는 어디로 사라져버리고 소달구지만 서 있었다. 사람들은 난감했다. 엄마 되는 여자가 바람처럼 사라져버렸으니 온통 도살장이 되어가고 있는 판국에 여자아이를 맡길 곳이 없었다.

"영감님, 그래서 나가 구루마를 몰고 다시 올라가 봤지 않소."

"그때 자네가 소를 몰고 율촌까지 갔다 왔다듬서."

"나가 겁도 없었당께라. 어른들이 시킨께 가긴 갔는디 와마…… 그때 나도 목이 안 짤린 거시 천만다행이오."

살아남은 덕충동 사람들은 소를 만성리 굴 방향으로 돌려세우고 엉덩이를 찰싹 때렸다. 소는 십 리 밖에서도 자기 집을 찾아가기 때문이었다. 소 고삐는 윤호관이 잡고 달구지 위에는 여자아이를 얹혀 놓았다. 혹시라도 엄마 되는 여자가 집에 가 있을 줄 알고 소 엉덩이를 찰싹 때렸다.

소는 뜯어 먹은 풀을 되새김질하면서 다시 만성리 굴을 향해 걸었다. 소달구지가 간 곳은 만성리를 지나고 미평을 또 지나 율촌 아래 소라면이었다. 그러나 소가 찾아간 집에는 아무도 없었다. 마을 사람들은 죄다 조합창고에 가두어져 부역자 심사를 기다리고 있었다. 마을에 돌아다니는 사람들이라곤 대나무에 칼을 꽂아 좌익 부역자들을 찾아내려는 서청단원들과 향보단뿐이었다. 그런데 알고 보니 소가 찾아 들어간 집은 율촌 인민위원장 집이었다.

10
여순 신드롬

여수에서 도륙이 마무리되고 있는 때에 율촌은 그제야 진압군에 이어 증파된 철도경찰에 의해 도살이 일어나고 있었다. 광양만 백운산과 접해 있는 여수 북쪽 소라면과 율촌면은 이승만 정부 진압군에 대항할 사람도 없었고 저항할 아무런 기력도 없는 사람들이었다. 무장세력인 14연대 봉기군들은 이미 백운산에 은닉한 뒤라서 마을에 있는 사람들이라곤 부녀자와 노인들밖에 없었다.

"영감님, 나가 구루마 타고 율촌에 가서 봉께라 진압군들이 옆구리에 니뽄도 차고서라 폼을 잡고 있는디 아따 겁나 불드만요. 왜정시대 때 순사들만 니뽄도 차고 있는 줄 알았드만 군인들도 차고 돌아다니드만요."

"왜정 때 즈그들도 얼매나 칼을 차고 다니고 싶었것어. 일본 헌병대들이 칼 차고 다니믄서 설쳐 댔으니 즈그들도 한번 칼을 쓰고 싶어 환장 했것지."

철도경찰청장 박승관은 광양 도사면 신덕 등지에도 참살을 하러 다녔다. 진압군 부산 5연대 김종원 대위가 돌산도에서 일본도로 참수를 한 후였다. 그러기 때문에 부역자라도 목을 잘라도 되는지에 대한 의구심은 완전히 사라진 뒤였다. 둔감이 습관화된 것이고 불안의 완전제거인 여수 순천 신드롬이었다.

신드롬은 미국이 일본을 완전히 굴복시킨 현상이었다. 그러나 일본은 이미 미국에 항복조건으로 일왕의 지위 유지를 요구하고 있던 중이었다. 미국은 일본의 항복조건을 미루고 있다가 슬며시 티니언 섬에서 B29 전폭기에 원자폭탄을 싣고 일본으로 날아갔던 것이다. 1945년 8월 6일 일본 히로시마에 원자폭탄을 떨어뜨렸다. 히로시마는 말 그대로 초토화가 되어 버렸다. 일본은 항복조건을 제시할 기력조차 잃어버렸다. 그러나 미국은 3일 후 또다시 일본 나가사키에 원자폭탄을 떨어뜨렸다. 막대한 비용을 들여 개발한 원자폭탄을 한 번만 투하하기는 아쉬웠던 것이다. 이왕 한 번 떨어뜨려 톡톡한 효과를 본 미국으로서는 민간인 희생에 대한 고민이나 전쟁을 종식시키겠다는 동기가 사라진 후였다. 나가사키 신드롬이었다.

이승만 정부 진압군이나 철도경찰에 의한 율촌 참살도 마찬가지로 신드롬이 빚어낸 괴물 같은 형상이었다. 아무런 저항도 할 수 없는 민간인을 일본도로 참살한 것은 마치 일본이 중국 난징대학살 때 저지른 참살하고 똑같았다. 일본군 노다 츠요치 소위와 무카이 도시아키 소위의 백 명 참수 경쟁과 똑같았다. 다른 것이 있다면 일본군 소위들이 중국인 목을 잘랐다면, 김종원과 박승관은 동포들의 목을 열정적으로 잘랐다. 일본군 참살 열정은 일본 천황이 내린 용장이라는 칭호에서 나온 것이었다면, 김종원과 박승관의 참살 열정은 그들이 건국의 아버지라 칭하는 이승만 대통령이 부여한 애국적 군인과 경찰이라는 칭송에서 발휘된 것이었다.

"영감님, 나가 율촌에서 다시 구루마를 허천나게 몰고 도망쳐 와 본께라 간네를 고대로 태우고 왔습디다. 나도 참말로 정신이 없었당께라. 즈그집에다 놔두믄 친척이라도 와서 데꾸 가쓰건디 말이요."

"즈그 집에 놔 뒀스믄 살아 남았것어? 굶어 죽든지 불에 타서 죽든지 했쓸꺼시여. 반란군 낯바닥만 본 사람도 다 쥑이뿌는디 인민위원장 딸이 쪼간하다고 봐 줬을라고. 이승만 대통령이 신문에다가 아동까지 색출해서 조져부러라고 지시를 내려부렀는디."

"긍께 말이요."

율촌 소라면에서 살아남은 사람들은 철도경찰청장 박승관에 의해 참살된 이들의 머리를 모아 가마니에 넣어 숨겨 두었다. 머리가 붙어 있든 없든 몸뚱이를 계엄군들이 골에 가서 태워 버리면 나중에라도 유가족들이 시신을 찾아내기가 어렵기 때문이었다. 여자는 그 가마니 속에 있던 머리통 하나를 끄집어내어 가마니에 싸서 소달구지를 타고 여자아이와 함께 덕충동으로 내려왔던 것이다.

여자아이 아버지가 율촌 인민위원장이라는 것을 윤호관으로부터 들어서 알게 된 덕충동 사람들은 여수 시내를 다 뒤져서라도 엄마를 찾아 여자아이를 돌려보내야 했다. 하지만 겁에 질린 윤호관은 더 이상 어른들 말을 듣지 않았다. 덕충동 사람들은 이번에는 귀환정에 먼저 들어와 천막을 치고 있던 홍의철에게 소달구지를 몰게 했다. 홍의철은 여자아이를 소달구지에 태우고 오동도까지 갔다 왔으나 여자아이 엄마를 찾을 수 없었다. 사람들은 할 수 없이 여자아이를 고아원에 맡기는 수밖에 없었다. 집들이 전부 불타버려 어른들도 몸을 뉘일 곳이 마땅치 않은 판국에 아이까지 돌볼 형편들이 못 되었다. 무엇보다 이승만 대통령이 불순분자는 아동까지 색출하여 엄단하라고 한 인민위원장 딸이었다.

"어이 자네, 고 야그 고만 하소. 자네 아들 있는디……."

"쬐간한디 뭐 안다요."

"그래도 아그들 있는 데서 할 이야기는 아닌 듯싶네."

"괜찮해라. 용돈 받을라고 봉투 부치는디 정신이 없구만이라."

조씨 영감은 번영상회 안 한 쪽 멍석 위에 앉아 어린 손으로 쌀 봉투를 열심히 만들고 있는 훈주를 흘낏 쳐다보며 말을 진정했다. 그러다 이내 고개를 도리질하며 입 매무새를 일그러뜨렸다. 사라지지 않고 다만 잊으려 노력했던 기억이 자꾸 떠올려지는 것이었다.

"그때 생각만 해도 진저리가 나부네. 요기 종고산 밑으로 공화동, 수정동, 덕충동 사람들은 죄다 동교에 끌려가서 쪼그라 앉았는디 나는 재심사를 한다고 군기대가 다시 중앙교로 다시 끌고 가드만. 워메…… 그때 나가 모가지 안 짤리고 오동도로 끌려간 것이 다행이시."

조씨 영감이 동초등학교에서 다시 끌려간 곳은 지금의 중앙초등학교인 종산초등학교였다. 진압군들은 여수시민들을 각 지역 초등학교 운동장에 끌고 와서 부역심사를 했다. 즉결처형할 사람들은 사살하고 부역의심이 들어 재심사를 할 사람들은 종산초등학교로 끌고 갔다.

"나는 그때 서교 운동장에 우리 엄니랑 쪼그려 앉아 있었는디 학교 본관 뒤 창고에서 막 총소리가 납디. 근디 중앙교로 끌려 간 사람들은 김종원 한티 운동장에서 당해 부렀다고 급디다잉."

"하이고……. 나도 거기로 다시 끌려가 쪼그려 앉아 심사를 기다린디 교실에서는 곡소리 나지 운동장에서는 김종원 고놈이 칼 빼들고 지가 백두산 호랑이라고 함씨롱 워마 워마! 징 한거……."

"긍께 말이오. 무슨 닭 잡는 것도 아니고라. 뭐 그런 괴물이 다 있으까라잉."

"그런 괴물을 만들어 낸 난리가 괴물인 것이제."

"아녀라 어르신. 고놈은 태어날 때부터 백정 종자랑께라."

"백정이 누가 태어날 때부터 백정이간디. 백정 짓을 해도 되게끔 만든 난리가 진짜 백정이지."

"아무리 난리라고 해도 백정 종자가 아니믄 어찌게 근다요?"

"긍께 고놈을 백정으로 만든 놈이 진짜 백정인 거시지."

인간이 가진 모든 열정 중에 자기가 속한 집단 내부를 향한 열정이야말로 무서운 위력을 발휘했다. 열정에 증오심이 심어질 때에는 외부를 향한 분노보다 내부로 향한 증오심은 더 잔인해질 수 있었다. 저항 정도를 측정할 수 없는 외부보다 내부의 저항 정도는 이미 더 잘 알 수 있기 때문에 압축된 폭발력은 무시무시한 것이었다. 증오심이 심어진 열정이 폭발하는 시점은 내부의 저항이 무력화되었을 때였다. 총을 만져본 적도 없고 부역이 뭔지도 모르는 사람들을 대상으로 저지러진 참살 열정은 총이라는 무기를 통해서 기계적 죽임을 하는 것보다, 칼이라는 원시적 도구를 이용해 직접적으로 죽일 수 있다는 생사여탈권을 부려보고 싶은 공황광(恐慌狂)에서 나온 것이었다.

공황광에서 분출된 악마성이 이성에 의해 제동되기는커녕, 오히려 악마성을 증폭시켜 버렸다. 은폐되고 억제된 악마성이 폭발될 수 있었던 것은 압축된 정치적 긴장이 상황을 제공했기 때문이었다. 미군정과 김구 등 민족주의자나 박헌영 등 사회주의자들 사이에서 조성되는 정치적 긴장을 해결하기 위해서 미군정은 정치적 긴장 통제권을 이승만 정부에 넘겨줌으로써 모든 책임에서 회피될 수 있었다.

"어르신, 나 생각에는 반란군들이 순사들 쥑이지 말고 놔 뒀쓰믄 그 지경까지 안 됐을 것인디라."

"근다고 해서 경찰들이 가만 놔 뒀것어. 일제 때는 뭐 조선 사람들이 조선 순사들한테 해꼬지 해서 끄덕하믄 데꾸가서 족쳤간디. 쌀 내 놔라, 왜 말 안 듣냐, 조선 놈들은 때려야 말을 듣는다 하믄서 족치던 놈들인디. 그 놈이 그 놈이 됐슨께 반란군들이 살려 줬어도 똑같았을 것이여."

"긍께 말이요. 그때 봉께로 반란군들이 경찰서 앞에다 총 쌓아 논 것을 학생들이 가져 감씨롱 친일경찰 죽여도 되냐고 항께로 칠거사의라고 합디다. 일제 때 일본 놈 밑에서 순사질 하믄서 일본 놈들 똥꾸멍 핥던 놈은 쥑이도 죄가 아니라 의로운 것이다, 바로 요 말이지라."

윤호관은 멍석 위에 수북이 쌓인 쌀을 손바닥으로 쓰윽 밀어 평평하게 만든 다음 손가락으로 칠가살의(七可殺義)를 한문으로 쓱쓱 그렸다. 그리고 난 다음 숫자로 일부터 칠까지 칸을 만들었으나, 더 이상 한문으로 상하이 임시정부가 발행한 독립신문에 발표된 내용을 채워 넣지는 못했다.

칠가살(七可殺)은 1920년 2월 5일자 상하이 임시정부 기관지 독립신문에 공식적으로 거론된, 마땅히 죽여도 죄가 되지 않을 일곱 가지 대상이었다. 매국노를 비롯해 독립군 잡는 고등경찰, 밀정, 친일부호, 총독부 관리,

불량배, 모반자 등이 그 대상이었다. 그중 독립자금 마련한다고 친일부호를 찾아가 협박하는 가짜 독립군들이 있었는데, 이들이 매국을 하는 적이라고 규정하여 불량배 모반자에 포함시켜 발표한 것이 칠가살이었다. 윤봉길 의사가 중국 상하이 홍커우 공원(지금은 루쉰 공원)에서 일본군 장성들을 향해 도시락 폭탄을 투척한 것이 바로 칠가살에 의한 의거였다.

해방 후 친일파에게 수치심과 불안감을 심어 준 것은 동포들이었다. 더구나 반민족행위자들을 처벌하는 반민특위가 활동하고 있었다. 친일경찰과 황군 출신들은 두려움과 동시에 적개심은 압축되어 갔다. 그러는 중에 미군정으로부터 권력을 위임받은 이승만 정부와 함께 진압군으로 나란히 섰다는 것을 확인받은 그들은 자신들에게 친일이라는 저열한 존재감을 심어준 동포의 목에 일본도 칼날을 들이댔다. 칼날이 지나간 후 떨어진 목에는 자신들의 행위가 나라를 불안하게 만든 요소를 제거하는 구국적 행위였음을 확인받기 위해 빨갱이 딱지를 열심히 붙이기 시작했다. 여수와 순천 시민은 죽음과 동시에 빨갱이로 탄생하고 있었다.

이승만 정부에 불안요소가 되지 않을 사람들은 양민이었다. 여수역에서 기차를 이용하려면 진압군이 손바닥에 찍어준 '양민' 도장을 보여줘야만 기차에 올라탈 수 있었다. 여수는 양민과 불순분자로 나누어졌다. 이승만 정부가 찍어준 양민 도장을 받지 못한 불순분자는 이물질로서 소각되어야 할 대상이었다. 여수와 순천은 소각장이었다.

"영감님, 나가 말이요 반란사건이 일어나고 다음 날 여수경찰서 앞을 가 봉께라 순사들 시체가 막 널려 있습디다."

"자네 무섭지도 않든가? 뭘라 경찰서로 갔는가?"

112

"공부 할라고 갔지라."

"그 난리에 믄 공부를 혀?"

"누가 급다. 경찰서 앞에 가믄 종이가 널려 있다고 합다. 그땐 공부 할라고 해도 연습장이 없어서 신문지에 쓰고 안 그랬소. 근디 반란군들이 경찰서 습격 함씨롱 뒤지고 버린 서류들이 경찰서 앞에 막 바람에 날라 다닙다. 고거 주서다가 연습장 할라고라."

"참내! 자네도 맹랑하시."

"긍께 말이요. 나도 철이 없는께 그랬지라."

조씨 영감은 허탈하게 웃었다. 세월이 지나 웃음이 나왔지만 웃을 일이 아니었다. 여수역 광장에서 쌀말을 이고 기차에 올라타려는 노인을 홍두 깨로 머리를 내리쳐서 죽게 만들고, 선창가 배 밑창까지 총검으로 찔러 가며 쌀 한 톨이라도 나오면 뼈가 으스러지도록 곡소리 나게 만들던 경찰들이었다. 그런 무서운 경찰들이 아무런 힘도 못쓰고 죽어나갔다.

그러나 정치적 전망과 틀이 갖추어지지 않은 상태에서 일어난 감정적 친일경찰 처단은 대중적으로 입지가 약한 이승만 정부가 존립할 수 있는 명분을 제공해준 것이었다. 여과되지 않은 감정은 곧 끔찍한 국가폭력을 불러들였다. 이승만은 여수와 순천 때문에 장기독재집권을 할 수 있는 디 딤돌을 마련하게 된 것이다.

"근디 영감님, 반란군들이 맨 먼저 총살한 거시 고무공장 김영준이라고 합다."

"아녀. 김영준은 낸중에 도망치다가 총살 받은 거여. 그건 나가 똑똑히 알어."

"그요? 그믄 경찰들보다 늦게 총 맞았소?"

"글지. 나가 쌀 배급 받을라고 영단창고 가다가 살아 있는 거 들었당께. 거 어디냐 중앙동 로터리에서 진남상가 들어가는 골목 안 양복점 안 있드라고. 동척회사 앞에 말이여."

김영준은 14연대가 군사행동을 하고 나서 민간인으로서는 처음으로 처형을 당한 사람이었다. 친일 매국매판 자본가로 칠가사에 의해 구금당해 있다가 처형당했다.

여수 천일고무 사장 김영준은 말 그대로 입지전적인 장사꾼이었다. 고아로 자라 일본에서 고무화학 기술을 배워 여수에 고무공장을 세웠던 인물이었다. 일본을 위해 전쟁 물자를 조달하는 임전보국단이었다. 일본 군국주의 상징인 제로센 전투기를 헌납한 것은 물론, 여수 천일고무 조일직물공장에서 일본군 작업화와 군복 등 전쟁 물자를 생산하기도 했다.

14연대는 김영준을 매국자본가로 붙잡아 중앙동 양복점 이층에 가두어 놓고 처리문제에 있어서는 결론을 내리지 못하고 있었다. 그러나 정찰을 위해 미군 연락기가 선착장 쪽으로 날아들자 김영준은 이승만 정부군이 여수에 들어온 줄 알고 담을 넘어 도망쳤다. 보초를 서고 있던 반정부군에 다시 붙잡혀 온 김영준은 결국 총살을 당했다. 덕분에 함께 붙잡혀 있던 친일우익인사들도 함께 처형을 당해야만 했다.

"동척이라믄 동양척식회사 식산은행 앞 말이요?"

"그려, 식산은행 앞에 말이여."

"식산은행도 그때 불 탔는디라."

"불난 것은 나중에 진압군들 박격포 맞아갓고 탔고 그때까지는 살아 있었당께."

"김영준은 살려 뒀스믄 재벌이 되갓고 여수 사람들이 묵고 사는디 큰 도움이 됐스건디요."

"글씨……. 도망 안 쳤스믄 쥑이진 않았것지만…… 재벌이 됐다고 혀서 여수 사람들이 묵고 사는 데 도움이 됐슬랑가 모르것네."

"그까요?"

"나는 여천에 공장 들어설 때 굴뚝청소라도 해 볼라고 했드만 안 시키 주든디. 나가 책상에 앉아 펜대 굴리것다고 한 것도 아닌디."

조씨 영감과 윤호관도 여수 천일고무 사장 김영준 대목에서 의견이 엇갈렸다. 여수역 앞에서 연탄 배달하다 적산 점포를 불하받아 연탄가게를 열고 쌀장사에 일수놀이까지 하고 있는 윤호관과 여수역 앞 덕충동 인민위원장 아들로 죽다 살아났지만 연좌제에 걸려 평생 허드렛일만 해온 노인의 입장 차이이기도 했다.

"그믄 반란군들이 경찰들을 맨 먼저 총으로 쏴 부렀구만이라."

"글지. 반란군들이 여수경찰서로 진격함씨롱 국동 봉산파출소 중앙동 충무파출소부터 습격해서 지서 경찰들 다 꼬꾸라져 부렀지."

"난 그때 14연대가 훈련 한 줄 알았당께라. 맨날 제주도 진입하러 간다고 구봉산이랑 시내에서 훈련하고 그래서 근줄 알았당께라."

"다 그런 줄 알았지 반란이 일어난지 누가 알았것어."

"우리 옴마가 중앙동 로타리 구경 가잔께 난 카수들이 공연 하러 온 줄 알았당께라."

"나도 뭔 일이 어떻게 돌아가는지도 모르고 인민대회에 갔었지."

조씨 영감 부친 되는 사람은 일제강점기 때 덕충동 동장을 맡고 있었다. 해방이 되고 건국준비위원회 지역 인민위원회가 결성되자 자연스럽게 덕충동 인민위원장을 맡게 되었다. 그러던 부친이 몸이 아파 드러눕자 인민위원장 역할을 아들인 조씨 영감이 대신 맡았다.

"근디 반란군들이 대출도 해 주고 그랬답디다."

"반란군들이 한 거시 아니고 여수 인민위원회에서 한 것이제."

"반란군들이 인민위원들 아니요?"

"원래 여수 인민위원회가 따로 있었어."

"남로당이다요?"

"남로당원도 있었고 내 선친처럼 우익 사람들도 섞여 있었고 그랬지."

"그믄 영감님도 영단창고에 가서 쌀 받았소?"

"우리 덕충동 사람들 배급표 받으러 갔었지."

"고무신도 받았소?"

"고건 나눠주는지 몰라서 못 받았고."

조씨 영감은 이야기를 나누면서 여수역 너머 수평선에 떠 있는 오동도를 바라보았다. 종산초등학교에 끌려가 모진 고문을 받고 또다시 끌려가서 갇혔던 곳이 오동도였다. 진압군과 경찰은 부역재심사에서 처리하지 못한 사람들을 오동도로 끌고 갔다. 끌려간 사람들은 죽음을 직감하고 도망치다 절벽 아래 바다로 떨어졌다. 동백꽃처럼 바다에 툭툭 떨어졌다. 바다로 떨어진 사람 중에 목숨이 붙어 허우적거리는 사람이 있으면 경찰은 총질로 사살을 했다. 조씨 영감도 절벽 아래로 굴러 떨어졌다. 오동도 용굴이 있는 곳이었다. 다행히 들물이라 물이 찬 용굴 입구에 떨어졌고 용굴

116

안으로 헤엄쳐 들어가서 몸을 숨겼다.

여수 주둔 14연대가 일으킨 이승만 정부에 대한 군사행동은 인민봉기로 점화되고 결국 여순참변으로 끝났다. 살아남은 여수 사람들은 어느 누구 하나 일어난 일에 대해서 입을 열지 않았다. 오로지 눈만 껌벅이면서 신문에 발표되는 용감한 국군이 승냥이 무리인 반란도당을 물리쳐 평화와 안정을 찾았다는 기사를 읽으면서도 입을 굳게 다물었다. 그게 살아남은 사람들이 목숨을 부지할 수 있는 처신이고 무엇보다 자식들을 위한 길이기도 했다.

한참 동안 여수에서 일어난 그날의 이야기를 주고받던 윤호관도 쌀 고르는 일을 그만하고 문 밖을 넋 놓고 쳐다보았다. 각자 여수에서 살아내었던 지나한 세월 동안 지니고 있던 된시름을 더 이상 풀쳐내지 못하고 각자 시름없는 표정만 짓고 있었다. 기억이야 서로 얼쑹덜쑹해도 자닝스러운 세월은 마찬가지였다.

번영상회 미닫이문 창문에 붉은 물감이 칠해지고 있었다. 오동도가 떠 있는 여수 동쪽 바다에 붉디붉은 황혼이 구름 사이로 피어오르고 있었다. 일본 나가사키에 떨어진 원자폭탄이 피워낸 구름 같기도 하고 여수 시내가 온통 불바다가 되어 거세게 피어오르는 불기둥 같기도 했다. 윤호관은 황혼을 물끄러미 쳐다보다가 밀대로 되를 툭툭 치면서 이난영의 해조곡을 흥얼거렸다.

"갈매기 바다 우에 울지 마라부러요. 물항라 저고리에 눈물 젖는디. 저 멀리 수평선에 흰 돛대 하나. 오늘도 아 아 가신님은 아니 오시네."

번데기처럼 주름이 가득 잡힌 조씨 영감 얼굴에도 황혼 빛이 붉게 물들어 있었다. 여수에서 태어나 여수에서 살아온 모진 세월을 거쳐 오는 동안 진물이 주름 사이로 흘려 내렸을 것이다. 조씨 영감이 노래를 이어받았다.

"무너진 여수항에 우는 물새야. 우리 집 선돌아범 어데로 갔나. 창 없는 빈집 속에 달빛이 새어들면 철없는 새끼들은 웃고만 있네. 왜놈이 물러갈 때 조용하드니 오늘에 식구끼리 싸움은 왜 하나요. 의견이 안 맞으면 따지고 살지. 우리 집 태운 사람 얼골 좀 보자."

"고거이 제목이 뭐다요?"

"남인수가 부른 여수야화라는 것이여."

"아따 이난영이 남편 남인수가 그 노래도 불렀다요?"

"첫 남편이 아니고 재혼한 것이지."

"그요? 나는 본래 부부인 줄 알았드만."

수정동 여자 거지 출산 문제를 논의하러 온 조씨 영감과 윤호관은 이런 저런 이야기를 나누다가 해방 전후 유명한 대중가수들 신변잡기 정보까지 주고받았다.

"어이 호관이. 방 문제를 상의하러 왔다가 너무 오래 앉아 있어 부렀네. 그믄 나 호관이 자네만 믿고 갈라네."

"영감님, 가실라고라? 어쯔게 미역이랑 애기 기저귀는 사다 갖다 주것는디 방은 나도 어쯔게 해야 모르것습니다."

"또 상의해 보세. 사정을 다 아는디 자네가 힘 쓰믄 설마 방 하나 못 얻거드라고."

조씨 영감이 번영상회를 나가고 난 뒤 윤호관은 책상에 앉아 턱을 한 손으로 괴고 다른 한 손바닥으로는 책상 위를 툭툭 치면서 생각에 빠져

118

있었다. 여수역 일대에서는 웬만한 사람들은 여자 거지 사정을 다 알기 때문에 돈이야 십시일반으로 금방 모을 수 있어도 오히려 방 얻을 일이 고민되었다.

"아부지."

"왜?"

"저 할아부지 빨갱이다요?"

"이놈이……. 쬐간한 거시 어르신한테 말 하는 것 좀 보소……."

쌀봉투를 다 붙인 훈주는 윤호관에게 대뜸 물었다. 윤호관은 어이가 없다는 듯 훈주를 곁눈으로 물끄러미 쳐다보았다.

"저 할아부지가 김일성이가 쓰는 인민이라고 하든디요?"

"쬐간한 것이 어른들 이야기 하는 것을 엿듣고 그래 이놈이. 짜슥아 아부지 어렸을 때는 시민들을 인민이라고 했어. 옛날에는 백성이라고 했고 지금은 국민이라고 하는 것이고. 학교에서 선상님이 안 갈챠 주디?"

"선생님이 육이오 때 인민군들이 여수까정 쳐들어 왔다든디요?"

"그 인민군하고 여수 인민하고는 틀린 거시여. 속 시끄러운께 가서 막걸리나 한 주전자 받아 와."

윤호관은 서랍에서 백 원짜리 지폐 한 장을 꺼내 훈주에게 내밀었다. 훈주는 돈을 날름 받았다. 소주 한 병이 칠십 원이고, 막걸리는 팔십 원이니, 심부름을 하고 오면 이십 원은 심부름 값으로 받아 챙길 수 있었다. 그 돈이면 만화책 열 권은 빌려 볼 수 있기 때문에 주전자를 집어 들고 역전시장으로 뛰어갔다.

훈주가 가게를 나간 후 윤호관은 자신 역시 거지나 다름없었던 때를 되돌아 생각했다. 돌이켜 보면 여자 거지나 자신이나 신세는 마찬가지였다. 어떻게 명절날 새 옷을 입고 흰쌀밥을 먹을 것 같았던 여수인민대회가 있고 나서 둘 다 아버지는 죽어버리고 엄마만 살아남아 거지생활이나 다름없이 지내야 했는지 돌이켜 봐도 천지가 뒤집히는 일이었다. 세상이 뒤집어지는 여수 인민대회는 여순참변이 시작되기 불과 일주일 전 일이었다.

11
여수 인민대회

밤부터 시내 쪽에서 요란한 총소리가 들려오긴 했다. 윤호관 엄마는 제주도에 진압 출동하는 군인들이 총질 연습을 시내에서 하는 것으로 여기고 잠이 들었다. 며칠 전부터 군인들이 시내에서 훈련을 하고 있었기 때문이었다. 제주도에서 4·3항쟁이 일어나자 이승만 정부는 부산 5연대, 대구 6연대, 여수 신월동 주둔 14연대를 진압부대로 편성하여 출동명령을 내린 상태였다. 이미 제주도에서는 미국을 등에 업은 이승만과 친일경찰의 호위 아래 서북청년단과 대동청년단 등이 인간악의 진열장을 전시하고 있는 중이었다.

제주 3·1절 기념식에 참가하는 어린아이가 경찰 기마대 말발굽에 짓밟히자 이에 항의하는 도민들을 향해 무차별 발포로 일어난 제주항쟁은 이승만의 남한 단독정부 수립을 위한 5·10 제헌의회 선거 반대 항쟁으로 더욱 거세게 일어났다. 경찰은 무자비한 살해를 통한 진압을 했고 제주도민은 무장대를 결성하여 한라산으로 들어가 저항을 하고 있었다. 제주 4·3항쟁이 경찰의 무리한 진압에 의해 일어난 것으로 파악하고 민족상잔을 피하려는 제주 9연대장 김익렬은 한라산에 은신처를 삼아 항쟁하는 제주 야산대와 평화협상을 이끌어냈다.

그러나 경찰의 호위 아래 서북청년단과 대동청년단은 오라리 마을에 방화를 하고선 제주도민 폭도의 짓이라고 거짓 선전을 하여 협상은 결렬되고 말았다. 결국 미군정은 경찰의 제주 무력진압에 반대하고 오라리 마을 방화사건이 경찰과 우익청년단의 짓이라고 보고한 김익렬 연대장을 여수 신월동 주둔 14연대로 전출시켜 버렸다.

대신 제주에 몽땅 내려간 이승만 친위대 서북청년단은 하루에 한 명 이상을 죽이지 않으면 밥맛이 없다고 말할 정도로 살육을 자행하고 있었다. 거기에 김익렬 연대장 후임으로 새로 부임한 박진경은 제주도민을 다 죽여도 좋다며 동포를 도축할 짐승으로 여겼다. 제주도는 살육의 카니발이 벌어지고 있었다.

이런 학살이 눈앞에서 자행되는 것을 목격하고 있는 9연대에 살육을 제지해야 한다고 판단한 부하들이 있었다. 군에서 부하가 국민을 학살하는 상관을 제지하는 방법은 평화를 목적으로 하는 암살밖에 없었다. 문상길 중위와 손석호 일등상사 등이 동족상잔은 백해무익하다며 박진경 연대장을 암살했으나 곧 체포되고 말았다. 문상길 중위는 체포되어 총살을 받기 전에 마지막으로 이런 말을 남기고 세상을 떠났다.

22살의 나이를 마지막으로 나 문상길은 저 세상으로 떠나갑니다.
여러분은 한국의 군대입니다. 매국노의 단독정부 아래서 미국의 지휘하에 한국 민족을 학살하는 한국 군대가 되지 말라는 것이 저의 마지막 염원입니다. 이제 여러분과 헤어져 떠나갈 사람의 마지막 바람을 잊지 말아 주십시오.

여수 신월동 14연대 군인들은 제주 9연대에서 전출되어 온 김익렬 연대장으로부터 제주의 이런 상황을 들어 이미 알고 있었던 것이다. 김익렬 연대장은 제주 9연대 박진경 연대장 암살 배후로 지목되어 미육군 방첩대에 조사를 받고 나서 또다시 온양 주둔 13연대로 전보조치되고 말았다.

여수 신월동 주둔 14연대는 박승훈 중령이 새로 부임하여 제주진압 출동명령에 따라 모든 준비를 마치고 부대원들에게 승선 대기를 시키고 있었다. 그러나 동족상잔 결사반대와 미군 즉시철수를 내세운 지창수 상사 등 14연대 부대원들은 제주에 가서 동포를 죽이라는 명령을 거부하고 말았다. 명령에 대한 거부는 군사행동이었다. 그날이 1948년 10월 19일 저녁이었다.

그다음 날, 10월 20일 정오가 넘었을 무렵 윤호관 엄마는 나무를 깎아 만든 두가리 밥그릇에 담긴 강조밥을 호관이와 단칸마루에서 먹고 있었다. 윤호관 집 마당으로 홍의철 엄마가 빵실빵실 웃으며 몸뻬 바지를 손으로 잡아 앞뒤로 휘저으면서 씨암탉걸음으로 들어섰다.

"어이 호관이 옴마! 우리 중앙동 로터리에 구경 안 갈란가?"

"뭔디? 가수 남인수가 또 왔당가?"

"남인수는 얼매 전에 여수극장에서 공연하고 갔는디 뭘라 또 온단가. 남인수보다 더 잘생긴 송욱 교장 선상님이 연설하러 온다네."

"음마! 고 냥반이 연설을 한다고? 믄 연설을 하끄다냐."

"여기 종이 딱지에 연설한다고 안 써났는가."

홍의철 엄마는 손바닥만 한 전단지를 내보였다. 전단지에는 중앙동에서 인민대회가 열린다는 것과 연사로서 여수여중 송욱 교장이 나선다는 내용이 적혀 있었다. 지금의 여수여고인 당시 여수여중은 육 년제 편제로 된 여성고등교육기관이었다. 여수여중을 다니는 여성들은 웬만큼 깨친 집안의 딸이 아니고서는 다닐 수 없는 여성 엘리트들이었고, 여수 여자들에게는 선망의 대상이었다. 그런 학교의 젊은 교장 송욱은 해방 당시 미남가수 남인수보다 여수에서는 더 인기 있는 명망가였다.

"쌀도 주고 고무신도 준다고 근다네."

"뭔 소리여? 누가 글든가?"

"우리 의철이 아부지가 글데."

"우리 호관이 아부지는 그런 말 없든디."

"우리 의철이 아부지가 무담시 그런 말 하것는가."

"우리 가난한 사람들한티 뭣땀시 준단가. 갚을 돈도 없는디."

"수득세 조합세 안 내도 되고 공출도 안 한다네."

"거짓깔 치지 마소. 뭣땀시 근단가? 수득세 안 내믄 순사들이 조져 분다."

"군인들이 경찰서 건물로 쳐들어가서 순사들 다 조져 부렀다네."

강조밥을 넣고 우물거리던 윤호관 엄마 입이 쩍 벌어지면서 숟가락은 허공에서 멈추어 버렸다. 입가에는 모래알을 염색한 것 같은 강조밥이 흘러나오고 눈빛은 아령칙한 것이 사시처럼 보였다. 그런 일이 일어날 것이라곤 윤호관 엄마뿐만 아니라 수면 아래로 들어가 있던 여수인민위원회도 전혀 예상치 못하고 있었다.

"워메! 뭔 일이다냐! 그믄 새벽에 총소리가 그거여?"

"그랬다 그네. 군인들이 제주에 안 가 불고 순사들만 조졌다네."

"오메!! 시원히 잘 해 부렀다. 죄 없는 제주 동포를 쥑이러 뭘라 갈꺼시여."

"긍께 호관이 엄마, 가 끈가 안 가끈가?"

"진짜믄 가세. 에라 빌어 묵을 거 잘 되 부렀네. 그러잖아도 세상 확 뒤집어져버려야 속이 시원했는디."

윤호관 엄마는 남은 강조밥을 채 입안에 욱여넣기도 전에 수저를 개다리소반에 탕 소리가 나도록 내려놓고 벌떡 일어났다. 그리고 몸뻬 바지춤을 야무지게 치켜 올리고 허리 고무줄도 바짝 당겨 묶었다.

홍의철 엄마가 전한 소식은 윤호관 엄마에게도 갇혔던 봇물이 터지는 소리였다. 해방이 된 지 삼 년이나 지났어도 놋그릇에 흰 쌀밥은커녕 두가리에 보리밥조차 제대로 담아 먹어 본 적이 없는 세월이었다. 식량만 그런 것이 아니었다. 바다에서 잡는 물고기도 미군정의 허가를 받아야 하고 태풍이 불든 말든, 어획량이 많든 적든, 고정 어획량은 도둑질을 해서라도 취재원이라는 경찰에게 갖다 바쳐야 했다. 그렇지 않으면 취재원 경찰은 배 밑창까지 샅샅이 뒤지고 한 마리라도 발견되었을 때에는 여지없이 곤봉세례를 하거나 경찰서 유치장에 끌려가서 취조를 해댔다. 농사를 짓는 홍의철 아버지가 미군정의 신한공사에 불하받은 논 때문에 수득세를 못내 곤욕을 치르고 있었다면, 미군정의 허가를 받아 고기잡이 뱃일을 하는 윤호관 아버지 역시 수산조합세를 내지 못해 치도곤을 당하고 있는 것은 마찬가지였다.

진남관 아래 중앙동 로터리에서는 이미 많은 사람들이 가득 들어차 있었다. 갑자기 해방지대가 열린 것이다. 일제순사 대신에 압제하던 경찰들이 죄다 사라진 여수 시내에는 그야말로 인민들이 마음 놓고 활보하여 중앙동 로터리 인민대회에 모여들기 시작했다. 그러나 남로당과 연결되지 않은 채 돌발적으로 군사행동을 일으킨 14연대 봉기군들은 정부를 무너뜨리고 정권을 찬탈하기 위해 반드시 수도를 점령해야 하는 반란 계획은 애초부터 없었다.

미군정으로부터 권력을 대리 이양받은 이승만 정부를 무너뜨리기 위한 준비된 거사도 아니었다. 다만 민족을 배신한 이승만 남한 단독정부가 자신들의 왕국을 구축하기 위해 동포를 선별하여, 그들 입장에서 살릴 가치가 없는 동포는 학살하고 자신들이 만들고 있는 규칙에 복종 충성하는 자들을 만들어내는, 반민족적 정권구축 작업인 제주 학살에 반기를 들었을 뿐이었다. 시작부터 14연대 봉기군들의 목적지는 서울이 아니라 은닉하기 좋은 광양 백운산이었다.

14연대가 광양 백운산으로 가기 위해서는 두 가지 길이 있었다. 하나는 신월동 주둔지에서 바로 여수 서쪽 미평을 통해서 올라가는 육로지만, 봉기군에는 병력이동 차량이 없었다. 가장 좋은 다른 길은 바로 기차였다. 기차를 타기 위해서는 여수 동쪽에 있는 여수역으로 이동해야 하고, 그러기 위해서는 시내를 거쳐야 했다. 시내는 이미 경찰들이 저지선을 치고 있었다.

봉기군이 시내를 통해 여수역을 향해 가는 길목에서는 먼저 시내 중심부 중앙동 충무파출소 경찰의 저지선을 뚫어야 했다. 충무파출소 경찰들은 중과부적으로 박살이 났고, 이어서 언덕길 위 삼거리에 자리 잡고 있는 일제 헌병대 건물인 여수경찰서 역시 봉기군의 총탄을 받아야 했다. 그 과정에서 칠십 사 명의 경찰들이 죽어나갔다. 국가가 세워지고 대한민국 정부가 들어서면서 이루어져야 했던 친일파 처단이 안 되고 오히려 부활하면서, 국가 물리력을 장악하고 일제강점기보다 더 잔혹한 동포 압제를 한 친일 부활 경찰은 결국 14연대 봉기군의 군사행동과 충돌하여 수많은 사상자가 나고 말았다. 경찰을 쓸어버린 14연대 봉기군들은 여수역에 지휘본부를 차리고 기차를 준비하고 있었다.

여수읍 사무실에는 행정의 공백을 메우기 위해 인민위원회가 설치되어 일상 업무가 진행되었다. 미군정의 탄압 때문에 수면 아래 있던 여수인민위원회가 14연대 군사행동에 동조하고 나선 것은 지창수 상사의 선동적 발언 때문만은 아니었다. 좌익 지도자들은 물론이고 김구나 김규식 등 민족지도자들도 삼팔선을 베고 죽더라도 분단을 막아야 한다고 절규를 했지만, 이승만 정부는 아랑곳하지 않고 오히려 통일을 주장하는 민족지도자들을 제거하고 있던 판국이었다.

좌우익 합작 통일정부를 주장한 몽양 여운형이 서울 혜화동 로터리에서 살해당했고, 삼팔선을 넘어가서 북한 김일성과 김두봉을 만나고 온 백범 김구도 이승만 정부의 표적이 되고 있던 중이었다. 이승만의 남한 단독정부 수립으로 분단이 굳어가고 있는 때에 통일된 해방조국 바람은 비단 여수 사람들뿐만 아니라 남과 북을 막론하고 전국적 염원이자 절규였다.

여수 중앙동 로터리 인민대회에 여수여중 송욱 교장은 나타나지 않았다. 여수인민위원회가 명망가 송욱 교장을 임의로 내세웠고 그로 인해 송욱 교장은 이승만 정부 진압군에 의해 그 후 어디론가 끌려가 생사조차 확인할 수 없게 되었다. 여수 중앙동 인민대회는 인민위원회 의장단 선출로 이어졌다. 의장으로 선출된 이용기는 혁명과업 6개항을 발표했다.

첫째, 친일파, 모리 간상배를 비롯하여 이승만 도당들이 단선단정을 추진하는 데 앞장섰던 친일경찰, 서북청년회, 한민당, 독립촉성국민회의, 대동청년단, 민족청년단 등을 반동단체로 규정하고 악질적인 간부들을 징치하되 반드시 보안서의 엄정한 조사를 거쳐 사형, 징역, 취체, 석방의 네 등급으로 구분하여 처리할 것입니다.

둘째, 친일파, 모리 간상배들이 인민의 고혈을 빨아 모은 은행예금을 동결시키고 그들의 재산을 몰수할 것입니다.

셋째, 적산가옥과 아무런 연고도 없는 자가 관권을 이용하여 억지로 빼앗은 집들을 재조사해서 정당한 연고권자에게 되돌려줄 것입니다.

넷째, 매판 자본가들이 세운 사업장의 운영권을 종업원들에게 넘겨줄 것입니다.

다섯째, 식량영단의 문을 열어 굶주리는 우리 인민대중에게 쌀을 배급해줄 것입니다.

여섯째, 금융기관의 문을 열어 무산대중에게도 은행돈을 빌려줄
것입니다.

여수 중앙동 로터리 인민대회에 몰려든 시민들의 환호 열기는 뜨거웠
다. 어떤 이는 감격에 겨워 눈물을 옷소매로 닦아 내기도 했고 어떤 이는
벌떡 일어나 소리쳤다.

"소련군도 물러가고 미군도 물러가라!!"

14연대 군사행동은 인민봉기로 확산되고 있었다. 동학이 외세를 등에
업은 조정에 저항한 백성들의 봉기였다면 여수와 순천 인민봉기는 14연
대 반정부 군사행동으로 촉발된 시민들의 항쟁이었다.

여수 인민대회는 민주여성동맹 대표 정기순의 짤막한 환영축사로 끝을
맺자 대회에 참석한 천여 명의 여수시민들은 일제히 박수를 터트렸다. 홍
의철 엄마는 자리에서 일어나 아예 양 손바닥을 하늘로 치켜세워 박수를
치면서 떠들었다.

"오메 잘 되부렀다! 인자사 진짜로 해방이 돼부렀네!"

"어이 의철이 옴마 좀 앉소. 대중들 많은디 여편네가 남사스럽네."

"음마? 자네 왜 근가? 저 여자도 연단에 나와서 할 말 해서 나도 할란디
왜 근가."

"어이, 저 여자는 든 여자대표라고 글그만. 자네는 아닌께 가만 좀 있
소."

곁에 앉아 있던 윤호관 엄마가 홍의철 엄마 몸빼 바지를 잡아당기며 제
지했다. 하지만 괄괄한 홍의철 엄마는 윤호관 엄마 손을 탁 쳐내며 계속

떠들어댔다.

"니미럴 것! 그동안 수득세 안 낸다고 순사들이 방망이로 정개(부엌)에 밥그릇까정 두들겨 패 불고 쌀 안 내논다고 수갑 채워 감옥에 너불드만 인자 그 꼬라지 안 보게 생겨 부렀네. 보씨요! 위원장 아자씨! 쌀 줄라믄 빨랑 주시오! 배가 고파 디지것소. 죽살나게 농사져 갖고 다 뺏기분 쌀 저 어그 영단창고에 왕창 쌓여 있답디다!"

홍의철 엄마가 서서 계속 떠들어대자 이번에는 뒤에 앉아 있던 남정네가 손가락으로 홍의철 엄마 엉덩이를 꾹꾹 눌러댔다. 정신없이 떠들면서 박수를 치던 홍의철 엄마가 깜짝 놀라 고개를 뒤로 꺾어 쳐다보았다.

"음마? 아자씨 왜 그요? 왜 서방 있는 여자를 찝쩍거리요?"

앞니가 빠져 성성한 남정네가 인상을 찌푸리면서 입을 손으로 막으며 쉰 소리를 냈다.

"아쥠씨! 엉덩이 좀 흔들지 마씨요. 먼지 나요. 글고 쌀을 탈라믄 나 맨키로 표딱지 받고 순서대로 타야제 떠든다고 먼저 준다요?"

식량영단창고에는 정말 쌀이 수북이 쌓여 있었다. 미군정이 식량을 배급제로 실시하면서 경찰들이 공출로 거두어들인 쌀이 배급되지 않고 쌓여 있었던 것이다. 콜레라 전염병과 태풍으로 흉작을 면치 못해도 미군정이 내려 준 공출량은 80프로나 달성될 정도로 여수의 공출실적은 타 지역과 비교가 되지 않았다. 그만큼 공출을 담당한 경찰들의 수탈은 극심했다. 미군정이 내려준 공출 목표량을 어느 정도 달성하는가는 곧 미군정에 충성도를 나타내는 척도나 다름없었기 때문이었다. 적산 토지를 미군정 신한공사로부터 불하받은 농민들뿐만 아니라 일반 농경지 농작물도 공출로 대부분 빼앗기는 것은 마찬가지였다.

물가는 치솟고 사람들은 고리 대금으로 사채 돈을 빌려 써야 목숨을 부지할 수 있었다. 당장 사채라도 빌려 먹을 것을 사지 못하는 사람은 아사자로 쓰러져 가야 했다. 더구나 정미소는 이윤이 맞지 않는다고 쌀 도정도 해주지 않고 있었던 터라, 뭐가 터져도 터지게 될 판국에 14연대 봉기군의 반정부 군사행동은 화약에 불을 붙여버린 것이었다.

인민대회가 끝난 후 시민들은 청년학생들을 앞세워 중앙동 로터리에서 진남관 언덕을 넘어 여수경찰서까지 행진을 했다. 길거리 사람들은 박수를 쳤다. 경찰서 앞에는 경찰로부터 빼앗은 총과 14연대 무기고에서 가져온 일본군 99식 소총들이 쌓여 있었다. 청년학생들은 총을 집어 들어 치안대를 조직했다. 그리고 여수는 인민행정이 시작되었다. 식량영단창고 문이 열리고 쌀이 배급되었다. 은행도 문을 열고 대출신청을 한 사람들에게 돈을 빌려주었다. 가게들은 문을 열어 장사를 했고 철도종업원들 업무활동도 지장이 없었다. 인민봉기에 고무된 14연대는 소수 병력만 남겨두고 여수역에서 기차를 타고 순천으로 진격했다. 순천도 이미 경찰력이 와해되고 인민위원회가 구성되고 있는 상태였다.

그러나 여수 인민행정은 오래가지 못했다. 동학혁명이 관군과 조선에 들어온 일본군에 의해 처절하게 살육당했다면, 여순 인민봉기도 미군의 지휘를 받는 이승만 정부 진압군에 의해 처절한 살육을 당해야 했다. 14연대가 빠져나간 후 여수 치안을 담당하고 있는 청년학생들은 미군정의 지휘와 무기지원을 받는 진압군이 쏟아붓는 박격포와 총알을 고스란히 맞아야 했다.

인민행정기간 동안 여수인민위원회 서종현 등 소수 강경파가 앞뒤 살피지 않고 경찰을 사살하고 친일민간인마저 처형한 것이 통제되지 못한 감정에 의해 과거를 확장시킨 결과였다면, 이승만 정부 진압군이나 수도경찰 극우청년단원들은 설계된 감정에 의해 현재를 확장시켰다. 자신들의 불온한 위치 때문에 불안한 감정과 공포감을 떨쳐내기 위해서는 여순인민봉기를 완전히 멸살시켜야 했고, 여수와 순천 시민들을 멸살하는 진압상태는 내일로 확장시켜야 했다. 영원히 확장하기 위한 방법은 최종해결이었다. 최종해결은 도륙을 통한 처절한 참살이었다. 제주와 함께 여수 순천 참변이 시작된 것이다.

12

수용소

　어느 시대 어느 곳이든 밤이 낮이 되고 낮이 밤으로 뒤바뀌는 시간에는 꽃이 피고 지고, 생명과 죽음의 경계가 나뉘는 유동성을 갖지만, 대한민국 초대정부가 탄생한 그 기간도 몰락과 부활이 뒤바뀌는 시간이었다. 그때 빛과 어둠을 초월하고, 생명과 죽음의 경계를 나누며, 생사여탈법을 만들어내어 통치하며, 그 법에 의해 내부 외부를 식별하는 불가사의한 초능력자가 여수와 순천에 참주(僭主)로 강림했다. 이승만이었다.

　어느 나라이건 독립된 국가의 주권을 틀어쥔 자에게 국부라는 성인의 빛을 드리우게 마련이지만, 참주 이승만에게 국부라는 성인제의를 위해 엎드려 절을 하는 사람은 국민의 내장을 파헤쳐 구국의 애국자라는 새로운 생명을 얻게 된 자들이었다. 그들 역시 여수 순천 사람들의 생사여탈권을 쥔 주권자가 되어버렸다. 일제 황군 출신 군인과 친일경찰들이었다. 그들은 14연대 봉기군에 동조한 여수 순천 시민들을 제거하는 만큼 자신들의 설자리가 마련된다는 것을 동물적 감각으로 받아들였다. 그 결과는 며칠이나마 여수의 주권자였던, 그러나 일주일 만에 주권을 찬탈당한 여수 순천 시민들의 골수를 파헤치고 내장을 도려내는 도륙으로 나타났다.

도륙은 계엄이라는 계시를 받자마자 주저 없이 일어났다. 국회를 통과하기도 전에 참주에 의해 공표된 계엄에 의해 진압군은 계엄군으로 바뀌어 있었다. 계엄은 숙청이라는 단어까지 동원하여 계엄군에게 전달되었다. 어린아이가 앞잡이가 돼서 총 같은 것으로 살인과 방화를 했기 때문에 아동까지 철저하게 조사하여 엄단하지 않으면 자멸이 있을 뿐이라는 이승만의 담화문이었다. 새로 세워진 대한민국 초대정부 일원으로 살 가치가 없는 생명에 대한 소각 승인이었다. 동시에 해방된 나라에서 살아남아 있을 가치가 없는 친일경찰과 황군에게는 새로운 생명을 불어넣은 부활 세례였다. 1948년 10월 27일은 그들에게 부활절이었다.

그날 아침, 여수 시내를 돌아다니면서 군용트럭 지붕에 매단 나팔스피커에서는 남녀노소 막론하고 한 명도 빠짐없이 학교 운동장으로 즉시 모이라는 계엄군 방송이 왱그랑왱그랑 들려오고 있었다. 집에 남아 있는 사람은 반란군으로 알고 발견 즉시 사살한다는 내용이었다. 무기를 버리고 투항하라는 방송은 없었다. 계엄군도 이미 여수 시내에 14연대 봉기군 무장세력은 다 빠져나갔다는 것을 잘 알고 있었다.

전날, 그렇잖아도 계엄군은 트럭에 얹혀 있는 기관단총을 앞세우고 여수 시내를 돌아다니면서 한바탕 불을 뿜고 난 뒤였다. 이미 여수 시내는 불이 붙어 온통 검은 연기를 뿜어내고 있는 상태였다. 지금의 하멜공원인 종포 해안으로 상륙하려던 부산 5연대 김종원 대위 병력이 미군 수송선

134

LST에서 마구잡이로 쏘아낸 박격포 때문이었다. 박격포는 시내로 진입한 계엄군의 머리 위로 떨어지기도 했다. 그로 인해 미군은 5연대 김종원 대위를 상륙작전에서 배제시켜 버렸다. 그러자 김종원 대위는 미군의 작전권이 미치지 않는 섬으로 상륙하여 분풀이를 해댔다.

여수 맨 밑 부속 섬 연도(소리도)에 올라선 김종원 대위는 처음에는 일본도 칼집으로 사람 목을 치고 부역 의심이 가는 사람을 부하들에게 사살하도록 명령을 내렸다. 사살명령을 받은 부하들이 머뭇거리면 여지없이 칼집으로 부하들 목을 내리쳤다. 김종원 부하들은 명령에 못 이겨 섬 주민 손목을 느슨하게 묶거나 목숨이 당장 끊어지지 않을 신체부위를 향해 총을 쏘았다. 어깨나 다리에 총을 맞은 연도 섬 주민들은 본능적으로 도망을 쳤다. 섬에서 도망가 봐야 바다밖에 없었다. 물에 뛰어들어 도망치는 연도 섬사람들을 향해 김종원 대위는 직접 M1 소총을 한손으로 들어 가늠쇠 가늠을 하고서 총을 쏘았다. 총소리가 날 때마다 바다에는 붉은 원이 번져나갔다.

연도에서 피 맛을 본 김종원 대위는 금오도를 거쳐 돌산도에 이르러서는 드디어 칼집이 아닌 칼집에서 꺼낸 일본도로 사람 목을 치기 시작했다. 돌산도 심포 마을에 이르러서는 마을 사람들을 교회 앞에 죄다 모아 놓고 교회 다니는 사람과 다니지 않는 사람들로 양쪽에 나뉘어 서게 했다. 마을 사람들은 교회 나간다면 해를 당할까봐 반대편 줄에 서기도 했으나, 오히려 반대편 줄에 도열한 사람들 목을 향해 날아오는 것은 일본도 칼날이었다. 빨갱이는 교회에 다니지 않는다는 아주 단순한 분류방식이었다. 김종원 대위는 목이 떨어져나간 심포 마을사람들 시신을 돌담에 널어놓았다.

그리곤 부역 의심자를 전리품 삼아 배에 싣고 여수로 향했다.

　여수 부속 섬이 김종원 대위에 의해 조용한 살육이 일어나고 있는 동안 여수 시내는 계엄군에 의해 지옥으로 변해가고 있었다. 윤호관 엄마는 소마소마하여 방 안에서 우두망찰하게 아들 호관이만 껴안고 있을 때 태극기를 손에 쥔 홍의철 엄마가 질겁한 표정으로 뛰어들어 왔다. 혼자 운동장으로 가기는 수꿀했던 것이다.

　"어이! 호관이 엄마 뭐든가 빨랑 가세."

　"호관이 아부지가 없는디 어찌 간단가."

　"음마! 이 난리에 처자슥 놨두고 어디로 내 뺐당가?"

　"새벽에 괴기 잡으로 배타고 나갔네."

　"오메! 이 난리에 믄 괴기를 잡는다고 바다로 나갔당가."

　"오늘이 물때인디 난리고 뭐고 괴기를 잡아야 처자슥 묵여살릴 거시 아닌가."

　"목숨이 먼저 살아야 목구멍에 밥을 넣든 괴기를 넣든 할 것이 아닌가. 순천에서는 사람들이 허벌나게 죽어 자빠졌다고 하드만."

　"긍께 이거이 믄 난리당가. 진짜 해방됐다고 좋아한 것이 며칠이나 됐다고 다시 바까져 부렀당가. 신월리 군인들은 코배기도 안 보여 부네."

　"다 디져불고 살아남은 군인들도 산으로 숨어 불었다네."

　"이승만 대통령 아부지가 보낸 군인들이 그리 쎄당가?"

　"미군들이랑 같이 내리 왔쓴께 못 당 해 불고 산으로 도망쳐부렀다네."

　미군이 작전 지휘하는 여순 진압은 입체적이었다. 하늘에는 미군 정찰기가 날아다니고, 바다에서는 박격포를 쏘고, 땅에서는 트럭에 매단 기관단총이 불을 뿜어대어 여수 시민이 피할 곳이라곤 없었다. 그저 '반란 진압 용사 환영'이라는 현수막만 내걸고 목숨은 하늘에 맡기는 수밖에 없었다. 그러나 그 하늘마저도 지배하고 있는 것은 참주 이승만 정부 계엄군이었다.

"의철이 엄마, 그믄 우리는 어찌 된당가?"

"쥑이든지 살리든지 대통령 아부지 맘인께 빨랑 핵교 운동장으로 가세."

"난 호관이 아부지 올 때까지 안 갈라네."

"음마! 자네 쩌그 불나는 거 안 보인가? 태극기 매단 군인들이 집집마다 불 질러 불고 다니는디 자네 집에서 꼬실라질라고 근가?"

"그믄 우리 집도 불질러부믄 어찌야쓰까잉."

"아새끼 까정 조져부러라고 그랬다는디 사람이 없쓰믄 안 글것제. 긍께 빨랑 가세."

"누가 글든가?"

"이승만 대통령 아부지가 그랬다고 그네."

"이승만 대통령은 나라의 아부지인디 그리 시킸다고?"

"긍께 처자슥들 쥑이고 살리고는 이승만 아부지한티 달렸쓴께 빨랑 가세. 호관아 니도 안 디질라믄 빨랑 엄마 데꾸 나오랑께."

그날 아침, 살아야 할 가치가 있는 생명은 죽여야 하고 살아 있을 가치가 없는 생명이 살아남는, 항일 민족주의자들이 죽어야 하고 반민족 친일 분자들이 살아남아 구국의 애국자로 변신하는 기괴하고 끔찍한 일이 벌어지고 있었다. 그리하여 참주의 생명정치는 죽음의 정치로, 죽음의 정치는 부활의 정치로 시작되었다.

순천에 이어 여수에서도 집단 제삿날이 시작된 것이다. 제사상에는 고기가 올라가는 것이고 사람의 내장 고기를 맛본 계엄군들은 자신도 모르게 야수가 되어가고 있었다. 그리고 야수는 무리로 형성되어 갔다. 야수 무리의 습성은 인간적 감각이 제거된 관습으로 형성되어 가고 있었다. 제주에서 시작된 동포에 대한 살육이 참주에 의해 애국적 행위로 칭송되자 순천을 거쳐 도달한 학살은 여수를 도살장으로 만들어버렸다.

시내에 진입한 계엄군 3연대 송석화 소령은 이 잡듯이 집집마다 수색했다. 그래도 혹시 집 어딘가에 숨어 있을 시민을 끌어내기 위해 집마다 불을 붙여 버렸다. 불꽃축제가 시작되었다. 남도 항구도시가 거대한 계엄군의 불꽃놀이터가 되어가고 있었다. 불을 피할 수 있는 곳은 학교 운동장뿐이었다.

"음마! 호관이 엄마 뭐든가!! 이 판국에 똥이 나온가!!"

"어이 의철이 엄마, 가지 말고 쫌만 기다리소."

"변소에 가믄서 왜 요강은 갖고 들어갔는가!"

불길은 점점 닥쳐오고 있는데도 배가 아프다며 뒷간으로 들어간 호관이 엄마는 좀처럼 나오지 않고 있었다. 보자기에 싼 요강이 똥통 속으로 완전히 가라앉을 때까지 기다리고 있었던 것이다. 그러나 요강 단지는 좀처럼 가라앉지 않았다. 호관이 엄마는 할 수 없이 발판을 양손으로 잡고서 발로 요강을 똥 무더기 속으로 밀어 넣었다.

길거리에는 집 밖으로 튀어나온 사람들이 머리 위로 양손을 높이 치켜들고 총구가 가리키는 곳으로 내몰리고 있었다. 길에는 이미 총에 맞아 쓰러진 하얀 옷의 시체가 곳곳에 널브러져 있었다.

"호관이 엄마! 저 아자씨는 아무 짓도 안 했는디 맥압시 죽어 부렀네."

"어이 의철이 엄마……. 딴 데 쳐다보지 말고 앞만 보고 똑바로 걷소. 꺼뜩하믄 총 맞것네."

"같은 동포고 같은 군인들인디 맥압시 쥑이기야 하것는가."

"근디 저 아자씨는 왜 총 맞아 널브러져 있단가."

"시키는 대로 줄지어 나란히 걸어야 하는디 어디로 내 빼다가 총 맞아 분 것 같네."

"근디 호관이 엄마 왜 자네한테 똥 냄새가 진동한가? 자네 똥 싸고 똥 구멍 안 닦고 나왔는가?"

호관이 엄마는 대답하지 않았다. 다만 집으로 돌아왔을 때 목숨 같은 금가락지와 은수저가 요강 속에 그대로 있기만을 바랄 뿐이었다.

여수 사람들이 손을 치켜들고 계엄군의 총부리가 가리키는 학교 운동장으로 줄지어 걸어갔다. 철모에 흰 띠를 두르고 미군이 지급한 M1 소총에 태극기를 매단 계엄군들은 대열에서 조금이라도 이탈하는 사람이 있으면 여지없이 방아쇠를 당겨버렸다. 총에 맞지 않으려면 어린아이든, 거동을 못하는 노인을 등에 업은 남정네든, 무조건 손을 들고 포로들처럼 학교 운동장으로 걸어야 했다.

그러나 운동장은 죽음의 수용소였다. 수용소에 끌려가서 죽든지, 아니면 집에 남아 불에 타 죽든지, 그도 아니면 이탈하다가 총에 맞아 죽든지, 어떤 식으로 죽느냐만 남게 되었다. 그 죽음의 잔치에 여수시민들 생명은 사케르에 불과했다. 건드리면 전염되는 전염보균자 사케르를 방관하면 이승만의 담화문처럼 공멸이 되므로, 모두가 절멸되지 않으려면 사케르 생명체는 소각해야만 하는 대상이었다. 주권자 계엄군에게 여수와 순천 시민들은 바로 사케르였다. 사케르가 되어버린 여수 시민의 생명 존속 여부를 결정짓는 것은 생명체 자신이 아니라 새로 탄생된 국가였다.

계엄군은 여수 동쪽에 사는 사람들은 동초등학교 운동장으로 몰아넣었고, 서쪽지역 사람들은 서초등학교 운동장으로 몰아넣었다. 그 모습은 마치 1942년 7월 프랑스 비시 정부의 벨디브 검거 광풍을 연상하게 만들었다. 나치에 협력한 콜라보 프랑스 비시 정부는 경찰을 동원하여 파리 인근 유대인들을 모조리 체포하여 벨디브 운동장으로 몰아넣었다. 그리고 운동장에 수용된 유대인들은 파리 인근 다카우 수용소 가스실에서 죽음을 맞은 후 소각되어 검은 연기로 사라졌다. 폴란드 아우슈비츠 수용소로 끌려간 유대인들은 그 시간만큼 생명연장을 했겠지만, 파리 다카우 수용소로 끌려간 유태인들은 무기질 생명체이나마 시간이 연장되지 않았다. 프랑스 비시 정부가 유대인을 분리하여 죽음의 수용소로 몰아넣었다면, 이승만 진압군은 어린아이까지 분리소각 장소인 학교 운동장에 몰아넣었다.

운동장에 수용된 흰 옷 입은 여수 사람들은 어떤 저항적 움직임도, 그렇다고 살려달라는 애원조차도 없이 침묵으로 죽음의 순서를 기다리고 있을 뿐이었다. 운동장 수용소는 오로지 인간이 내재한 악의 감정만 분출되고 해소되는 장소에 불과할 뿐이었다. 무릎을 꿇고 앉아 죽음을 기다리는 여수 사람들은 야수의 발톱에 뱃살이 뜯겨 내장이 드러난 먹잇감에 지나지 않았다.

옛날 서구에서는 호모 사케르 인간에게 늑대의 탈을 씌어 질식사하게 만들었으나, 이승만 정권은 여수 순천 시민들을 불순분자, 용서하면 나라를 자멸시키는 부역자 탈을 씌워 질식하게 만들었다. 법이 아닌 정치가 생명을 다루기 시작한 것이다. 시민 생명을 죽이고 살리고는 오로지 참주정치에 의해 결정되었다. 정치가 법을 뛰어넘어 정치생명이 되자 정치는 법을 부리지만 그 법을 넘어서서 죽음을 정치화시켰다. 그 정치화된 죽음은 죽여도 법에 의해 처벌받지 않고, 오히려 자신들이 보호받을 수 있는 죽음이었다.

서초등학교 운동장은 여수 서쪽 지역에 사는 사람들로 가득 들어찼다. 군용트럭 위에 얹혀 있는 육중한 기관총만으로도 이승만 초대정부의 국가질서가 잡혀가고 있었다. 여수 사람들은 알아서 줄을 지어 쪼그려 앉아 머리 위에 손을 얹었다. 운동장에 가득 들어찬 수많은 사람들이지만 들리는 소리라곤 이제 막 나무에서 떨어지기 시작한 나뭇잎이 나뒹구는 바스락 소리뿐이었다. 어쩌면 그토록 많은 여수 사람들이 밀집해 있으면서도 침묵할 수 있었는지 알 수 없는 현상이었다.

계엄군이 부역자를 분류하는 방법은 간단했다. 우선 머리가 짧은 남자들을 골라냈다. 머리카락이 긴 민간인이라 하더라도 옷을 벗겨 군용팬티를 입고 있으면 무조건 반란에 가담한 자로 취급하여 즉결사살을 했다. 계엄군이 부역자를 일차로 골라내면 그 다음으로 살아남은 경찰들이 나섰다. 경찰들은 뒷짐을 쥔 채 사람들 사이로 돌아다니면서 평소 밉보였던 사람을 향해 손가락으로 지목했다. 군용팬티를 입고 있지 않더라도 평소 감정이 그리 좋지 않았던 사람들에게 손가락 권총을 발사한 것이다. 끌려나온 남정네들은 팬티만 남겨진 채 어린아이들과 부인네들이 보는 앞에서 채찍과 곤봉으로 개처럼 얻어터져야만 했다.

경찰은 실컷 두들겨 팬 사람은 따로 왼쪽에 앉게 했다. 운동장 수용소 왼쪽 대열에 앉은 사람들 수는 불어나기 시작했다. 급기야 왼쪽과 오른쪽 대열 사이에는 좁고 긴 통로가 형성됐다. 그 통로는 생사를 가르는 통로였고 이 땅의 규칙으로 자리 잡았다. 규칙에 벗어났다고 의심되어 왼쪽 대열로 분리된 사람들의 손은 철사로 대여섯 명씩 묶였다. 그리고 학교 운동장 뒤편으로 끌려갔다. 이내 기분 나쁜 총소리가 들려왔다. 총소리를 들으며 운동장 수용소에 앉아 차례를 기다리는 여수 시민들의 맥박은 서서히 늘어지면서 마침내 완전히 무기력한 생물체로 전락되어가고 있었다. 동물적 생존 소망마저 소멸되어가고 있었다. 점점 자신에게 죄어오는 절망의 그물에서 해방되기 위해 죽음의 방아쇠가 빨리 당겨지기만을 기다리고 있는 것 같았다. 그 현장을 목격한 한 미국 기자는 '라이프'지 1948년 12월 6일자에 쓴 기사에서 이렇게 표현했다.

정부의 군대 야수성 광경을 여자들과 아이들이 가만히 보고 있었다. 그런데 그중에서 나에게 가장 무섭고 두려운 징벌의 장면을 말하라고 한다면, 보고 있는 아녀자들의 숨 막힐 것 같은 침묵과 자신들을 잡아온 사람들 앞에서 너무나도 조신하게 엎드려 있었고, 얼굴 피부는 옥죄어 비틀어져 가고 있었다. 그리고 한마디 항변도 없었다. 옷이 벗겨진 채 채찍으로 두들겨 맞는 광경을 보고도, 총살되기 위해 끌려가면서도 여수 시민은 한마디 항변도 없이 침묵으로 차례를 기다리고 있었다. 살려 달라는 울부짖음도 없고 슬프고 애처로운 애원의 소리도 없었다. 신의 구원을 비는 어떤 중얼거림도, 다음 생을 바라는 호소조차 없었다. 수세기가 그들에게 주어진다 해도 이런 상황에서 그들은 어떻게 울 수조차 있었겠는가.

손가락 권총을 맞고 끌려 나가는 사람은 학교 건물 뒤편 창고 앞에서 눈도 가리지 않은 채 총에 맞아 죽어야 했다. 그러나 손가락 권총에 맞지 않고도 자진해서 죽으러 나가는 사람도 있었다.

"어이…… 호관이 엄마, 왜 예배당 다니는 사람들 나오라고 한당가?"

"긍께…… 예수쟁이들도 다 쥑이 불라고 근갑네."

"음마? 그믄 이승만 대통령도 예수쟁이인디?"

"어이 호관이 엄마. 저 사람 죽을라고 일어나네 어짜까."

정말 순교를 각오한 듯이 한 사람이 일어났다. 이어서 몇몇 사람들이 따라서 일어났다. 그리고 그들은 계엄군의 손가락이 오므리는 앞쪽으로 걸어 나갔다. 사람들은 죽음의 걸음걸이를 바라보면서 마른 침을 꿀떡꿀떡 삼켰다.

절망이 앞서고 죽음이 뒤를 따르는 서초등학교 운동장 수용소에서 홍의철 엄마는 윤호관 엄마 팔을 부여잡고 순교의 길로 나아가는 교인들을 바라보았다. 홍의철 엄마가 부들부들 떨고 있는 반면에 윤호관 엄마가 어느 정도 정신이 있었던 까닭은 호관이 아버지가 학교 운동장에 보이지 않았기 때문이었다. 적어도 다른 남자들처럼 손가락 권총에 맞을 위험은 없었다. 그러나 풍선배에 숨어 있던 윤호관 아버지가 이미 계엄군의 총에 맞아 바닷물을 빨갛게 물들이고 있는 줄은 모르고 있었다.

대열 앞으로 나아간 교인들은 한동안 경찰들과 무언가 이야기를 주고받더니 다시 좌우 대열 사이 통로를 통해 되돌아오고 있었다. 그 뒤를 경찰이 뒷짐을 쥐고 따라오다가 홍의철 아버지가 쭈그려 앉아 있는 곳에서 걸음을 멈추었다. 홍의철 아버지는 태극기를 두 손으로 꼭 부여잡은 채 가쁜 숨을 숨기고 있었다. 경찰은 홍의철 아버지를 향해 손가락으로 권총을 쏘는 흉내를 내면서 입으로 빵 소리를 냈다. 홍의철 아버지는 14연대 봉기군이 아니었다. 인민위원회 사람도 아니었다. 그저 미군정으로부터 불하받은 논을 경작하여 수확물을 수득세로 다 빼앗기며 살고 있던 농부에 지나지 않았다. 그러나 불행하게도 인민위원회가 천일고무공장에서 나눠준 찌기다시 작업화를 신고 있는 것이 교인의 눈에 보였던 것이었다.

손가락 권총을 맞은 홍의철 아버지 역시 아무런 항변이나 살려달라는 애원도 없었다. 그냥 일어나 경찰이 지시하는 왼쪽 대열로 걸어갔다. 체념은 사람을 처연하게 만들었다. 그 모습을 뒤늦게 발견한 홍의철 엄마는 화들짝 놀라 자리에서 벌떡 일어났다.

"오메!! 순사 아저씨, 우리 의철이 아부지를 왜 그요!! 잘못 한 것도 없는디 왜 절로 가라 하요!! 어이 호관이 옴마, 자네 말 좀 해 주소. 우리 의철이 아부지는 암것도 안 했다고 말 좀 해 주랑께!!"

"음마…… 자네 나한테 왜근가…… 나는 암것도 모른디……."

그때까지 머릿속이 그저 하얗게 표백된 채 운동장 수용소에 앉아 있던 홍의철 엄마는 벌떡 일어났다. 그리고 윤호관 엄마 어깨를 쥐어틀고 애끓는 사정을 해댔다. 사정을 해야 할 대상은 손가락 권총으로 지목한 경찰인데 왜 윤호관 엄마 어깨를 부여잡고 사정하고 있는지 모를 일이었다. 그러나 호관이 엄마는 황기 낀 낯빛이 되어 얼른 홍의철 엄마의 손을 뿌리치고 모로 돌아앉아 버렸다. 그도 모자라 엉덩이를 움찔움찔 움직여서 홍의철 엄마와 거리를 두고 앉았다.

"모르긴 뭘 모른가. 우리 의철이 아부지가 암것도 안 한 거 자네가 잘 알잖는가. 긍께 말 좀 해 주랑께!!"

"나는 집에만 있어갖고 암것도 모른당께. 긍께 뭐들라고 신발짝 까정 배급 받았는가. 쌀만 배급 받았쓰믄 됐지. 우리 호관이 아부지는 진짜로 암것도 배급 안 받았는디."

윤호관 엄마는 냉갈령 부리면서 엉덩이를 더욱 빠르게 뜰썩이며 홍의철 엄마와 멀어졌다. 게다가 경찰이 듣게 한마디를 보탰다. 불과 1미터도 채 되지 않은 거리였다. 그 거리는 오랜 세월을 두고도 건널 수 없는 깊고 넓고 가시가 무성하게 자라는 거리였다.

"오메!! 이 여편네가 찢어진 입이라고 함부러 말 하는 것 좀 보소!! 호관이 옴마도 쌀 받았쓰서 오리발 내미네!!"

"자네가 어디서 배급표딱지 받아가지고 와서 나한테 갖다준께 받은 것인디 나한테 왜 근가?"

"워메!! 이 여편네가 사람 잡네. 나가 언제 자네한테 배급표딱지 주든가. 자네가 표딱지 받으러 가자고 안 그랬는가!!"

홍의철 엄마와 윤호관 엄마가 서로 옥신각신하고 있는 것을 지켜보던 경찰이 두 사람에게 일어나라고 지시를 내렸다. 순간 얼어붙은 두 사람은 부스스 몸을 일으켰다. 자신들의 엄마와 함께 운동장에 앉아 있던 홍의철과 윤호관은 엄마들도 학교 뒤편 창고로 끌려갈까 봐 부들부들 떨고 있었다. 그러나 다행히 새끼줄로 엮은 장총 멜빵을 어깨에 걸친 경찰은 두 여자를 끌고 가지는 않고 서로 마주보라고 지시했다. 누구의 말이 진짜인지 가리겠다는 것이었다. 가리는 방법은 간단했다. 자신의 말이 진짜라고 주장하는 사람이 먼저 상대의 뺨을 때리라는 것이었다. 만약에 서로 뺨을 때리지 않으면 둘 다 부역자로 인정하겠다는 것이었다.

상호 뺨 때리기는 이미 경찰들이 제주도에서 쓰고 있던 가학 행위 중 하나였다. 끌고 온 제주 주민 중 시아버지와 며느리를 서로 마주보게 세워 놓고 상호 뺨을 때리게 하는 것이었다. 서로 뺨을 때리지 않으면 즉결사살이 되는 판이니 터져나오는 울음을 참으며 시아버지가 며느리 뺨을 때리고, 며느리가 시아버지 뺨을 때려야 하는 인륜절멸의 행위들이 아무런 제지 없이 자행되고 있던 제주도였다. 그렇게 함으로써 사람들은 점점 탈인격화되어 가고, 그저 호흡만 하는 식물인간으로 변신시키는 기묘한 마술이었다.

두 여자는 마주보고 서 있긴 했지만 선뜩 누가 먼저 뺨을 때리지는 못했다. 뺨을 때려 한 사람이 살 수 있다면 한 사람은 죽어야 한다는 것이었다. 상대 역시 살기 위해서는 뺨을 때릴 수밖에 없는 것이라, 결국 둘 다 죽게 되는 것은 당연한 자연이치였다. 이런 자연평형의 법칙에서 자유의지를 갖고 상대의 뺨을 때리지 않을 수 있는 사람은 극히 드물다. 결국 평형의 법칙에 따르게 되면 윤호관 엄마나 홍의철 엄마는 그 상황에서 둘 다 살아남을 수 없게 되는 것이었다.

146

그래도 행여 살아남을 수 있을까 싶어 먼저 뺨을 때리는 사람이 있게 마련이었다. 홍의철 엄마가 윤호관 엄마 뺨을 먼저 때렸다. 홍의철 아버지가 왼쪽 죽음의 대열에 건너가 있으니 지푸라기 잡는 심정이었다. 반사적으로 윤호관 엄마도 홍의철 엄마 뺨을 때렸다. 상호 뺨 때리기 강도는 증폭되고 반복시간은 극히 짧아지기 시작했다. 그 광경을 지켜보고 있던 경찰의 입가에서 알 수 없는 비릿한 웃음이 지어진 것은 상호 뺨 때리기를 하다가 이내 머리채를 잡아 뜯는 드잡이가 시작되는 순간이었다.

　"이런 잡년이 보자보자 항께!!"

　"머리카락 안 놔!! 요런 쌍년이!!"

　"오냐!! 니 죽고 나 죽고 같이 죽자 잡년아!!"

　홍의철 엄마가 발악적으로 윤호관 엄마 머리채를 움켜쥐자 이에 질세라 윤호관 엄마도 같이 머리채를 잡고 나뒹굴었다. 흙먼지가 뿌옇게 일어났다. 윤호관과 홍의철은 자신들이 다녔던 학교 운동장에서 엄마들이 뒤엉켜 싸우는 광경을 보고도 얼어붙어 있어만 했다. 어느 누구도 뜯어 말리지 않았다. 이웃 형제의 싸움이, 동포의 싸움이, 어디서 시작되었고 어디로 흘러가고 있는지 뿌연 흙먼지 때문에 보이지 않았다.

13
설계된 악

바람도 통하지 않는 교실에서 허공을 가르는 몽둥이가 공기를 가를 때마다 내는 쇳소리만 더욱더 날카로워질 뿐이었다. 침묵, 벌거벗은 생명체가 죽어 미동을 할 수 없이 썩어가는 상태만이 가능한 침묵이었다. 딱히 혐의를 발견할 수 없지만 그래도 부역의심이 가는 사람들을 재심사하는 여수여중(현 여수여고) 역시 사람의 소리는 들리지 않았다. 몽둥이찜질에 혼절한 사람에게 양동이로 물을 끼얹어 다시 정신이 돌아오게 해도 부역 재심사 대상들은 여전히 침묵을 깨지 않았다. 한 것이 없고 본 것만 있는 사람들은 그저 절망을 몸으로 견뎌내는 것밖에 없었다.

끌려온 부역재심사자의 침묵이 지속되는 만큼 계엄군이 내리치는 몽둥이 압력과 속도는 높아져 갔고 빨라졌다. 그토록 생명체를 가학하라고 현장에서 지시를 내린 권위자는 없었다. 동조, 계엄군이나 경찰이나 가학의 강도를 높여가는 것은 무감각해지는 자신들 쾌감을 느껴보려는 상호동조였을 뿐이었다. 자신들의 눈앞에서 벌거벗은 몸뚱이가 뒤틀리고 곡소리가 나는 것을 보고 듣는 순간, 타인을 지배하고 통제하고 있다는 동조된 쾌감이었다.

"죽기 전에 말해. 반란군 새끼 누구한테 밥 줬어!"

"……."

"이 새끼는 더 맞아야 불겠구먼."

"……."

죽음을 피할 수 없음을 직감한 생명체들은 더욱더 깊고 어두운 침묵 속으로 가라앉아 갔다. 생존희망이 완전히 제거된 부역재심사를 받는 사람에게 가해지는 계엄군의 폭력은 부역혐의를 캐내기 위함이 아니었다.

계엄군의 일말의 개인적 양심이나 가책은 집단 익명 속에 완전히 사라지고 있었다. 국가가 계엄을 통해 시민에 대한 반인간적 행동이나 폭력을 허락해주면 어떤 사람이 계엄군에 속해 있어도 기꺼이 잠재적 가학증이 춤을 추게 되어 있는 것이었다. 더구나 반민족주의자로 숨어 지내야 했던 일제 황군출신 군인들과 친일경찰 그리고 열려진 폭력시스템은 그들에게 폭력을 가하라는 압력이 없어도 집단순응동조와 함께 인간으로서 저질러서는 안 될 광기 서린 폭력의 광란을 일으켰다.

그러나 인간에 의해 저질러지는 것 중 놀랄 만한 것이 없다면, 종산초등학교(현 중앙초등학교) 운동장에서 벌어지고 있는 참수도 그리 낯설지 않은 참살이었다. 부역재심사를 거쳐 종산초등학교 운동장으로 다시 끌려온 사람들은 계엄군 5연대 김종원 대위의 칼날에 목을 맡겨야 했다. 백정이 사약을 받은 역적의 고통을 줄이기 위해 칼로 목을 내리치는 것과는 달랐다. 그것은 이미 일제가 만주 간도에서 조선인을 참살한 간도참변에서 마음껏 보여준 악이었다. 돌산도에서 일본도를 휘둘렀던 김종원 대위는 습관화된 둔감 때문인지, 사람 목을 베는 데 긴장감이 풀렸는지, 생명체 목을 단 한 번의 칼질로 잘라내지 못했다.

종산초등학교에 끌려온 사람들은 돌산도에서처럼 기독교인과 비기독교인을 선별할 필요가 없었다. 단지 자신에게 부여된 권능만 보여주면 되었다. 그 권능의 상징은 일본군 간부들이 옆구리에 차고 다녔던 일본도였다.

"으……."

"어……."

운동장에 주저앉아 죽음을 기다리는 사람들은 자신보다 먼저 일본도에 목이 잘려나가 운동장에 머리통이 나뒹구는 참상을 까막거리며 바라보아야만 했다. 땅바닥에 허수아비처럼 꼬꾸라지는 몸뚱이와 분리된 머리통이 떼굴떼굴 누구의 발 앞에 멈출 때 그제야 눈을 감았다.

김종원 대위가 휘두르는 일본도 칼날에 목이 스치기만 한 사람은 반사적으로 도망쳤다. 김종원 대위는 그 사람을 쫓아가 다시 목을 베야 하는 수고를 해야만 했다. 그러다 지치면 그제야 칼 대신 권총을 뽑아 총질을 했다. 그렇게 잘라낸 사람 목을 가마니에 가득 담아 상관에게 애국적 충성심을 증명하는 증표로 가져다 바치고 목이 없는 시신들은 학교 건물 오른쪽 버드나무 밑 우물 안으로 쓸어넣어 버렸다.

계엄군은 종산초등학교 운동장 수용소에서 일일이 절멸하지 못한 무더기 사람들 손을 등 뒤로 돌려 다섯 명씩 철사로 엮어 군용트럭에 실었다. 계엄군이 한꺼번에 처리할 수 있는 방법은 소각이었다. 소각대상을 실은 군용트럭은 여수역 앞으로 달렸다. 트럭 적재함에는 계엄군의 총부리가 생명들 머리통을 향해 있었다. 그리고 여수역 광장을 지나 만성리 굴을 향해 털털거리며 들어갔다. 시커먼 굴속 어둠을 가르는 군용트럭 전조등 불빛이 순식간에 사라지고 푸른 여수 동쪽 푸른 바다가 나타났다. 그건 소각 대상 여수 사람들이 지상에서 마지막으로 보는 여수 풍광이었다.

굴을 빠져나오자마자 군용트럭은 깊고 넓은 웅덩이 앞에서 멈췄다. 그리곤 적재함에 실린 생명들을 끌어내 웅덩이 절벽 위로 끌고 올라갔다. 다섯 명씩 무릎을 꿇게 하고 뒤에서 다섯 발의 총성이 울렸다. 다섯 생명이 절벽 아래 웅덩이로 떨어졌다. 그렇게 떨어진 백이십 여구의 시신 위에는 기름과 장작더미가 쏟아져 쌓였다. 총에 맞아 떨어진 시신을 소각하면서 태우는 연기는 삼 일 밤낮 동안 피어올랐고 일대 십 리 밖으로 냄새가 퍼져나갔다.

딱히 부역의심이 가지 않는 사람일지라도 종산초등학교 운동장으로 끌려온 사람들은 풀려나지 못했다. 몸통에 몽둥이 자국이 박힌 이상 언제든 도축해도 될 대상이었다. 운동장 수용소란 일단 외부와 나누어진 공간이고, 수용소에 갇혀 있다는 것은 비록 부역혐의를 발견하지 못했어도 부역 오염에 노출되어 있다는 것이다. 그런 사람들을 또다시 가둔 곳은 오동도 방파제 입구 막사였다.

지금은 화려한 호텔이 세워져 오동도의 아름다운 자태를 감상할 수 있는 이곳에는 일제강점기 때 막사가 있었다. 일제가 부두를 만들기 위해 오동도 방파제를 쌓을 조선인 노무자를 수용하려고 지은 막사였다. 그러나 막사에 수감된 사람들도 결국 경찰에 의해 오동도 방파제를 건너가야 했다. 오동도에는 사람들을 싣고 떠날 배가 기다리고 있었다. 수평선 위에 떠 있는 엄마섬, 애기섬으로 사람들을 싣고 떠날 배였다. 역시 손이 철사줄에 의해 뒤로 묶여 차례대로 배에 올라탄 사람들은 토끼밖에 살고 있지 않은 무인도 엄마섬, 애기섬에 수용되는 줄 알았다.

그러나 배가 섬에 이르기도 전에 수평선에서 총소리가 났다. 무인도에 수용하는 것이 아니라 수장이었다. 경찰은 바닷물에 빠지지 않으려는 사람은 총을 쏴 배에서 떨어뜨려 버렸다. 물에 떨어뜨린 사람들 중에서도 숨이 붙어 허우적거리는 사람이 있으면 또다시 배 위에서 총을 쏘아 완전히 수장시켜 버렸다.

오동도에서 다음 차례로 대기시켜 놓았던 사람들은 총소리를 듣고서 수장이라는 것을 직감적으로 알아차렸다. 직감은 등 뒤에서 겨누고 있는 총부리도 무시하고 날뛰게 만들었다. 총에 맞고도 오동도 대나무 숲 속으로 숨는 사람, 동백나무 사이로 도망치는 사람들을 향해 경찰은 토끼몰이 식으로 사냥을 했다. 끝내 사람들은 경찰의 총에 맞고 죽창에 찔려 붉은 피를 흘리며 동백꽃처럼 오동도 절벽 아래 바다로 툭, 툭, 떨어졌다. 그중의 한 사람이 도망치다 더 이상 피할 수 없는 절벽에 내몰렸다. 덕충동 인민위원회 위원장 아들인 조씨 영감이었다.

저항할 기력도, 의사도, 능력도 전혀 없는 벌거벗은 생명들을 운동장에 모아 놓고 목을 벤 계엄군 김종원 대위든, 오동도에서 죽창으로 사람 배를 찔러 바다에 떨어뜨린 경찰이든 리바이어던이라고 하는 괴물, 국가가 국민을 숙주로 삼아 배양한 괴물이었다. 그러나 누구나 국가가 설계한 악의 상황에서는 김종원 대위처럼 괴물이 되지 않는다는 보장은 없는 것이다. 거대한 악에 편입하게 되면 악에 맞는 견해가 생겨나고, 그렇게 생겨난 견

152

해가 지배적인 가치로 형성되면서 사람의 기존 가치관을 파괴하기 시작하고, 마침내 스스로 교정하거나 이탈하기에는 너무나 어려운 지경에 빠지게 되는 것이었다.

결국 악의 설계자가 요구한 결과물을 만들어낼 때, 그제야 괴물도 안정을 취하게 되고, 괴물이 안정을 취할 때에는 악의 설계자도 안정을 갖추게 되는 것이었다. 악의 설계자는 국가였다. 국가를 움직이게 하는 것은 정권을 쥔 정부였다. 국내 지지기반이 약한 채 세워진 이승만 초대정부는 만성적 정권 불안정 상태에 시달려야 했다. 정부의 안정을 위해서 국가 불안요소를 만들어내고 사회안정이라는 주술을 부렸다. 주술은 김종원 대위나 계엄군들에게 선택된 애국자라는 자부심을 심어 주었다. 국가를 위한다는 자부심은 사회안정을 해칠 수 있는 사람의 목을 베는 것에 정당성을 부여했다. 국가가 설계한 악은 그토록 무지막지한 힘을 발휘하도록 만들었다.

제주도, 여수와 순천 그리고 전남 동북부 지역에서 짐승도 할 수 없는 학살이 어떻게 인간에게서 자행될 수 있었는가를 묻는 것은 위선적 질문에 지나지 않았다. 인간이기 때문에 자행할 수 있는 것이었다. 질문은 차라리 인간이 그토록 인간존재 가치를 철저하게 말살시킬 수 있었으면서도, 그 어떤 짓도 위법이 아닌 상태가 될 수 있었으며, 정치가 생명이 되고 그 생명정치에 의해 주권자 인민이 벌거벗은 생명이 되었는가를 묻는 것이 나았다. 이런 질문이 침묵하는 동안 생명정치는 순종된 국민과 단지 호흡만 하는 벌거벗은 생물체로 분류시키는 새로운 규칙으로 이 땅에서 굳어갔다. 깊고 어두우며 길고 긴 밤이 또다시 시작되었다.

14
신월동

마래터널을 빠져나온 고속열차는 귀환정을 스쳐 지나가지 않았다. 커튼처럼 가리고 있던 옥수수밭도 보이지 않았다. 허수아비처럼 철길에 서서 기차가 지나갈 때까지 기다리던 귀환정 사람들도 보이지 않았다. 바닷가 개활지의 예전 흔적은 전혀 찾아볼 수 없었다. 플랫폼 기둥에 매달려 여수에 도착했다는 안내방송이 나오던 나팔스피커 소리도 들리지 않았다. 고속열차 창문은 아무것도 보여주지 않은 채 새로 지어진 여수엑스포역에서 버리고 말았다.

모든 것이 바뀌어 있었다. 십 년이면 강산도 변한다고 했으나 정작 바뀐 것은 여수역이었다. 여수엑스포역으로 바뀌어버린 것도 새삼스러울 것이 없지만, 2012년 행사 때는 정작 와보지 못하고 몇 년 더 지나서야 여수에 내려온 훈주는 추억된 기억과 눈앞에 보이는 모습 차이에서 오는 부조화 때문에 아령칙해지고 있었다.

연탄공장도 없어지고 바닷가에 떠 있던 아름드리 통나무도 보이지 않았

154

다. 개찰구에서 검은 제복에 검은 구두를 신은 역무원이 기차표를 받지도 않았다. 철도공안경찰도 없었다. 대신에 엑스포기념관과 스카이타워 건물만 치솟아 있었다. 있었던 것은 사라지고 없었던 것들이 마구 생겨나 있었다. 관광객을 태우기 위해 차례를 기다리고 있는 택시와 관광버스들이 즐비하게 늘어서 있는 여수엑스포역 광장은 하얀 블록으로 깔려 있었다. 훈주는 고향 여수가 무척 낯설고 이상하게 보였다. 기억이 없다면 눈앞에 보이는 모습들이 전혀 이상하게 느껴지지도 않았을 것이다.

여수엑스포역 광장 길 건너 교회가 서 있는 언덕 위로 올라가 주변을 살펴보았다. 토끼산이라고 불렸던 덕충동 마래산 자락 언덕 위에는 판잣집들 대신에 아파트가 들어서 있고, 버스를 털털거리게 만들었던 만성리 길도 아스팔트로 덮여 있었다. 옛 여수역 자리에는 거대한 해양공원 아쿠아플라넷이 들어서 있었다. 그 대신, 귀환정은 흔적 없이 사라져버렸다. 귀환정에 끝까지 남았던 사람들도 여수와 국가발전을 도약시킨다는 엑스포 행사 명분에는 대항하지 못하고 뿔뿔이 흩어졌다. 여수엑스포역 광장은 예전 흔적을 전혀 찾아볼 수 없었다. 다만 머릿속에 기억으로만 남아 있었다. 기억은 당시에는 몸에 부딪치는 감각 때문에 분별하지 못했던 상황을 감각이 제거된 상태에서 형체를 읽어 낼 수 있었다. 그 형체는 희극이었지만 성질은 비극이었다.

갈고리 상이용사에게 머리가 찍혀 피를 흘리며 싸우고 나서 바닷물에 빠져 죽은 홍양숙 아버지도 비극이었고, 업둥이 애기를 업고 기찻길에 섰던 연탄공장 아줌마도 비극이었다. 그러나 이제 와 비극적이라고 말한다고 해서 그때를 이해할 수 있다는 것은 아니었다. 더욱더 이해할 수 없는 것은 지금 홍양숙이 살아 있다는 것이었다. 훈주가 늙어 죽을 나이가 아니니 홍양숙 역시 아직 살아갈 날이 많이 남은 나이인데도 그런 생각이 들었다는 것이 이상했다.

초등학교 동창회로부터 동창 부친 부음 소식을 들었을 때 훈주는 사십 년 전에 단절되었던 흑백 기억들이 오롯이 되살아났다. 연락된 동창들 명단 속에 홍양숙 이름이 있었다. 오랜 세월 동안 창고 속에서 먼지를 뒤집어쓰고 있던 초등학교 졸업 앨범이 뿌연 먼지를 일으키며 펼쳐졌다. 기억은 사라진 것이 아니라 다만 침잠하고 있었던 것이다. 홍양숙의 이름을 발견한 훈주는 어떻게 지금까지 살아 있었지? 하는 생각이 먼저 들었다. 왜 그런 생각이 들었는지 모를 일이었다. 예전 흔적 조각마저 발견할 수 없는 여수엑스포역 광장에 서 있어도, 홍양숙에 대한 기억은 사십 년 전 여수역 광장을 되살려놓고 있었다.

훈주는 자신이 다녔던 종고초등학교 앞으로 걸음을 옮겼다. 학교는 여전히 그 자리에 서 있었다. 교실 창문을 통해 바라보면 옛 여수역 대신에 엑스포 건물이 보일 것이다. 옛 여수역 광장에서 일어난 일을 기억할 수 없는 지금의 아이들에게 나은 것인지는 알 수 없었다. 과거의 비극을 아이들에게 일깨운들 자라나는 아이들에게 무슨 이득이 될까 싶었다.

훈주는 종고초등학교 앞을 지나 시내 방향 모퉁이로 돌아섰다. 그러자 거짓말처럼 기억된 모습이 고스란히 눈앞에 나타났다. 거기서부터는 변화된 것이 없었다. 다만 역전시장 입구에 있었던 번영상회는 다른 가게로 바뀌어 있었다. 역전시장 골목은 시장이 있었다는 흔적을 찾아보기 힘들 정도로 텅 비어 사람의 모습을 찾을 수 없이 휑하니 바람만 불고 있었다.

엑스포 행사 때문에 귀환정이 철거되자 역전시장도 기능을 잃어버렸다. 그전에 이미 번영상회 간판이 내려졌고 아버지 윤호관은 먼지를 뒤집어쓴 자개 명패를 들고 여수를 떠나야 했다.

훈주가 옛 여수역 광장을 바라보며 길거리에서 서성거리는 동안 아까부터 정차해 있던 늙수그레한 개인택시 기사가 훈주에게 말을 걸어왔다.

"타끄요?"

"갑니까?"

"언능 타시오."

훈주는 택시에 올라탔다. 예전 여수라면 웬만한 거리쯤이야 걸어서 눈감고도 찾아갈 수 있지만 장례식장이 있다는 지역은 지리를 잘 모르는 동네였다. 여수시가 변두리 지역과 합치면서 확장되었기 때문이었다.

"어디로 가까요?"

"신월동에 있는 장례식장으로 갑시다."

"신월리에 있는 장례식장이요?"

"글쎄⋯⋯ 국동 지나면 바로 있다고 하던데요."

"신월리가 국동 옆이긴 한디요 장례식장은 넘너리 넘어가는 길 이짝에 십사 연대 쪽에 있는 것 하고 왜정 때 일본군 수상비행장 있는 것 하고 마주 보고 있는디 둘 중 하나것지라."

"신월동이라고만 들어서요."

"신월리가 신월동으로 되부렀어요. 여수가 초행인갑소."

"아니 초행은 아니고 여수가 고향인데 오랜만이라서요."

"아 그요. 여수가 겁나 커져 부렀어요."

택시기사는 여수가 커졌다는 표현을 했다. 발전을 했다는 것인지 확장이 되었다는 것인지 훈주는 분간이 가지 않았다. 하지만 거리 풍경은 훈주의 어린 시절 기억에 새겨져 있는 모습 그대로였다.

택시가 출발하자마자 이내 삼거리에 떡 버티고 있는 여수경찰서가 눈에 들어왔다. 일제강점기 때 일본 헌병대 자리에 그대로 있었다. 왼쪽으로 가면 여수 중앙초등학교와 여수여고가 나오는 길이고, 오른쪽으로 가면 진남관이 있는 여수 번화가 중앙동 언덕으로 내려가는 길이었다.

"경찰서를 새로 지었나 봅니다."

"여수가 발전한께 경찰서도 깨깟이 새로 지어야지라."

"내 어렸을 때까지만 해도 경찰서 담벼락에 총알구멍이 있었는데."

"글지라. 여순반란사건 때 반란군들이 총질을 쎄리 해 부렀답디다."

"나는 육이오 때 인민군들이 쳐들어 와서 경찰서에 총질한 것으로 애국조회 때 들었습니다."

"아따 애국조회 오랜만에 들어 보요. 요즘도 학교에서 애국조회 하는가 모르것소만 나 말이 맞을 거시오. 나는 어른들한티 직접 들을 것인께라."

"육이오 때는 여수에서 별다른 전투가 없었다고 하니까 여순반란사건 때 흔적이었던 것 같기도 합니다."

훈주는 자신의 입에서 툭 튀어나온 반란이라는 단어에 흠칫 놀랐다. 언제부터인가 여순반란사건을 여순사건이라고 부르긴 했으나, 어려서부터 들어왔던 명칭이라 자신도 모르게 반란사건이라고 말한 것이다.

반란, 사회와 국가의 질서를 어지럽히는 집단행동을 반란이라고도 하고, 정부나 지배자에 항쟁을 하는 것도 반란이라고 한다. 훈주는 반란을

158

어느 것으로 해석해야 할지 안쫑잡기가 어려웠다. 사회와 국가 쪽에 맞추어서 생각하면 폭동이 되고, 잘못된 정부와 옳지 못한 지배자에 대응해서 생각하면 항쟁이 되었다. 사람들은 자신의 생각이 다른 이의 표현을 따라가는 경우가 많은데, 택시기사나 훈주 자신은 누구의 표현을 따라서 반란이라고 말하는지 알 수 없었다.

"근데 그 부대가 신월동에 있었습니까?"

"나도 고향이 그짝 넘어가서 있는디 어른들이 하는 이야기만 들어봤소. 어른들이 그냥 거기를 일본군 수상비행장 있던디 아니믄 십사 연대 있던디 그리 말 합디다. 지금은 방위산업체가 들어 앉아 있어라."

할머니를 묻었던 구봉산이 있는 국동을 지나서 나오는 신월동은 훈주의 기억 속에 있는 지역이 아니었다. 더구나 여수에 요트장이 있다는 말은 들었어도 수상비행장이 있었다는 말은 처음이었다. 너무 오랜만에 내려온 여수가 낯설더니 여수의 옛날은 더 낯설어지고 있었다. 옛날이라고 해봤자 백 년도 안 되고 여수에서 살아왔던 지금의 노인들이 어릴 적이었다. 노인들이라고 해봐야 오십 중반을 이제 갓 넘긴 훈주의 부모세대였다. 훈주는 여수의 부모세대와 자식세대 사이가 길고 컴컴한 굴로 연결되어 있는 것 같이 느껴졌다.

"뭘 수상비행장도 있었습니까?"

"왜정시대 때 원래 일본 놈들 비행장이었다고 합디다. 해방 되고 나서 미군들이 잠깐 있다가 미군들이 한국 군대 만들면서 십사 연대 말뚝을 박았답디다."

"그래요⋯⋯. 나도 여수에서 태어나고 자랐지만 몰랐네요. 근디 기사님

고향이 화양인가 봅니다."

"화양 촌놈이지라. 나가 어렸을 때만 해도 여수 사람들이 화양이라면 촌놈이라고 안 묵어줬지라."

화양면은 여수 서쪽 바다 가막만을 둘러싸고 뻗어나간 지역으로 여수시에 편입되기 전 여천군에 속해 있던 농경 지역이었다. 여수 시내에서 걸어가기에는 멀고, 그나마 달구지나 군용차 정도만 다닐 수 있을 정도의 길밖에 없었던 지역이었다.

"근디 수장끝이랑 서정까지 발전이 없어요."

"오사카 길도 그대로군요."

"시청이 여천으로 옮겨 가는 바람에 여기 수장끝은 완전히 죽어 부렀어요."

여수경찰서에서 여수 남쪽 바닷가 중앙동으로 내려가는 큰 내리막길이라서 훈주 아버지 윤호관은 일본식 명칭으로 오사카로 불렀고, 훈주도 따라서 그렇게 불렀다. 그러나 택시기사는 여수 옛사람들이 부른 지역명칭인 수장끝이라고 불렀다. 바다가 맞닿는 지점에 담장을 쳤다고 해서 수장끝이라고 했다. 훈주는 요즘의 여수 초등학생들은 무어라 부르는지 궁금했다. 누군가 만들어낸 명칭을 반복해서 따라 부르다 보면, 이미지가 생겨나고 이미지에 업혀서 의미 의존까지 하게 되는데, 지배 권위를 가진 사람이 만들어낸 명칭에 대해 사람들은 의심 없이 받아들이기 때문이었다.

옛날에 수장끝이라고 부른 진남관 밑 중앙동은 바다와 맞닿아 있는 해안 자갈밭이었다. 일제강점기 때 고깃배가 정박할 수 있도록 수장끝을 매립하여 수심을 깊게 만든 것이 지금의 형태인 것이다.

"그러면 기사님은 화양에 살았으면 서초등학교 다녔습니까?"

"아니라 화양초등학교 다녔지라."

"화양에도 학교가 있었습니까?"

"아이고 사람이 살고 있고 아그들이 있는디 학교가 없것다요."

"그렇구만요. 내가 여수서 학교 다닐 때는 화양면 애들은 못 봐서요. 언제 생긴 학교죠?"

"에또…… 나가 사십오 회 졸업인께 언제 쩍에 생겼냐…… 에또…… 언능 계산이 안 되는디 지금으로부터 한 구십년 전에 생겼것소."

"그렇게나요? 그러면 일제 때 생긴 학교군요."

"그러지라. 일본 놈들이 서당을 뽀개 뿔고 국민학교로 만들었답디다. 즈그들 일본말 갈치라고, 아그들 있는데 국민학교는 다 만들었답디다."

훈주는 택시기사 이야기를 듣고 있다 보니 초등학교 때 교장선생님이 운동장 단상에 올라가 뒷짐을 쥐고서는 일장 연설을 트기 전에 에또(ええと) 하면서 뜸을 들이던 것이 기억났다. 선생님들도 마찬가지로 말이 막히면 에또를 사용하기에 훈주는 그게 무슨 뜻인지 궁금하여 국어사전을 찾아보았지만 그런 말은 없었다. 또다시 택시기사에게서 '에또' 소리를 들으니 향수가 느껴지면서 친근감이 돋아나는 것도 참 이상한 것이었다.

여수는 일본과 가까운 곳이라 일본말에 대한 저항이 심하지는 않았다. 심지어 일제강점기를 거쳐 온 어른들 중에는 아이들이 듣기에 불편한 내용은 일본어로 주고받곤 했다. 물론 훈주 아버지도 일본어로 정미소 사람들과 속닥거렸고, 여수역 앞 파출소 순경이 번영상회로 들어올 때에도 일본어로 대화를 주고받곤 했다. 일본말로 대화를 불편 없이 주고받을 수 있다는 것은 요즘으로 치면 영어회화를 능숙하게 하는 것이라, 일부러 일본 말로 대화를 하는 사람들도 있었다.

그건 이상한 홀로그램 같은 현상이었다. 멀리서 보면 무서운 일본 순사 모습이 나타나고 가까이 다가서서 보면 일본인 선생님 모습이 나타났다. 굴욕감과 시혜감이 분리되고 동질감과 적대감이 나누어졌다. 물론 사람마다 동질감과 적대감 어느 쪽에 가깝게 있는가는 달랐다. 동질감에 아주 가까운 사람은 만약 조선이 일본과 합쳐졌다면 세계 강국이 되었을 것이라는 따위의 억견(臆見)을 펼쳤다. 그들 중에는 춘원 이광수 같은 지식인 문인뿐만 아니라, 일본이 교육 양성한 친일경찰, 군인들도 마찬가지였다.

군사교육이든 지식교육이든 일제의 식민지교육을 받은 사람일수록 억견은 확신으로, 녹봉을 받는 사람은 신념으로 자리 잡았다. 확신이든 신념이든 일제강점기는 시혜를 받은 자들을 일본 숙주로 만들어내는 데 충분히 무서운 세월이었다. 정말 무서운 것은 자신이 숙주였다는 사실을 모른 채 정서적 익숙함이 일제로부터 벗어난 민족의 옳고 그름을 가르지 않고 선진 지배권력에 미혹당하는 것이었다. 그건 일제 대신 남한을 지배한 미군정에 대해서도 마찬가지 현상으로 나타났다.

"정말 달라진 것이 없군요."

"글지라. 여천 쪽은 확 바까졌는디 여기는 변한 게 없어 부러요."

"진남관 상가는 그래도 살아 있군요."

"저그야 왜정시대부터 돈이 몽친 곳 인께 아즉까즈는 살아 있소."

여수 남쪽 선창가를 끼고 있는 중앙동 진남관 상가 골목은 예전처럼 번잡하지는 않았지만 그래도 불빛은 살아 있었다. 여수시청이 여천 신도시로 옮겨가기 전까지 진남관 바로 밑 상가지역은 일제강점기 때부터 번화가였다. 그러나 여순사건 때 이승만 정부 진압군의 박격포 세례와 방화로 잿더미가 되어버린 지역이었다.

잿더미 위에 세워진 현대식 건물들은 반듯했다. 골목길도 계획도시처럼 넓었다. 마치 누군가의 치밀한 설계에 의해 세워진 재개발 계획도시 같았다.

"근디 손님은 진짜 여수에 오랜만인 갑소."

"어떻게 살다 보니 그리 됐네요."

"여수가 인자 살기 괜찮은디 고향 한번 떠난 사람들은 다시 와서 살라고 안 급다."

"……."

순천에서 얼굴 자랑 하지 말고 여수에서 돈 자랑 하지 말라고 할 정도로 흥청거렸던 여수에서 살아내기가 수월치 않았는지 기사는 푸념조로 말을 했다. 직장 때문이든 학교 진학 때문이든 여수를 떠나 외지에 정착을 한 사람들은 쉽게 여수로 돌아오지 않았다. 말만 들어도 가슴이 뛰는 푸른 남쪽바다 고향 여수는 귀향하는 것이 망설여지는 이상한 곳이었다.

택시가 서정시장을 지나 여수 서쪽 외곽으로 빠지는 국동으로 접어들어도 도시는 이어지고 있었다. 국동은 예전 여수의 서쪽 변방 지역이었다. 여수 동쪽 마래산 자락에 피어난 것이 덕충동 판잣집이었다면, 여수 서쪽 구봉산 자락에 피어난 것은 꽃이 아니라 무덤들이었다. 훈주는 눈을 가슴츠레 뜨고서 구봉산 산자락을 올려다보았다. 역시 아파트가 들어서 있는 국동은 예전 모습을 전혀 찾아볼 수 없었다. 훈주 할아버지 할머니 묘가 있었던 지점도 아파트가 들어서 있었다.

"국동 새마을동네 여긴 옛날에 공동묘지였는데……."

"글지라. 뫼똥 천지였는디 사람들이 뫼똥들을 싹 밀어불고 집들을 올려 놨당께요."

"지금 같은 아파트가 아니었지요."

"글지라. 박정희가 서울 개발한다고 청계천 판자촌 밀어버리고 사람들 성남 야산에 갖다놓고 살아라고 한 거시랑 똑같지라."

"그때 판잣집 짓고 살던 사람들 분양권 받아서 저 아파트로 들어간 것 인가요?"

"아따 자기 땅도 아니고 나라 땅인디 믄 분양 딱지를 받을 수 잇것다요. 그냥 돈 몇 푼 받고 변두리로 또 쫓겨났지라."

훈주는 택시기사의 말을 듣고 자신도 모르게 깊은 한숨이 나왔다. 유전 된 기억에는 한숨도 함께 배어 있는지 아버지 윤호관의 깊었던 한숨을 그 대로 훈주가 내뿜고 있었다.

택시는 여수 서쪽지역 국동을 지나 넘너리 길로 들어섰다. 구봉산 자락 을 넘으면서 시작되는 길을 여수 옛사람들은 넘너리라고 불렀다. 넘너리 에서 바라본 서쪽 바다 가막만은 깊고 푸른 여수 동쪽 바다와는 전혀 달랐 다. 잔잔한 호수 같았다. 육지가 바다를 안고 있는 것 같기도 하고, 바다가 육지에 안겨 있는 것 같기도 했다.

"정말 아름답습니다."

"까막만이요?"

"예."

"글지라. 옛날에 여기는 나가 물속에 들어가서 해삼 잡고 그랬어라. 고기도 허벌나게 많이 잡아 불고요."

호수와 분별이 안 되는 바다에 올망졸망한 섬들이 떠 있고, 숭어가 바다 위를 뛰어다니면서 놀고 있으며, 햇살에 튕기는 갈치 은비늘 같은 수면은 마치 자수정 가루를 뿌려놓은 것 같았다. 그 보석 밭에 흰 돛을 단 요트가 하늬바람에 미끄러지고 있었다. 가막만은 아무리 정교한 사진기라도 실루엣을 오롯하게 담아낼 수 없을 것 같았다.

"여기 넘너리는 잠수 안 해도 허리만 숙이믄 해삼 같은 것은 막 잡아 부렀어요."

"그래요. 바다가 깊지 않은 모양입니다."

"일본 놈들이 여그에 비행장 만든다고 갑돌을 갖다 붓고 그랬답디다."

"그래요? 십사 연대가 있었다면서 비행장도 있었습니까?"

"십사 연대 있기 전 왜정 때 왜놈들 수상비행장였당께요."

"갑돌은 뭡니까?"

"거 머시냐 방파제 가믄 다리가 세 개 있는 시멘트 돌 있잖습니까."

"아, 테트라포드?"

"긍께 테트라 그걸 갑돌이라고 했는디 일본 놈들이 여기서 논 만들고 뱅기장 만든다고 수천 개 만들어 쏟아 붓답디다. 긍께 괴기들이 자기들 살 집 생겼다고 허벌나게 살았지라. 그걸 다 누가 만들어 바다에 쏟아 부어것소."

"그래서 사람은 안 살고 고기들이 살았군요."

"아녀라. 여기도 원래 신근마을이니 문끄미 마을이니 큰 거이 두 개 있 었다고 급디다. 일본 놈들이 뱅기장 만든다고 쫓아불고 나서 해방이 된께 다시 사람들이 모여 살았는디 미군들이 군대 만든다고 또 쫓아 부렀어라."

"십사 연대 말입니까?"

"글지라. 반란사건 일으킨 부대가 바로 저그 화약공장 자리에 있어지라. 그전에는 일본군 수상비행장이었고라."

택시기사는 또 반란이라고 말했다. 그 말만 들으면 훈주는 자신이 반란을 일으켰던 것처럼 괜히 켕기었다. 훈주가 살아오는 동안 여수를 상징하는 말은 한려수도나 오동도가 아니었다. 반란이 여수를 상징했다. 도무지 떨어지지도 않고 지워지지 않는 꼬리표처럼 붙어 다녔던 반란의 도시 여수 순천이었다. 어느 해부터 반란을 빼고 여순사건이라고 부르기 시작했지만, 반란은 밀물에 잠기고 썰물에 드러나는 갯바위처럼 드러났다 숨었다 할 뿐이었다.

반란은 수도를 장악하고 권력을 찬탈하는 목적이 있어야 반란으로 규정지을 수 있는 것이다. 그러나 14연대는 애초부터 서울을 공략하여 정권을 찬탈할 계획이 없었다. 단지 제주도 동포를 학살하라는 악의 명령을 거부한 군사봉기일 뿐이었고 시민이 합세한 항쟁이었다.

"여그 왼짝에 있는 거랑 저짝 오른짝에 있는 거랑 둘 다 장례식장인디 어디 까라?"

"아! 저기네요."

"여수 자주 오씨요. 살기 좋소."

"그러지요."

아버님 상을 당한 친구인 고형선에게 전화를 걸어 장례식장을 물어보려고 하던 훈주는 왼쪽 장례식장을 가리켰다. 얼굴을 알아볼 수 있는 동창이 장례식장 주차장에서 담배를 피우고 있는 모습을 발견한 것이다.

　훈주는 택시에서 내렸다. 여수에서 태어나 고등학교까지 다녔던 훈주이지만 신월동까지 와 본 적은 없었다. 여수 시내 사람들이 여수역 뒤쪽에 귀환정이 있는지조차 모르듯이, 여수 서쪽 끝 국동을 굽이돌아서 바닷가에 무엇이 있는지를 아는 사람도 많지 않았다. 여수 동쪽 만성리가 마래산이 가리고 있어 여수역에서 보이지 않는다면, 서쪽 신월동은 구봉산이 가로막고 있어 시내에서 보이지 않는 곳이었다. 또 다른 표정을 갖고 있었지만 감추어진 지역이 이제는 과거의 표정을 가리고 전혀 다른 표정으로 드러났다.

　신월동은 남도 끝에 있는 항구도시 여수 외곽이었다. 일본군 수상비행장과 14연대 주둔 흔적은 찾아보기 힘들었다. 뭍으로 비행기를 끌어올리던 터와 방위산업체 간판만 보일 뿐 역사현장에 대한 안내문은 눈에 보이지 않았다. 다만 사람이 이승에서 마지막으로 길을 떠나는 장례식장 간판만 눈에 띄고 주차장에는 뿌얀 담배연기만 향처럼 모락모락 피어나고 있을 뿐이었다. 여수가 확장되었다고 하지만 장례식장이 들어서 있을 만큼 여전히 한갓진 곳이었다. 그러나 대한민국 이승만 초대정부가 국가 틀을 주조하게 만든 시작점이었다. 훈주는 주차장에서 담배를 피우고 있는 동창에게 다가가 먼저 말을 걸었다.

　"어이, 김동현!"

　"자네? 윤훈주 아닌가? 아따 인자 누가 죽어야 얼굴 보는구만."

　초등학교 동창 김동현은 훈주를 금방 알아보고서는 손을 우악스럽게 잡아 흔들었다. 같은 동네 덕충동에서 살았던 동창이었다. 그러고 보니 훈주

가 여수에 와 본 것이 언제였는지 기억이 가물가물했다. 고등학교 졸업하
고 바로 광주로 올라가서 대학을 다녔다. 또 서울로 올라가서 결혼하여 살
고 있었다. 여수는 할아버지, 할머니 묘도 없어져버리고 아버지 윤호관마
저 여수 엑스포 행사 이전에 번영상회를 접고 떠나버리자 올 일이 없었다.

"동현이 자네 아직 여수에서 부동산 하는가?"

"글지 뭐. 이 나이에 달리 할꺼시 있당가. 그냥 하던 거나 하는 것이지."

"동창들은 많이 왔는가?"

"여자동창 두 명 와 있네. 자네 먼저 들어가소."

"왜? 같이 들어가지?"

"아니네. 나는 담배 한 대 더 피우고 들어갈라네."

"그럼 나 먼저 들어갈 테니 담배 피우고 들어오게."

훈주는 머뭇거리는 김동현을 등 뒤로 하고 빈소를 찾아 들어갔다.

15
장례식장

장례식장은 망자의 기억으로 살아 있는 자들이 현재를 재구성하게 만드는 곳이었다. 현재를 재구성하는 방식은 살아 있는 자들의 존재방식에 따라 달랐다. 그 방식은 때론 다름과 틀림으로 나타나고 틀림은 종종 다툼으로 나타날 수 있는 공간이 신월동 장례식장이었다.

훈주가 조문을 마치고 동창들을 찾았을 때 접객실 한가운데에서 훈주를 보고 손을 흔드는 여자가 있었다.

"차미경이 오랜만이다."

"아따 훈주야, 니 얼굴 잊어묵것다."

여수에서 중학교 선생을 하고 있는 차미경은 어려서부터 워낙 활달한 여자아이라서 남자아이들을 휘몰고 다녔다. 더구나 아버지는 큰 교회 목사님이었다. 차미경을 따라 큰 교회에 가면 항상 볼거리와 먹을거리가 있었다. 그런데 곁에 앉아 있는 여자동창은 훈주를 물끄러미 쳐다만 보았지 별다른 내색을 보이지 않았다. 훈주도 기억을 더듬어 보려는데 누구인지 기억이 떠오르지 않았다. 그러자 차미경이 훈주의 기억을 상기시켜 주었다. 훈주의 기억 속에 침잠해 있다가 화들짝 뛰쳐나온 이름은 정말 선뜩한 느낌이었다.

"훈주, 니 양숙이 기억하지?"

차미경과 함께 앉아 있던 여자동창은 훈주를 찬찬히 쳐다본 다음에서야 말을 걸어왔다.

"훈주야…… 나 모르것냐. 나 홍양숙이……."

귀환정에서 살았던 기억 속의 홍양숙 이미지가 아니었다. 중년이었고 안경을 썼으며 단아했기 때문이었다. 여수엑스포역 광장이 낯설었듯이 홍양숙도 무척이나 낯설었다.

"양숙이…… 니가 홍양숙이냐?"

"그래…… 나 홍양숙이야."

"너…… 살아 있었구나?"

"……."

훈주는 하지 말아야 할 말을 한 것 같은 느낌이 퍼뜩 들었다. 사십 년이 넘는 세월이 흘렀다 하여도 기억 속의 이미지와 눈앞에 앉아 있는 현실 모습은 전혀 일치하지 않았다. 안경 너머 눈도 황혼 속에 업둥이 애기를 포대기에 업고 연탄공장 앞에서 서성이던 그 눈빛이 아니었다.

그날, 기관사 디젤 박 아저씨가 여수역에 마지막으로 도착하는 화물기관차를 몰고 만성리 기차 굴에서 막 빠져나왔을 때, 기차가 홍양숙 엄마와 등에 업힌 업둥이 동생을 거둔 날, 그날 이후 홍양숙을 학교에서 본 적도 없고 소식을 들은 적도 없었다. 다시 만나게 될 줄은 꿈에도 생각하지 않앗다. 홍양숙은 훈주를 보고서 전혀 어색해하지 않았다. 그런 홍양숙의 표정이 훈주를 더욱 선뜩하게 만들었다. 차미경이 유년의 추억을 끄집어내도 훈주는 어쩔 수 없었다.

"양숙아, 훈주 요것이 쬐간할 때 아주 간팠다잉. 간네들 고무줄은 요것이 다 끊어 묵었어."

"……."

홍양숙은 어릴 때 추억에 대해 아무 말도 하지 않았다. 차미경이 끄집어낸 유년 시절 고무줄놀이 기억은 훈주를 더 옹송옹송하게 만들어 마른 웃음을 짓게 할 뿐이었다. 그건 여자아이들이 고무줄 놀이할 때 연필깎이 칼로 고무줄을 자르고 도망치던 어린 시절에 대한 죄책감 따위 때문이 아니었다. 훈주 머릿속에서는 번영상회 쌀가마 위에 업둥이 동생과 함께 쓰러져 자던 홍양숙에 대한 기억과 눈앞의 이미지가 부조화를 일으키고 있었기 때문이었다.

부조화를 일으키는 지난날 기억 중 보태어지는 것은 역전시장 끝에서 잘려진 두 팔에 갈고리 의수를 끼우고 십자가를 들고 있던 고무줄 장사꾼 여자 이미지였다. 십자가에 주렁주렁 매달린 고무줄을 팔 없는 갈고리 손으로 팔던 여자 실루엣이 왜 기억 속에 홍양숙 이미지와 겹쳐지고 있는 것인지 훈주는 알 수 없었다. 다만 이미지는 사람을 분류해내는 데 있어 가장 간단하고 쉬운 말초감각 작용이라서, 아이들이 떡떡굴이라고 불렀던 귀환정 이미지 그대로 홍양숙에게 박제된 채 기억 속에 파묻혀 있었을 뿐이었다.

그런데 눈앞의 홍양숙은 기억으로 박혀 있는 이미지를 뒤엎고 있었다.

마치 여수역 광장에 하얀 보도블록이 새로 깔려 있는 것과 같았다. 과거에 심어진 이미지와 눈앞의 모습 사이에서 일어나는 부조화는 훈주를 머뭇거리게 만들었다. 선입감이라고 하고 편견이라고도 하는 감각방해 작용이었다. 훈주는 자신도 모르게 홍양숙에게 대뜸 물었다.

"양숙이…… 니 뭐하고 사냐."

"문화원에서 일해."

"문화원? 어디?"

"여수."

홍양숙은 훈주의 물음에 자세를 흐트러지지 않은 채 담담하게 대답했다. 훈주는 자신이 말을 잘못했다는 느낌과 함께 생경함까지 일고 있었다. 문화원이라는 곳이 가야금을 뜯으며 국악을 연주하는 곳인지 아니면 한복을 만드는 곳인지 모르지만, 그것보다 여수라는 것이 홍양숙과는 조화가 전혀 되지 않고 있었다.

고향에 대한 유년의 추억이 아름답다고들 하나 훈주가 생각하는 기억은 그다지 아름답지 않았다. 중년이 꽉 차도록 살아오면서 수없이 여수를 생각나게 하는 것은 아름다운 추억이 가득해서가 아니었다. 강렬한 여수 이미지가 자극하는 회귀본능이었다. 그러나 고향 여수를 가볼까 싶은 마음이 넘쳐나면 그때마다 끊어지는 퓨즈처럼 차단하는 그 무엇이 있었다. 어쩌면 자기보존을 위한 제어장치일 것이다. 기억의 퓨즈는 그나마 남아 있는 추억을 송두리째 망가뜨려 버리는 것을 방지하기 위한 보호장치일 수도 있었다.

그런데 홍양숙은 여수에서 살고 있었다. 언제부터 살고 있었는지 모르나 적어도 훈주가 여수에 있을 때까지는 보이지 않았다. 살았는지 죽었는지는 몰라도 여수에서 다시 보게 될 것이라곤 꿈에도 생각하지 못했다. 훈주는 머리를 흔들어 차미경에게 추억거리를 돌렸다.

"미경아, 너 따라 교회 가서 밀가루 빵 얻어먹고 그랬던 거 생각난다."

"야! 뭐 교회가 빵집이냐."

"그때는 네 아버지가 빵을 만들어 아이들한테 주는 줄 알았다."

훈주가 차미경에 대해 떠오르는 기억이라곤 온통 교회에 관한 것밖에 없었다. 교회에서 빵을 받는 대신 벗고 들어간 고무신을 잃어버리는 대가도 치러야 했다. 그래도 교회는 빵과 더불어 놀러 갈 수 있는 기회를 주기 때문에 조무래기 아이들은 차미경을 따라 떼거리로 교회에 몰려 다녔다. 그때는 교회에 가는 것이 기쁨이고 안식이고 낭만이었던 시절이었다.

교회는 엄청 크고 무지 높은 건물이었다. 적어도 어린 훈주 눈에는 그렇게 비쳐졌다. 의자도 없이 바닥에 가마니를 깔고 그 위에 사람들이 앉아서 예배를 보았다. 신발장이라는 것이 따로 없어서 교회 현관에는 짝을 맞출 수 없을 정도로 수많은 고무신들이 어지럽게 널려 있었다. 목사님인 차미경 아버지는 빵을 기다리며 떠드는 아이들에게 물었다

"어린이 여러분, 이곳이 어떤 곳이지요?"

"빵 주는 곳이요!"

교회까지 업둥이 동생을 포대기에 업고 온 홍양숙이 큰소리로 대답했다. 다른 아이들이 키득키득 웃으면서 손가락으로 홍양숙을 가리키며 조롱했다. 여수에서는 절대 나서지 말고 알아도 가만있는 게 상수라는 것을

부모에게 배우지 못한 아이였다.

"그러면 예수님은 어떤 분이시지요?"

"미국 사람이요!"

이번에는 훈주가 대답했다. 아이들이 웃지 않았다. 별로 틀린 말이 아니었기 때문이었다. 크리스마스 때 성탄엽서를 보면 예수님은 미국 사람처럼 코가 높고 머리가 금발이었다. 그리고 여수아이들이 볼 수 있는 서양 사람이라곤 하얀 와이셔츠에 넥타이를 맨 미국인 선교사들뿐이었다. 미국인 선교사들이 거리를 돌아다니며 아이들에게 성경을 나눠주곤 했으니, 적어도 훈주의 눈에는 예수님과 이미지로는 유사성을 갖고 있었다. 성질의 동일성과 이미지의 유사성을 분별할 능력이 없는 어린 훈주라고 해도 이미지로는 맞았다. 그런데 목사님은 훈주의 말이 틀렸다고 하지 않고 그냥 웃으셨다. 참으로 너그럽고 멋있었던 목사님이었다.

사실 멋있기는 교회 건물이 더 멋있었다. 돌덩어리로 지어져 태풍이 불어와도 끄떡없고 학교 벽돌건물보다 더 높았다. 담쟁이넝쿨이 가득 달라붙어 있는 벽 사이 하얀 창문들은 마치 동화 속에 나오는 집 같았다. 고개를 뒤로 완전히 꺾어서 올려다봐야만 보이는 교회 탑에는 거대한 종이 달려 있었다. 교회 종소리는 머리가 흔들릴 정도로 크고 웅장하여 넋이 **빠져** 버릴 정도였다.

여수에서 아침을 여는 소리는 수탉이 아니고 교회 종소리였다. 동살이 퍼지기 전에 교회 종소리가 울려 퍼지고 나면 워낭소리 같은 종소리가 짤랑짤랑 들려 왔다. 지게에 새우젓 통을 지고 골목마다 돌아다니는 새우젓 장사꾼이 치는 종소리였다. 이윽고 "새우젓 사려, 새우젓 사려엇!" 목소리가 골목 집집마다 퍼져나갔다. 그 다음에 들려오는 소리는 쓰레기청소차 종소리였다. 종소리에 이어 청소차 지붕에 매달린 스피커에서 새마을노래가 터져나오면 아이들까지 연탄재를 들고 골목길로 나왔다. 그제야 여수의 아침은 시작되었다.

밤도 교회 종소리가 덮었다. 전봇대의 가로등 불빛이 아니면 어두운 골목길을 돌아다닐 수 없는 밤 깊은 시간에 취객이 먼저 노래를 부르면서 지나갔다. 그 다음에는 찹쌀떡 장사꾼이 "찹쌀떠억! 찹쌀떠억!" 외치는 소리가 나고 나무토막 부딪치는 소리가 골목 안에 들려왔다. 마지막으로 여수 밤하늘에 교회 종소리가 울려 퍼져나가면서 이불처럼 여수의 밤을 덮었다.

교회 종소리가 사그라지고 나면 이번에는 기다렸다는 듯이 방범대원들이 호루라기를 불면서 골목 안 곳곳을 샅샅이 뒤지고 다녔다. 통행금지 시간에 돌아다니다 경찰과 방범대원에게 걸리면 파출소에 끌려가 졸경을 치러야만 했다. 호루라기 소리는 여수 사람들을 순종시키면서 밤을 맞게 했다. 그리고 아주 조용했다. 체념하듯 침묵하고, 깊은 바다 속 어둠 같은 여수의 밤은 새벽에 교회의 종소리가 다시 울릴 때까지 이어졌다.

훈주와 아이들이 빵을 얻어먹으러 다녔고 차미경 아버지가 목사님으로 있던 교회 종소리는 조선이 일본에 국권을 완전히 빼앗긴 1910년 경술국치 이전인 1905년부터 여수에서 울려 퍼지기 시작했다. 그해는 미국이 필리핀을 점령하고 일본이 한국을 점령하는 것을 상호 인정하는 '가쓰라-태프트' 밀약이 이루어진 해이기도 했다.

본디 향교의 향냄새가 진동하는 여수에 교회 종소리가 울려 퍼지기 시작한 것도 그때부터였다. 나라를 일제에 빼앗기고 압제에 시달리는 여수 사람들은 교회에 가서나 숨을 쉴 수 있었다. 옆구리에 일본도를 찬 순사도 교회건물 안으로는 쉽게 드나들지 않았기 때문이었다. 그러나 교회가 일본 순사의 간섭을 받지 않기 위해서 목사들은 교인들을 이끌고 여수역 광장에서 교회 새벽 종소리와 함께 바다 건너 동쪽을 향해 허리를 숙여 인사하는 동방요배를 해야 했다. 동쪽 바다 건너에는 일본 천황이 살고 있었기 때문이었다.

조선의 개신교인들이 하늘에 계신 하나님 아버지를 지키기 위해서 조선의 지배자 일본 천황을 향해 절을 올리기 시작한 1938년, 평양과 서울 등지의 친일목사들이 경성기독교연합회를 조직하여 종교보국서약을 하고 신사참배를 시작한 그해, 여수에서는 여수역 건물이 지어져서 지붕부터 땅에 이르기까지 거대한 일장기가 교차로 늘어져 있던 해이기도 했다.

그러나 여수의 교회 종소리가 들리지 않았던 때가 있었다. 1942년이었다. 일제가 전쟁물자 조달을 위한 금속회수운동을 벌이자 조선 기독교 장로교회는 각 교회가 보유하고 있는 교회종 현황을 조사한 다음 일제에 바치도록 지시했다. 그 결과 1,540개의 교회종은 일제의 무기와 총알이 되어 돌아오지 않는 종이 되었다. 그러나 여수의 교회종은 너무 높게 달려 있어 사람의 힘만으로 끌어내릴 수 없었다. 대신 교회종을 치지 않았다. 교회종을 빼앗기지 않기 위함이 아니었다. 조선 장로교회가 비행기도 헌납하는데 종마저 바치지 못한 자책이었다.

물론, 조선의 개신교인들이 전부 훼절을 한 것은 아니었다. 하나님의 평등사상을 받아 독립운동에 투신한 조선건국준비위원회 몽양 여운형이 개신교 목사였다. 종로경찰서에 폭탄을 던지고 일제 경찰무리와 대치 끝에 자결한 김상옥 의사를 기독교 신앙으로 이끈 상하이 임시정부 요인 손정도 역시 개신교 목사였다.

그런데 독립운동에 투신한 개신교인들이 좌익 쪽으로 기울어졌다면, 훼절한 개신교인들은 친일, 그리고 해방 후에는 친미반공으로 돌아섰다. 당시 소비에트 지도자 레닌이 조선독립운동을 지지한 반면, 미국의 대통령 시어도어 루스벨트는 일본이 조선을 점령하는 것을 인정한 밀약을 체결한 결과였다. 조선의 독립운동 개신교인들은 자연스럽게 사회주의 소련을 지지했으나 그것이 공산주의 이념에 의한 것은 아니었다. 어느 쪽이 조선독립에 유리할 것인지에 대한 판단일 뿐이었다.

소련을 지지하지 않았으나 신사참배도 거부한 목사가 여수에 있었다. 여수 애양원 손양원 목사였다. 훈주에게는 무서웠던 애양원도 잊을 수 없는 기억이었다. 그 무서운 곳을 차미경을 따라갔다 온 적이 있었다.

"애양원에 계셨던 미경이 너 할아버지는?"

"돌아가신 지가 언젠디."

"미경이 너 아버지…… 아니 목사님은?"

"나 인제 고아여."

"그래…… 세월이 흘렀구나. 실향민 아니셨냐?"

"할아부지는 실향민이지만 아부지는 어려서 내려왔슨께 여수가 고향이나 마찬가지지."

"한국전쟁 때?"

"아니 육이오 전쟁 전에 북쪽에서 교회 사람들 못살게 항께로."

"목사님 따라서 너 할아버지 계셨던 신풍리에 간 거 기억나냐?"

"훈주 니가 애양원을 기억한갑다."

무려 버스 두 대가 여수역 광장에 서 있었다. 교회에서 대절한 버스였다. 만성리 너머를 갔다와본 적도 없고, 비행기가 어떻게 생겼는지 실제로 본 적도 없는 아이들은 날름 버스에 올라탔다.

어른들과 아이들을 가득 태운 버스는 여수역 광장을 출발하여 귀환정을 지나 만성리 굴 안으로 들어갔다. 아이들은 비명소리를 내며 버스 창밖으로 굴 벽을 쳐다보았다. 어른들과 함께 버스 안에 타고 있어도 만성리 굴은 무서웠다. 굴을 빠져나온 버스 창문에 빛이 들어오고 만성리 바다가 펼쳐져 아이들이 환호성을 지를 때, 어른들은 왼쪽 절벽 밑 호랑이와 용이 싸우다 떨어져 죽었다는 큰 웅덩이를 일제히 쳐다보았다.

버스가 만성리를 지나고 미평을 또 지나 새로 생긴 비행장이 있는 율촌 신풍리까지 달리는 동안 훈주와 아이들은 해방감과 기대감에 들떠 있었다. 버스는 높은 담으로 쳐진 비행장을 돌아서 자꾸 광양만 개펄을 향해 숲길을 달렸다.

아이들이 고개를 뒤로 돌려 비행장 관제탑만 쳐다보고 있는 동안 버스는 바닷가를 내려다보고 있는 교회 앞에 섰다. 아이들을 맞이한 것은 비행기 조종사가 아니라 미국 선교사였다. 선교사가 앞서고 어른 신도들이 뒤따르며 훈주와 아이들이 쫄래쫄래 따라서 들어간 곳은 역시 예배당 건물이었다.

여수 시내에만 교회 십자가가 공동묘지 십자가만큼 서 있는 것이 아니라 외딴 바닷가에도 서 있었다. 하지만 애양원 예배당은 여수 시내에 있는 교회들보다 더 크고 웅장했다. 예배당 안으로 들어간 훈주와 아이들은 이내 실망과 지루함에 시달려야 했다. 그래도 예배당에서 기도를 마치고 나면 구경도 하고 먹을 것도 준다고 하니 참고 기다리는 수밖에 없었다. 그러나 그날 그곳에서만큼은 훈주와 아이들은 더 이상 차미경을 따라 다니지 않았다.

"나 집에 갈란다."

"니 왜 그냐. 빨랑 오랑께."

"미경아 글지마야. 나 집에 간당께."

"괜찮당께."

훈주가 도살장에 끌려 들어가는 소처럼 발을 땅에 박고 버티는 것을 차미경이 잡아끌고 있었다. 별처럼 빛나던 베아트리체 차미경이 연옥은 몰라도 지옥으로 인도할 줄은 정말 모르고 훈주는 버스에 올라탔던 것이다.

애양원 예배당에서 예배를 마치고 훈주와 아이들이 따라 걸어간 곳은 아주 무서운 곳이었다. 차미경 할아버지가 일하고 계신다는 과수원에는 코가 없이 얼굴에 구멍만 뻥 뚫려 있고, 손가락이 뚝뚝 떨어져나가 있으며, 입술도 벌레가 파먹은 듯이 잇몸이 드러나 있는 문둥병 환자들이 모여 있는 곳이었다. 몸이 그러하니 제대로 생활을 할 수 없어 애양원 예배당을 찾아온 신자들이 문둥병 환자들 생활 주변을 돌보는 봉사활동을 하는 것이었다. 어른 신자들이야 그다지 거부반응을 보이지 않고 텃밭을 가꾸거나 식사를 마련했지만 아이들은 기겁을 하여 한 명 두 명 이탈했다.

당시에 문둥병이라고 불리던 한센병은 불온한 사상처럼 전염되는 것으로 알고들 있었다. 소록도에 수감되어 있다는 한센병 환자들이 여수에도 있었는지 아이들은 전혀 모르고 따라왔던 것이다. 일제강점기에 미국인 선교사들이 광주에 있던 한센병 환자들을 신풍리로 데려와 치료를 했던 곳이 애양원이었고, 차미경 할아버지는 애양원 한센병 환자들과 같이 생활하며 예배당 살림을 꾸려나가는 집사님이었다.

집사님을 따라 신도들이 간 곳은 애양원에 있는 '삼부자 묘'였다. 묘 세 개가 모여 있었다. 애양원에서 한센병 환자들 고름을 입으로 빨아서 치료를 했다는 사랑의 원자탄 손양원 목사와 그의 아들 동인, 동신의 묘였다.

"야!! 느그들 이리 안 올래!! 그믄 빵 안 준다!! 집에 안 데꼬 간다!!"

한센병 환자들을 보고서 죄다 대열에서 이탈을 해버렸던 아이들에게 차미경은 삼부자 묘 언덕에 서서 소리쳤다. 빵이고 뭐고 갈 수 없었다. 그러나 빵은 안 먹어도 되지만 집에는 가야 했으므로 할 수 없이 삼부자 묘가 있는 곳으로 가야 했다.

손양원 목사 아들 동인, 동신은 여순사건이 일어나던 1948년 10월, 봉기군 14연대가 여수에서 순천으로 밀고 올라가던 21일, 같은 순천사범학교 좌익학생들의 총에 맞아 죽었다. 당시 순천은 우익학생 단체인 전국학생연맹의 전남 동부지역 중심지였다. 동인과 동신은 순천사범학교와 순천중학교 재학 중이었으며 열렬한 우익학생 간부들이었다. 손양원 목사는 자신의 아들의 처형에 관계한 좌익학생 안재선의 목숨을 기적적으로 구하고 양자로 삼았다. 그리곤 반공선교활동에 데리고 다녔다.

손양원 목사가 여수 개신교인들에게 성인으로 추모되는 것은 단지 아들 둘이 좌익청년들에 의해 총살을 당하고 자신은 한국전쟁 때 여수에서 퇴각하는 인민군에 의해 처형당했기 때문만은 아니었다. 그 역시 죽음의 띠가 이어진 여수에서 수많은 총탄자국 중의 하나였다. 또 문둥병 또는 나병이라고 불리던 한센병 환자들을 돌보면서 목회활동을 했던 이유만도 아니었다. 동방의 예루살렘이라고 하던 평양에서 대한예수교장로회 총회 대표들이 일제의 평양 신사에 가서 참배를 하고, 서울에서는 경성기독교연합회가 종교 보국선언을 하며, 조선임전보국단을 꾸리면서 훼절을 하고 있을 때, 손양원 목사는 우상숭배를 하지 마라는 계율에 따라 신사참배를 거부하다 옥살이를 치러야 했다. 철저하게 계율과 성경에 따라 행동했던 목사였다.

그러나 손양원 목사가 여수에서 성인으로 추모되어 가고 애양원이 성지가 되어 갈수록, 여수에 교회 십자가가 무수히 솟아나는 만큼, 여수 동쪽 바다 위에 떠 있는 오동도의 붉은 동백 봉우리는 그만큼 바다로 뚝뚝 떨어져 갔다. 참으로 아이러니한 현상이었다.

세월이 꽤 많이 흘렀다고 훈주는 생각하고 있었다. 그만큼 많은 기억들도 지워져 있어야 했다. 그런데 유년의 기억이란 각인되어 있어서 그런지 차미경을 만나자마자 옛날 추억들이 먼지처럼 부스스 일어나고 있었다. 추억이란 각인된 기억을 바탕으로 즐거웠다는 것들만 추려진 것이고, 그 기억은 사실과 다를 수도 있었다. 각인된 기억 중에는 추억으로 담고 싶지 않은 것들도 있었다. 차미경을 만나서 추억을 되살리고 싶은 것은 교회에서 빵을 얻어먹은 기억이고, 잊어버리고 싶은 것은 문둥병 환자들 이미지였다. 그 이미지는 마치 사람이 총에 맞아 죽은 사람 얼굴 같았다.

기억은 이미지로 남는 것이지만, 남게 된 이미지는 사실과 다를 수도 있었다. 한센병이 전염된다는 것이 사실과 다른 것이었다. 기억된 것은 사실이 아닐 수 있고, 사실이라고 해도 진실과 다를 수 있었다. 그리고 각인되었거나 알고 있는 진실이라는 것도 결코 불변한 것은 아니었다. 진실이라고 여겼던 것에 대한 사실이 달라질 때 누군가의 권위에 의해 잘못 심어진 진실도 달라질 수 있는 것이었다.

이제 와서 훈주가 곰곰이 생각해보면 그때 차미경이 자기 아버지 대신 아이들에게 나눠주던 빵이란, 실은 미국에서 들여온 밀가루에 이스트를 잔뜩 섞어 만든 지금의 공갈빵 같은 것이었다. 그때는 먹을 것이 풍족하지 못한 때라서 그 빵이 맛있고 배부른 것이라고 믿었는데, 지금에 와서 그 믿었던 맛과 이미지가 불변해 있는 것도 아니었다. 그리고 보면 먹을 것이 궁하던 어린 시절에 빵을 먹으면 배가 부를 것이라는 믿음은 이스트에 섞여서 부풀려 있었는지도 모를 일이었다. 배가 고픈 것은 불안을 자극했고, 불안에 대한 만성적 자극이 클수록 빵에 대한 맹목적 욕심은 불안의 노예가 되어 맹종을 하도록 만들었다.

훈주가 고향 여수를 생각할 때 떠올랐던 이미지들이 균열을 일으키고 있었다. 순천에서 기차를 타고 내려오면서 머릿속에서 그렸던 이미지들이 다 뒤집어지고 있었다. 박제된 이미지와 현실 모습의 차이, 사실과 진실의 차이에서 오는 부조화 느낌 때문에 혼란스러워지기 시작했다. 차미경에 대한 기억도 그렇지만 홍양숙에 대한 이미지도 마찬가지로 혼란스러웠다. 홍양숙은 떠오른 기억된 이미지와 눈앞의 모습이 무척이나 괴리가 컸다.

그건 세월에 의한 자연변화현상을 의미하지 않았다. 어쩌면 생각의 질서가 그때와 지금은 다르기 때문일 것이다. 훈주는 기억이란 진실을 확인하지 않은 채 조작된 이미지일 수도 있다는 의심이 들기 시작했다. 훈주가 기억하고 있는 유년시절의 이미지들이란 생각의 질서가 잡히지 않았던 어린 시절이었다. 애국조회 시간에 들었던 것이나, 또래 아이들과 주고받은 잘못된 정보로 그려진 것들이었다. 그중에서도 가장 기억을 지배했던 것은 흑백텔레비전 브라운관에서 비치는 화면보다 스피커에서 나오는 소리였다. 소리는 과거의 화면을 얼마든지 조작해서 현재에 들려줄 수 있기 때문이었다.

훈주 머릿속이 뒤죽박죽거리고 있을 때 홍양숙은 조심히 입을 열었다. 홍양숙에게는 달갑지 않는 기억으로 남아 있을 법한 훈주 아버지의 안부였다.

"훈주야…… 니 아버지는 잘 계시냐?"

"순천 요양병원에 계신다."

"그냐. 여수도 요양병원 많고 좋은데 왜 순천에 계신다냐."

"글쎄, 이참에 여수로 모셔올까도 싶다."

"연세가 여든이 넘어섰겠다."

"여든이 지나버렸다."

훈주는 아버지 윤호관의 뜻에 따라 순천 요양병원에 모셔 놓았으나 다른 곳으로 옮겨드릴까 생각 중이었다. 딱히 병이 깊은 것도 아니고, 그저 한평생 무거운 쌀가마를 지고 살다보니 몸이 성한 곳이 없어 거동을 제대로 못할 뿐이었다.

대한민국 초대정부가 생성되자마자 부친을 잃고 잿더미 위에 천막을 지어 목숨을 부지했던 윤호관이었다. 국가 틀에 맞추어 요령껏 살아냈고 귀환정 사람들을 상대로 번영상회를 일으켰던 윤호관의 몸뚱이에는 대한민국 궤적이 고스란히 새겨져 있었다.

요령껏 궤적을 따라가지 못하고 절단된 삶도 있었다. 홍양숙 아버지 홍의철이었다. 홍양숙의 얼굴 표정은 그제야 어두워지기 시작했다.

16

그림자 분열

다툼이 무엇에 의해 발화되었는지 모를 일이었다. 밖에서 담배를 피우고 들어온 김동현이 자리에 앉고서부터 갈등의 조짐이 일어난 것은 틀림없었다. 장례식장이 싸움터가 되어버릴 줄은 동창들이나 조문객들도 전혀 예상하지 못했을 것이다. 차미경 역시 싸움을 만들려고 던진 농담은 아니었을 것이다.

"동현이 니 부동산 함씨롱 돈 많이 벌었다고 글드만. 조의금 좀 많이 냈냐?"

"뜨네기 공단 사람들 월세방이나 중개하는디 믄 돈을 벌것어."

"소문 들어봉께 니 여기 신월동 땅 정리 해 줌씨롱 좀 벌었다드만."

"뭐 나가 땅 주인이냐. 나라 땅 정리하는 데 일 좀 했을 뿐인디."

훈주도 김동현이 여수 엑스포 행사 준비기간 동안 귀환정 철거 중재위원으로 활동했다는 것은 알고 있었다. 아파트가 들어서기 위해 새마을동네 철거를 할 때에도 중재를 했고 신월동 방위산업공장 사택을 지을 때에도 신월동에 본디 거주하고 있던 신근마을 사람들을 이전시키는 데 무슨 역할을 했던 것 같았다.

"난 신월동은 처음인데, 옛날에 여기에 부대가 있었다고 그러던데."

"육이오 때 국군병원이 있었지."

"십사 연대인가 하는 부대가 있던 자리라고 하던데?"

"반란을 일으킨 부대는 육이오전쟁 이전에 있었고."

훈주는 택시기사에게 들었던 부대를 물어보았다. 김동현은 즉각 대답했다. 일순 주변에 있던 사람들이 훈주 동창들을 쳐다보았다. 여수에서는 사람들이 많이 모여 있는 곳에서 입에 담아서는 안 될 단어였다. 외부에서 무어라 하든지 여수 사람들은 입을 다물고 있던 사건이었다. 그렇지만 여수에서 태어나고 자라 고등학교까지 다녔던 훈주도 여순사건에 대해서는 잘 알지 못했다. 훈주만 모른 것이 아니라 훈주 동창들도 몰랐다. 모르는 것은 어른들 어느 누구도 아이들에게 말을 해주지 않았기 때문이었다.

"십사 연대 군인들이 들고 일어난 것이라고 하던데."

"글지. 남로당 군인들이 반란을 일으킨 것이지. 그때 빨갱이들이 군대에 많이 침투해 있었쓴께."

훈주가 주변을 살피면서 조심스럽게 이야기를 잇자 김동현은 아주 잘 알고 있는 듯 설명했다. 주변에 있는 나이 든 조문객들이 슬며시 고개를 되돌려 시선을 피해주었다. 그건 어떤 무언의 메시지이기도 했다. 김동현은 주변에 있는 조문객들이 듣지 못할 정도로 낮은 목소리로 말을 했어야만 했다. 그래야 훈주 동창들이 앉아 있는 자리에 조문객들의 시선이 다시 쏠리지 않을 수 있었으나, 어떤 조문객은 도다리 눈으로 쳐다보았고, 다른 조문객은 광어 눈으로 바라보았다.

지금이야 여수하면 아름다운 항구도시로 사람들이 여기지만 이전에는 으레 오동도와 여순반란사건으로 여수를 인식하고 있었다. 그럴 때마다 훈주는 자신이 반란의 자손이나 되는 것처럼 가슴이 움츠러들었다. 반란으로 친다면 1948년 말부터 세 차례나 일어났던 대구 6연대도 있었다. 그런데도 유독 여수 신월동 주둔 14연대 군인들의 군사행동에 시민이 가세하여 봉기가 된 것이 남로당 지령 때문은 아니었다. 오히려 남로당에서는 14연대 군사행동에 몹시 당황하여 지켜만 보고 있던 상태였다.

결국 조직적이지 못하고 제주 4·3 진압파병을 거부하면서 우발적으로 일어난 14연대 군사행동에 의한 인민봉기는 중국의 장개석 정권이 저지른 대만 2.28사건을 무색하게 만드는 이승만 정부의 학살을 불러들였다. 여수는 거대한 공동묘지가 되어갔다. 살아남은 14연대 봉기군은 광양 백운산을 통해 지리산으로 은신하여 빨치산의 원류가 되었다. 이승만 정부 계엄군의 학살을 피해 산으로 숨어들어간 좌익계열 사람들도 빨치산이 되었다.

"아녀, 군인들은 나중에 합친 것이고 여수에 있든 남로당 사람들이 반란을 먼저 일으킨 것이여."

"아따 미경이 니 학교 선생이 되갓고도 잘 모르냐. 십사 연대 남로당 군인들이 먼저 반란을 일으키고 여수 남로당 사람들이 짝짝쿵 한거랑께."

"우리 학교 역사 선생님이 글든디?"

"아따 미경이 니 왜그냐. 나 말이 맞당께. 우리 큰아부지가 경찰이었당께. 그때 반란군 막다가 희생됐는디 니가 자꾸 우기냐."

같은 공간에서 성장한 초등학교 동창이라고 해도 사실에 대한 진실은 사뭇 달랐다. 진실이 다른 것은 기억된 것에 대한 사실이 다른 것이 아니라, 서 있는 곳이 달랐기 때문이었다. 결국 어느 곳에 서 있었느냐에 따라 기억에 대한 진실의 다름이 틀림으로 되어버려 옥신각신하도록 만들었다. 훈주 동창들이 각자 침을 튀겨가며 자기주장을 하고 있을 때 정작 조문 온 노인들은 고개를 돌리고 헛기침만 하고 있었다.

사실 해방 이후 대한민국 초대정부가 들어서기 전 미군정 삼 년 동안 여수에서 어떤 일이 일어났는지 훈주도 모르고 있는 것은 마찬가지였다. 다만 아버지 윤호관이 누군가와 가끔 하던 이야기를 귀에 주워담고 있는 것이 전부였다. 그러나 사건을 겪지 않았다고 상관없는 것이 아니었고, 기억이 유전되지 않는 것도 아니었다. 진실이 아닌 조작된 기억도 유전되기는 마찬가지였다.

훈주는 진실 이전에 사실을 조립해 보았다. 신월동 14연대 자리가 일제강점기에는 수상비행장이었고, 해방 후 창설된 조선경비대가 미군에 의해 국군으로 편제되면서 미군이 14연대를 창설하고 말뚝을 박았다. 그 후 다시 한국전쟁 때 국군병원으로 바뀌었으며, 지금은 방위산업체가 들어서 있는 것으로 순서 정리가 되었다.

"십사 연대 부대 자리가 한국전쟁 때 국군병원으로 바뀐 거라서 여수에 상이군인들이 많았구만."

"상이군인들만 많았간디…… 거지 넝마들도 버글버글 많았지. 요기 신월동에 깡통부대가 몰려 있었당께."

"그랬나? 여수 시내 돌아다니는 넝마들 아지트가 여기였구만."

"그때 어른들이 아그들 한티 말 안 들으면 넝마들이 데려간다고 겁주고 그랬당게."

"그랬지……. 우리 아버지는 순사가 잡아간다고 했는데."

김동현의 말대로 여수에는 거지가 정말 많았다. 여순참변 이후 부모를 잃은 고아들에 더해서 한국전쟁 후 전쟁고아, 장면정권의 경제개발 계획을 박정희가 시행하면서 여수, 목포 등지에는 거지들이 많아졌다. 박정희 정권은 수도 서울을 정화한다고 부랑인들을 강제로 기차에 실어버렸다. 전라선 종착역 여수에 내린 부랑인들까지 합쳐져 거지 숫자는 늘어났다.

한국전쟁으로 부모를 잃은 전쟁고아들이 무리를 지어 살던 곳이 바로 신월동 깡통부대였다. 깡통부대가 신월동에 형성된 것은 시내와 떨어져 있기도 하거니와 14연대 자리에 미군부대가 잠시 주둔했기 때문이었다. 부랑인들은 미군들이 미처 따지 못하고 버린 깡통을 줍거나 집집마다 돌아다니면서 밥을 얻어 담을 수 있는 빈 깡통을 주웠다.

반면에 여수 동쪽 수정동 연탄공장 주변에 모여 있던 거지들은 한국전쟁과 부랑인 강제이송을 당해 여수까지 내려온 거지들이 아니었다. 대부분 여순참변 때 부모가 학살당해 고아가 된 거지들이었다. 수정동 고아들은 깡통을 꼭 구해야 밥을 동냥해 먹을 수 있는 것은 아니었다. 배가 고파 남의 집에 가서 사정을 하면 여수 사람들은 먹다 남은 밥일망정 상에 얹혀서 내주곤 했다. 여수 사람들은 외부에서 흘러들어온 부랑인인지 여순사건 때문에 고아가 된 것인지 쉽게 분간하여 알아볼 수 있었다.

그러나 훈주는 오랜만에 만난 초등학교 동창들 사이에서 거지 이야기 따위로 대화가 이루어지는 것이 마땅치 않게 여겨졌다. 홍양숙이 자리에 함께 있었기 때문이었다. 한국전쟁 고아는 아니더라도 고아 신세가 되어야 했던 홍양숙 집안사정을 잘 알고 있는 훈주로서는 불편했다. 훈주의 불편함은 상주 고형선이 동창들 자리에 앉게 됨으로써 다행히 중단될 수 있었다. 훈주는 대화거리를 장지로 돌려버렸다.

"형선이, 장지는 어디로 정했는데?"

"매장을 했으면 좋겠는데…… 미리 마련한 자리도 없고 해서 납골당에 모시기로 했어."

"글지. 납골당이 모시기도 편하고 관리하기도 편해 불지."

김동현이 장지에 대해 맞장구쳤다. 그래도 고형선은 뭔가 만족하지 못하다는 검쓴 표정이었다. 여수 부모 세대의 영향이어서 그런지 화장보다는 매장에 더 마음이 쓰이는 것은 고형선뿐만 아니라 훈주도 마찬가지였다. 훈주도 멀지 않는 날에 조문객이 아닌 상주가 되었을 때를 미리 대비해야 했다. 아버지 윤호관이 매장을 원하는 것인지, 아니면 아직도 화장을 원하는 것인지, 이참에 넌지시 알아볼 참이었다.

훈주 생각 같아서는 여수바다가 내려다보이는 개인 묫자리를 사서 남보란 듯이 할아버지 할머니 공실 묘 비석이라도 크게 세우고 싶었다. 평생 연탄이나 쌀가마니를 나르던 아버지를 위해서 더욱 그러고 싶었다. 그러나 상주 고형선의 아버지는 쌀장사나 하는 사람이 아니었다.

"그래도 우리 여수서는 최고 펜대인디 화장이라고 해도 모시는 곳은 격에 맞아쓰건디."

"무슨 펜대…… 지방 신문사 기자로 계시다가 그만두셨는데……."

김동현은 예의상 망자를 칭송하기 위함으로 고형선 아버지가 신문사에

재직했던 것을 일깨웠다.

항구도시 여수 사람들은 사무직에 일하는 사람을 두고 펜대로 불렀다. 펜대라고 해도 신문사 펜대이면 최고봉이었다. 신문사에 다니고 있다고 하면 특별한 펜대였다. 더구나 텔레비전 보급률도 낮아 신문에 실리는 사진 기사처럼 확실한 이미지를 전달할 매체가 따로 없던 시대였다.

"근데 왜 그 끗발 있는 신문사를 관두셨다냐?"

이번에는 차미경이 물어 보았다. 훈주도 생각해 보니 문득 알고 싶은 질문이었다. 지방 신문사 여수 주재원인 아버지를 둔 고형선이 훈주네 번영상회에서 봉지쌀을 사갔던 것이 궁금했던 것이다.

"사진 때문에 해직 당했다."

"왜?"

"사진의 진실을 찾아서라는 기사를 실었는데 그게 잘못되었다."

"뭔 사진?"

차미경의 물음에 고형선은 스마트폰을 검색하여 사진 한 장을 보여주었다. 옛날 흑백사진이었다. 사진에는 학교 운동장에 흰 옷을 입은 사람들이 양편으로 가득히 나뉘어 앉아 있는 모습이 들어 있었다. 통로에는 철모에 흰 띠를 두른 국군이 태극기를 매단 총을 들고 있고, 군용트럭 위에 얹힌 기관총이 흰옷 입은 사람들을 겨누고 있었으며, 학교 담장 너머에는 시커먼 연기가 하늘을 뒤덮고 있었다. 사진을 흘끔 들여다 본 김동현은 사진의 장소를 금방 알아차렸다.

"서초등학교 아니드라고?"

"여기가 서교냐? 육이오 때 사진인가? 마을이 불타고 있네."

"아니여. 여순반란사건 때 반란군들 피해서 민간인들이 서교에 피난 와 있는 사진이여."

"사진에는 순천 북초등학교라고 되어 있는데."

"서초등학교라니깐."

"옛날 사진이라서 서교인지 어딘지 모르것다. 양숙아 여기가 서초등학교가 맞냐?"

차미경은 스마트폰 속 사진을 홍양숙에게 보여주면서 물어보았다. 홍양숙은 슬쩍 사진을 들여다보다 고개를 끄덕였다. 여수라는 한 공간에서 자랐어도 기억에 없는 과거의 모습을 익숙한 듯 알아차리는 사람이 있고, 전혀 처음 본 것처럼 낯선 사람도 있었다. 훈주는 고형선에게 사진에 대해 물어보았다.

"이 사진 형선이 니 아버님이 찍은 것이냐?"

"아니, 여순사건 때 미군 종군기자 칼 마이던스가 찍은 것이여."

훈주나 동창들은 여순사건을 해방 후 혼돈과 무질서 상태에서 일어난 하나의 사건 정도로만 알고 있었다. 그리고 여수와 순천에서 무슨 일이 일어났든 그건 아주 오래전 과거였다. 아이들의 이야기 소재거리로 떠올려 이야기를 나누어 본 적도 없었다. 아이들에게 말해 주는 어른들도 없었다. 그런 사건이 훈주에게 가까이 다가오고 있었다.

사건에 대한 사진은 여러 장이었다. 훈주는 팔십 년 광주민주화항쟁 사진과 동영상이나 영화는 많이 봤어도 여순사건에 대한 사진을 처음 보는 것이 스스로 의아했다.

동창들이 한참 사진을 들여다보면서 사실에 대해 왈가왈부하고 있는 동안 또 한 명의 동창이 문상을 하러 들어왔다. 그러자 사건에 대한 의견은 확연히 갈라지고, 생각의 다름이 틀림으로 나타났다. 끝내 다툼이 벌어지고 말았다.

"형선이 니는 상주가 영정 앞에 있지 않고 아그들한테 이빨이나 깜시롱 느그 아부지한테 절도 못하게 하냐."

"문부영이 니 절 안 하고 나왔냐?"

"아따! 참말로 형선이 야 말하는 것 좀 보소. 상주가 영정 앞에 있지 않고 여기서 아그들한테 이빨 까고 있는디 나가 어뜨케 느그 아부지한테 절을 하끄냐. 나 절 좀 하게 해 주라."

"알았다. 목소리 좀 낮추고 따라와라."

"아그들아, 나 절 하고 오끈께 여기 꼼짝 말고 있어부러야 쓴다."

걸쭉한 문부영 목소리 때문에 잠시 시끄러웠다. 훈주는 사진 판독을 재개했다. 사진 속 광경은 참혹했다. 멸치 떼 말리는 것처럼 흰 옷 입은 시체들이 널려 있었다. 시체 곁에서 울부짖는 아낙과 아이들 모습도 있었으며, 시가지가 온통 불이 나서 시커먼 연기가 피어오르는 것을 지켜보는 군인들 모습도 있었다. 군인들 중에는 미군 지휘관도 있었다.

울부짖는 아낙과 아이들이 흰 저고리를 입고 있지 않았다면, 철모에 흰 띠를 두른 군인들이 들고 있는 A1 소총만 아니라면, 1980년 M16 소총을 들고 철모에 흰 띠를 두른 전두환 신군부 계엄군들에 의해 저질러진 광주 5·18 학살 사진 같았다.

"반란군들한테 죽은 요 양민들 시체들 좀 봐바. 우리 큰아부지도 요때 반란군들한티 당해 부렀당께."

훈주는 김동현을 쳐다보았다. 옛날에 있었던 어떤 사건, 사건을 직접 겪은 어른들에게 제대로 들어본 적 없는 여순사건이 고형선 아버지와 김동현 집안과 연결되었다. 갑자기 오래전 시간이 확 끌어당겨졌다. 이번에는 차미경이 연결했다.

"육이오 때 사진 같다. 그때 애양원 손양원 목사님도 인민군들한테 총살당했는데."

"육이오 때 사진 아니라니까 그러네. 여순반란사건 때 반란군들한테 죽은 양민들 시체라니까."

사진을 들여다 본 차미경은 한국전쟁과 연결시켰고, 김동현은 한국전쟁 이전이라고 했지만, 해방되던 해와 한국전쟁 이전 오 년간의 사이, 어느 해인지 동창들은 정확히 알지는 못했다. 그런데 그때까지 석고상처럼 말없이 앉아 있던 홍양숙이 입을 열었다.

"일천구백사십팔 년 시월이야."

훈주는 홍양숙 얼굴을 빤히 쳐다보았다. 홍양숙 얼굴에는 그 어떤 표정 변화도 없었다. 의아한 표정을 짓고 있는 사람은 훈주와 동창들이었다. 사십 몇 년 전 엄마와 업둥이 동생이 만성리 기차 굴 앞에 서서 기차에 몸을 맡겼던 그날 이후 소식을 전혀 알 수 없었던 여자동창 홍양숙이었다. 차미경이 홍양숙에게 물었다.

"니 어떻게 아냐?"

"내 할아버지 제삿날이 그날이야."

사진 속 멸치 떼처럼 널려 있는 시체들 중에 홍양숙 할아버지도 있다는 것이 뜨악했다. 동창 자리는 일순 긴장이 흘렀다. 이번에는 훈주가 홍양숙

194

에게 물었다.

"왜?"

"부역혐의로."

홍양숙이 짧게 대답했다. 여전히 아무 표정 변화 없는 홍양숙은 말로만 들었던 부역자 집안이었다. 부역(附逆)이란 말 그대로 국가에 반역하는 일에 동조하거나 가담한 것을 말하는 것이었다. 부역자는 역적과 다를 바 없었다. 동창들 사이에서 침묵이 흐르고 있었다. 그러면서 먼 옛날에 일어 난 사건이 현재의 자리로 불쑥 다가왔다. 마치 뭍에 묶여 있는 밧줄 하나 를 당기자 오랜 시간 수면 아래 가라앉아 있었던 흉측한 폐그물이 딸려 나오는 것 같았다.

미묘한 침묵이 흐르는 동안 훈주는 자신의 스마트폰으로 여순사건을 검 색해 보았다. 수많은 글들이 인터넷에 올라와 있었다. 여순사건을 봉기라 고 표현한 글도 있고 반란이라고 규정한 글도 있었다. 참혹하게 죽어서 널 려 있는 시신들 사진도 여러 장 올라 와 있었다. 그중에는 시신 앞에서 통곡하는 흰 저고리 여인 너머에 미군이 떡 버티고 서서 내려다보는 사진 도 있었다.

인터넷에 올려놓은 사진에 대한 설명이 없다면 지나간 세월 어느 시기 에 어느 장소에서 누가 무슨 명목으로 학살을 당한 장면인지 알 수 없었 다. 반란군에 의해 총살당한 경찰들 시신이라고 설명한 것도 있고, 진압군 에 의해 학살당한 시신이라고 달리 설명한 글도 있었다. 어떤 사진은 훈주 가 초등학교 다닐 때 복도에 전시된 북한 인민군 남침 만행 사진으로 봤던 사진도 있었다. 어느 것이 사실인지 알 수 없었다. 다만 여수에서 태어나고 자란 훈주와 동창들조차 알지 못했던 여순사건은 먼 옛날이 아니고 아주 가까운 거리에 있었다.

"요 송장들은 뭐여? 음마? 여수 아니여? 여순봉기 때 이승만 헌티 당해 분 송장들이네."

조문을 마친 문부영이가 동창들 자리로 돌아와 자리에 앉으면서 스마트폰 인터넷 사진을 설핏 보고서는 즉각 알아보았다.

"아녀! 여순반란사건 때 빨갱이한테 학살당한 경찰들이여!"

문부영에 말에 김동현은 발끈하여 단번에 말을 받아쳤다. 집안 사정은 모르겠으나 자신의 큰아버지가 목숨을 잃었다는 것에 은결든 반박이었다. 어떤 일이든 집안과 연결되면 사리를 따지는 것은 흐려지는 것이라, 그 점에 있어서는 문부영도 마찬가지였다.

"시원히 잘 디져부렀다. 우리 외할아부지는 개승만이가 대통령 해 묵을라고 단정인가 지랄인가 한다고 해서 고거 막다가 경찰들한티 디지게 맞아 골병들어 돌아가셔부렀어. 요 경찰새끼들이 왜정 때 순사질 했던 악질 놈들이여."

"우리 큰아부지는 반란군한티 죽었는디!"

문부영이 사리지 않고 마구 떠들어대면서 해찰하는 소리에 김동현의 눈에서 불빛이 튕겼다. 하지만 데퉁스러운 문부영은 아랑곳하지 않고 혼잣말처럼 다시 말을 흘렸다. 아무리 허물없는 고향 초등학교 동창 사이지만 해서는 안 되는 말이었다.

"그냐……. 그믄 니 큰아부지도 순사였는갑다……."

"그래, 순국 경찰이다."

"아 그냐……. 순사 집안 였구만잉……."

문부영은 말끝을 흐렸으나 이미 김동현의 주먹이 쥐어지고 있다는 것을 눈치 채지 못하고 있었다. 언어는 감정을 굴절시키고 이미지를 조작해 내기도 하는 것이라, 뒤틀려 나오는 문부영과 김동현의 말투에는 이미 깊은 감정이 섞여 있었다.

"그믄 느그 집은 빨갱이 집안였냐?"

"음마, 이 새끼가 말하는 것 좀 보소? 꺼뜻하믄 빨갱이로 몰아부시. 니는 나가 멘만하게 보이냐?"

"니가 먼저 말을 근께 나가 근 것이 아니냐!"

"음마! 나가 믄 말을 잘못했냐. 아니믄 틀린 말을 했냐. 솔직으로다 말해서 우리 부모들이 여수에서 살믄서 순사들한테 당하지 않고 산 사람이 어딨냐?"

"빨갱이나 그렇지."

"음마! 그믄 여수 사람들이 다 빨갱이냐! 아따 씨발 가만 보잔께 김동현이 야가 완전히 웃겨 불구마잉."

"뭐? 씨발!"

"그래 씨발이다. 재벌 앞잡이 눈깔에는 빨갱이만 보이는갑다."

"이런 씨발놈이!"

끝내 김동현은 문부영의 멱살을 휘어잡았다. 여기저기 앉아서 술잔을 돌리고 있던 조문객들이 일제히 쳐다보았다. 하지만 조문객들은 조용히 지켜만 볼 뿐, 어느 누구 하나 만류하거나 제지하려고 나서지 않았다. 다수의 침묵과 두 사람의 소요가 묘하게 교차되고 있었다.

"오냐 쳐라 쳐. 니가 재벌 믿고 없는 사람들 다 쫓가내드만. 무서운 것이 없는 갑다. 어디 나 같은 촌놈은 여수에서 무서워 살것냐."

"무식한 새끼가 뭘 안다고 엇다 대고 함부러 주둥아리를 놀려."

"오냐! 나는 뱃놈이라 암것도 모른다. 몰라도 할 말은 하고 살자."

"니가 뭘 안다고 씨부렁거려. 모르믄 입 다물고 중간이나 가!"

"나가 믄 못 할 말을 했냐. 니 땜시 불쌍한 사람들 다 쫓가났어. 니 그르고 싶드냐?"

"씨발놈아, 나가 국가와 여수 발전을 위해서 일 좀 한 거시 뭐가 잘못이냐."

"오갈 곳 없는 사람들 쫓가내는 것이 국가와 여수를 위한 짓이냐. 그런 국가라믄 나는 반란해 불란다."

다툼거리가 옛날 사진 한 장에서 시작해서 현재로 넘어와 버렸다. 시간도 부모세대에서 동창들 시대로 확 넘어왔다. 갈등의 당사자들은 부모들에 이어 동창들이 역할을 대신 맡고 있었다.

"야! 느그들 왜 그냐! 상가 집에 와서 이거이 뭔 일이다냐. 동창끼리 이르믄 된다냐."

조문객들은 쳐다만 보거나 아니면 아예 고개를 돌리고 있었다. 유일하게 차미경이 일어나 김동현과 문부영을 떼어놓으려 할 뿐, 어느 누구도 나서 말리려 하는 사람이 없었다. 훈주도 마찬가지로 가만있었다.

조문을 와서 만난 동창끼리 드잡이가 일어난 것은 훈주로서는 이해할 수 없는 현상이었다. 이해를 한다는 것은 원인을 알고 앞으로 일어날 일들에 대해서도 예측할 수 있다는 것인데, 눈앞에서 벌어지고 있는 드잡이가 옛날 사건 때문인지, 아니면 여수가 변화되면서 생긴 감정인지 구분이 가지 않고 있었다.

직접 경험하지도 않은 옛날 사건 사진 한 장이 동창들을 공적으로 연결시키더니, 갑자기 사적인 분열로 갈라서게 만들었다. 어쨌거나 가족사로 연결된 사적인 이해가 여수라는 공적 공간에서 충돌하고 있었다. 그로 인해 엄숙해야 할 장례식장은 소란스럽고 조문객들은 부수적 피해를 보고 있었다.

훈주가 상황이 이해가 되지 않는 것 중에는 부수적 피해를 당하고 있는 조문객들 중 어느 누구 하나 항의를 하지 않고 있다는 것이었다. 그것이 주먹을 가진 두 남자의 다툼이 주는 공포감 때문인지, 아니면 어느 한쪽과 자신들이 연결되어 보이지 않는 힘을 전달하고 있는 것인지, 훈주로서는 구분할 수 없었다.

차미경이 문부영과 김동현 사이에 끼어 뜯어말리자 일단은 멱살잡이는 풀어졌다. 그게 장례식장 공간에 같이 있는 차미경이 해야 할 일이었다. 그러나 평화를 중재해야 할 차미경이 문부영을 나무라면서 장례식장은 다시 소란스러워져 버렸다.

"아야 부영아, 니는 말을 너무 함부러 해뿐다. 말 좀 조심해서 해라."

"나가 믄 못 할 말을 했냐! 나가 믄 틀린 말 했냐? 일본 놈들한테 달라붙어서 똥구멍이나 핥타 묵은 똥개 순사들이 개승만 경찰이 아니고 뭐여."

문부영이 포달지게 뱉어내는 말들은 김동현으로 하여금 다시 멱살잡이를 잇게 했다. 이번에는 문부영도 김동현 멱살을 잡아 같이 흔들었다. 드디어 대거리 한판이 벌어질 참이었다.

훈주는 여전히 가만히 있었다. 사람은 자신이 감당할 수 없는 현상이 벌어지면 아무것도 할 수 없어 가만있게 되는 것이다. 가만있으면 상황이 던져주는 대로 생각하게 되어 있었다. 그러나 가만있다고 해서 벌어지고 있는 상황이 나하고 거리두기가 되는 것도 아니었다. 그렇다고 훈주가 이해의 그물로 건져내어 판별할 수 있는 상황도 아닌 느닷없는 다툼이었다. 훈주 모습은 사진 속에 여수 사람들이 총구 앞에서 가만히 있는 모습과 다를 바 없었다.

상이 뒤틀리고 상 위에 있는 술병들이 나뒹굴어 술이 쏟아졌다. 훈주는 그제야 벌떡 일어났다. 그러나 같은 자리에 있는 홍양숙은 상 위에서 줄줄 떨어지는 술이 치마를 젖게 해도 처연하게 가만히 앉아 있었다. 앉아 있든 서 있든 난장판이 되어가는 장례식장에 있으면 피할 수 없는 상황이었다.

"그믄 우리 큰아부지가 일본 놈 똥꾸멍 핥아 묵어다는 말이냐!"

"일본 놈 똥꾸멍을 핥았는지 개승만 똥꾸멍을 핥았는지 나가 어찌 아끄냐 니가 알지!"

"이런 씨발놈이!"

"오냐 쳐라 쳐. 니가 재벌 앞잡이 노릇하드만 돈 좀 벌었는갑다."

장례식장이라는 곳이 가끔 집안사람끼리라도 이해관계가 노출되면 부딪치기도 하는 장소이기는 하지만, 서로 사적 이해관계도 없는 초등학교 동창끼리 드잡이를 하고 있는 것은 이상한 일이었다. 더 이상한 것은 부수적 피해를 당하고 있는 조문객들이 전부 보고만 있다는 것이었다. 그제야 상주 고형선이 달려 나와 싸움을 말렸다.

"야! 느그들 갑자기 왜 그래? 이 손 놓고 말로 해!"

"그래 동현아, 부영아. 멱살 좀 놔야. 느그 왜 그냐."

차미경까지 가세하여 뜯어말려 겨우 멱살잡이는 풀었지만 김동현과 문부영은 콧김을 뿜으며 다시 붙을 용호기세였다.

"저런 잡놈이 뭣도 모르믄서 주둥아리 놀리고 있네. 야 새끼야 우리 큰아부지는 반란 막다 희생되어서 애국훈장까지 받아는디 엇따 일본 놈한테 붙이. 무식한 새끼가 뭣도 모르믄서 까불고 있어."

"아따 니는 참말로 유식한갑다잉. 일본 놈 똥꾸멍 핥은 것들이 또 개승만이 똥꾸멍 핥타묵다 되진 것도 모른갑다잉."

"씨발놈아 그믄 니 집은 빨갱이였는갑다."

"오메 요 똥개 쌔끼가 꺼뜩하믄 빨갱이를 갖다 붙이네. 그믄 느그 집은 일본놈들 똥개 집안였는갑다."

"이런 씨발놈이!!"

"이런 똥개가!!"

결국 상이 뒤집어졌다. 용과 호랑이가 맞붙어버리니 상 따위는 종잇장처럼 뒤집혔다. 김동현과 문부영이 서로 멱살을 잡은 채 나뒹굴자 덩달아 상에 쓰러져 있던 술병도 바닥에 또르르 소리를 내며 굴러갔다. 홍어무침이 살점처럼 떨어져나갔으며, 뻘건 김칫국물이 핏물처럼 사람들 옷에 튀었다. 장례식장은 아수라장이 되어 버렸다.

김동현과 문부영이 언제부터 서로 앙가슴을 품고 있었는지는 모를 일이었다. 하지만 앙가슴이 내부공간으로 향할 때에는 외부로 향할 때보다 더 증폭되어 독기로 나타났다. 외부보다는 내부를 더 잘 알고 있기 때문이었다. 낯선 외부는 저항의 강도를 예측할 수 없고, 보이지 않는 함정도 있을 수 있어 조심스럽지만, 동창이라는 익숙한 내부는 잘 알기 때문에 감정의 뇌관을 더 쉽게 건드려 폭발될 수 있었다.

"옴마야! 하나님 아부지! 누가 좀 말려 주시요!"

"냅둬부러!"

차미경이 발을 동동거리며 사람들에게 도움을 요청하자 매몰차고 단말마 여자 소리가 잘라버렸다. 싸늘한 눈빛을 한 홍양숙이었다. 그 상황에서도 흔들림 없는 눈빛을 갖고 있다는 것이 섬뜩했다.

"음마? 양숙이 니는 또 왜 그냐?"

차미경이 홍양숙을 내려다보았다. 치마는 상에서 흘러내린 술 때문에 젖어 있었다. 윗도리에는 홍어무침이 묻어 있으며, 얼굴에는 밥알이 튀어 있었다. 그래도 홍양숙은 자리를 피하거나 오물로 변해버린 음식물을 몸에서 털어내지 않고 앉아 있었다. 이윽고 홍양숙의 써늘한 눈에서는 맑은 눈물이 콧등을 타고 흘러내리고 있었다.

뒤엉켜 나뒹구는 김동현과 문부영은 나머지 상주들이 다 나와 뜯어말리고서야 겨우 떨어질 수 있었다. 하지만 장례식장 안은 돌이킬 수 없는 난장판으로 변해 버렸다. 그럼에도 불구하고 조문객들은 여전히 가만히 앉아 구경만 하고 있었다. 참으로 이상한 여수 신월동 장례식장 모습이었다. 훈주는 상주 고형선이 보여준 사진의 내용을 몰랐기 때문에 가만있었고, 집안과 연결된 사적인 사연이 없는 것 같아 또 가만있었다. 그리고 주먹을 가진 남자동창 두 명의 다툼이 갑자기 일어나자 어릴 적 아버지로부터 들었던 말이 퍼뜩 떠올라서 가만있었다.

"야 훈주야, 니는 부영이 잡고 있어!"

상주 고형선은 김동현의 허리를 잡고 밖으로 끌고 나가면서 훈주에게 소리쳤다. 그제야 훈주는 자신도 모르게 몸을 움직여 얼른 문부영을 등 뒤에서 껴안았다. 상황이 이해되지 못하고, 이성적으로 파악되지 못해 가만 있다가 그제야 자신도 모르게 몸이 움직였다. 그때부터 훈주는 자신도 모르게 상황에 휩쓸려 있었다. 꼭 동창들 싸움을 말려야 한다고 판단했거나 자의적 의지를 가지고 몸이 움직인 것은 아니었다. 다만 상주의 명령 같은 지시가 훈주를 끼어들게 만들었다. 만약에 상주가 어느 한 명을 무례하다고 판단하여 내몰아쳤다면 훈주도 따라서 했을 것이다.

그런데 그 판국에 차미경은 귀먹은 하나님 아버지를 찾았고, 홍양숙은 처연했다. 그쯤에서 장례식장 안 조문객들 사이에서 술렁거림이 일어났다. 조문객들은 김동현과 문부영이 싸우면서 내지른 소리를 나름대로 해석하기 시작했다. 각자 해석이 장례식장 안에서 나돌게 되자 조문객들마저 분열되는 이상한 상황이 벌어지기 시작했다.

"저…… 저 사람이…… 말이믄 다 하는 줄 아네. 빨갱이가 뭐여! 이승만이 하고 똑같은 소리하고 자빠졌네. 저 놈의 주둥이를 그냥 콱……."

벽 쪽에 붙어 손에 소주잔을 든 채 상황을 지켜보고 있던 연로한 노인네가 한소리를 했다. 곁에 앉아 있던 다른 노인네가 덧난 듯 검버섯이 활짝 피어난 얼굴을 실룩이며 말을 보탰다.

"긍께 말이시. 아따 개승만이가 여수 사람들한테 빨간 딱지 부치뿔드만 저 사람도 따라 해뿌네. 누가 빨간 딱지 보고 자동으로 총질해 부믄 어찔라고."

"긍께! 우리 여수 사람들이 김대중을 안 밀고 박정희를 왜 찍어 간다.

그놈의 빨간딱지 좀 떼 주라고 박정희를 찍었는디."

노인네들이 말하는 것은 1971년 7대 대통령 선거 때를 일컫는 것이었다. 대통령 3선 개헌으로 또다시 대통령에 출마한 민주공화당 박정희와 신민당 김대중이 맞붙은 대통령 선거라는 것을 훈주는 기억해냈다. 그때 훈주는 담임선생님을 모시고 귀환정 아이들 집으로 안내한 적이 있기 때문이었다.

가정방문이야 신학기가 되면 담임선생님이 학생들 가정형편을 파악하기 위해 아이들 집마다 방문할 때에도 귀환정은 찾지 않았던 곳이었다. 그러나 시민의 테두리에 속하지 않는 이방인 지대라도 선거 때는 필요했다. 여수는 호남 출신 김대중을 지지하는 사람들이 많아서 이를 저지하기 위해 집권여당인 공화당은 선생들을 총동원시켰던 것이다.

담임선생님들은 가가호호 방문하여 여수 사람들이 왜 박정희를 선택해야 하는지에 대해 설명을 하러 다녔다. 선생님이 학부모를 설득하는 방법은 간단했다. 박정희에 대한 동병상련이었다.

해방공간 당시 엄연한 정당이었던 남로당은 이승만이나 미국에게 최대의 걸림돌이었다. 이승만은 정판사 위폐조작사건으로 남로당을 와해시키고, 여순사건을 기화로 군부 내 남로당원을 제거하는 숙군사업을 대대적으로 펼쳤다. 그 과정에서 남로당 군사총책이었던 박정희가 걸려들어 총살 직전까지 간 사실을 여수 사람들은 다 알고 있었다.

여수 사람들은 같은 빨간딱지가 붙어 죽음 직전에 살아난 박정희가 대통령 선거에 당선되면 씻김굿이라도 해줄 것이라는 기대를 품었다. 하지만 여수 사람들의 기대는 남의 다리 긁어준 것밖에 되지 않았다.

훈주가 박정희를 처음 본 것은 여수고등학교 운동장에서였다. 만화에서 나 봤던 잠자리비행기를 보려고 아이들이 여수고등학교 운동장으로 달려 갔을 때였다. 이미 운동장 주변에 어른들이 가득 들어차 부동자세로 도열 해 있었다. 훈주는 어른들 다리 사이에 고개를 들이밀었다. 짤막하고 검은 코트를 입은 사내가 운동장에 나타나자 어른들은 일제히 박수를 기계적으로 쳤다. 마치 지금 김정은에게 박수치는 북한 사람들 같았다. 다만 다른 점이 있다면 북한 사람들은 억지웃음을 지며 박수를 치는 반면에, 여수 사람들은 돌덩이처럼 굳은 표정으로 박수를 쳤다.

박정희를 태운 잠자리비행기가 하늘에서 완전히 사라지자 나무토막처럼 서 있던 어른들은 이내 연체동물처럼 변신한 채 돌아섰다. 바람과 함께 사라진 박정희를 어떤 어른은 박정희 각하라고 했고, 어떤 어른은 박정희 소장이라고 했으며, 어떤 어른은 권총 찬 이승만이라고 했다. 여수극장에 서 영화 바람과 함께 사라지다가 상영되고 있던 날이었다.

장례식장에는 이제 이승만뿐만 아니라 박정희까지 등장했다. 그때 또 노인네들 건너편 상에 앉아 있던 중년 사내가 묵직한 저음으로 노인들 말 을 가로막았다.

"거…… 어르신들 말씀이 좀 점잖치 못하십니다."

중년 남자는 아들과 딸인 듯싶은 중고등학생 정도의 학생들과 함께 앉 아 불편한 내색을 드러냈다. 노인들과 중년 남자 사이에는 묘한 긴장감이 돌았다. 중년 사내의 목소리는 나직했지만 무게는 충분히 배어 있어 노인 들의 가랑가랑한 목소리를 가로막기에 부족하지 않았다. 그렇다고 해도 나이 많은 노인들을 언변으로 누르기에는 부족한 나이였다.

"이 젊은 냥반이⋯⋯ 나가 믄 말이 점잔치 못혀? 입을 삐둘어져도 말은 똑바로 해라고 해서 했는디 그게 점잔치 못한 거시오?"

"거 사람들도 많은데서 건국의 아버지한테 개승만이가 뭡니까. 아이들도 있는데서 낫살이나 자신 분들이 원⋯⋯."

중년 남자는 혀를 끌끌 차며 딴 곳을 쳐다보았다. 자칫 잘못하면 동창들 다툼이 조문객 다툼으로 일어나려는 판이었다. 참으로 희한한 교착현상이 벌어지고 있었다. 어쩌면 그 교착현상은 세월이 흘러도 계속 현재 시간에 맞추어져 일어날 것 같았다.

"뭐시여? 건국의 아부지? 나라를 쪼개 묵을라고 여수 순천 사람들 닥치는 대로 물어 죽이 뿟는디 아부지 같은 소리하고 자빠졌네. 그게 개승만이가 아니고 뭐여! 나가 믄 말을 잘못한 거시여?"

"거참 노인네가 혀는 짧아도 침은 길게 뱉는다고 그냥 그런갑다 하고 넘어가시오. 아이들도 있는데서 말씀이 점잔치 못하니까 드리는 말씀 아니오."

"뭐! 아그들이 있쓰믄 뭐가 어때서! 인자 아그들도 알 것은 알고 할 말은 하고 살자고!"

"노인네가 노망이 들었나⋯⋯ 할 말이 있는 것이고 못할 말이 있는 거시지."

중년 남자는 노인의 염기에 맞붙어봤자 이로울 것이 없는지 아들과 딸을 데리고 장례식장 밖으로 나가버렸다. 그러자 이번에는 건너편 상에서 홀로 앉아 편육을 질겅질겅 씹어 먹고 있던 초로의 사내가 중년 남자의 말을 승계했다.

"그래도 우리나라 초대 대통령인디…….."

"뭐여? 저 사람은 또 뭔 소리를 하고 있는 거여!"

"아따 영감님 귀도 밝소잉."

"누가 지 보고 대통령 해라고 했간디! 아니 헌법 맹근다고 뽑힌 국회위원 즈그들끼리 모닥거려서 쏙딱쏙딱 해서 반장 선거 맨키로 뽑은 것인디! 국회는 일본식으로다 함씨롱 미국식 대통령을 뽑은 것은 믄 경우당가?"

노인은 남한 단독정부 수립 헌법을 만드는 제헌의회가 내각제 행정수반인 총리를 선출하지 않고, 국민투표로 대통령을 선출한 것이 모순이라는 것을 말하고 있었다. 내각제를 하겠다고 하여 선출된 제헌의회 국회의원들을 상대로 돌연 대통령제를 하겠다고 주장한 사람은 초대 국회의장 이승만이었다. 김구에 비해 지지기반이 약한 이승만은 미군정하 제헌의회에서 대통령에 나서는 것이 국민에 의해 선출되는 것보다 훨씬 손쉬운 것이었다.

"아따 영감님, 난 무식해서 잘 모르요."

"모름서 당신이 왜 그리 말을 한당가!"

"아따 영감님, 나는 그냥 해 본 소리요. 나가 뭐 알랍디여. 하기사 김구 선생이나 김규식 선생이 대통령 출마를 했쓰믄 이승만 박사는 게임도 안 됐지라. 괜히 출마를 안 해 갖고 이승만 박사만 좋은 일만 시켰당께요."

"긍께! 김구 선생은 나라를 쪼깨 갖고는 대통령이고 뭐고 다 소용없다고 함씨롱 삼팔선을 베고 죽더라도 그리 못 한다고 했는디! 개승만 고놈은 지가 나라 절반 대통령이라도 해 묵을라고, 나 리이스응만이요 동포는 들으시오 남한만이라도 단독정부를 세워야 하오, 그람씨롱 결국으로다 민족을 쪼개 불었는디."

노인은 술을 많이 마셨는지 몹시 격해져 있었다. 염기마저 얼굴에 띤 채 이승만의 목소리까지 흉내 내면서 연설에 가까운 발언들을 쏟아냈다. 이왕지사 엎어진 상이요 난장판이 된 장례식장이니 할 말 못할 말이 따로 없었다.

"아따 영감님, 나는 암것도 모른당께라. 이승만인지 개승만인지 나하고 상관도 없어라."

초로의 사내는 노인이 침을 튀겨 가면서 말을 쏟아내도 한 귀로 듣고 한 귀로 흘려보내면서 편육 한 점을 젓가락으로 집어 새우젓에 꾹 찍어 입에 넣었다.

"상관이 없기는 왜 없어부러. 당신도 여수 사람이믄 다 상관있어 불지. 개승만이가 단정 한다고 한께 여수 사람들이 나라를 쪼개 묵는 짓은 못하것다 혀서 데모를 한께로 경찰 놈들 시키갓고 때려 죽있는디!"

"아따 영감님, 진정 좀 하시오. 몸에 안 좋탄께라. 세월이 수상한 때라서 그랬는디 어쩌것소. 다 지나간 일인디 인자는 잊자 부시오 영감님. 과거는 흘러갔다 그런 노래도 있잖소."

초로 사내는 노인을 진정시키려고 더 이상 대꾸를 하지 않았다. 초월한 것인지 아니면 해탈이라도 한 것인지, 다만 편육을 입안에 또다시 쑤셔 넣었다. 장례식장에서 와서 아무짝에도 쓸모없는 지난 세월을 가지고 떠들어 봤자 소용없고 먹는 것이 남는다는 것을 몸으로 보여주고 있었다. 하지만 사람이 살면서 누구나 가슴에 대못 하나는 박은 채 살고 있는 것이라, 노인은 자신의 가슴을 치면서 또 소리쳤다. 그래봤자 찢어진 북 치는 격이었다.

어떤 비극적 사건이 기억된다는 것은 현실에서 아무런 도움이 되지 못하고 고통만 줄 때 있는 것이다. 이런 경우에는 문제를 더 악화시키고 있었다. 그렇다고 경험된 기억이든, 유전된 기억이든, 지워지지 않고 가라앉아 있는 기억이 세월 따라 흘러가면 자연 소멸되는 것이 아님을 훈주는 장례식장 안에서 지켜보고 있는 중이었다. 다만 비극이 기억된다는 것이 유용한 것인지 해로운 것인지에 대해서는 판단할 수 없었다.

난장판이 되어버린 장례식장 안 사람들은 각자의 상에 모여 앉아 수런거리고 있었다. 문부영도 어느 정도 진정이 되어 무릎을 꺾어 상 앞에 앉았다. 아무리 성질 급한 문부영이라고 할지라도 자신 때문에 난리가 났던 것이 미안했는지 머쓱하게 퉁방울만 굴리고 있었다. 그때까지도 차미경은 손을 모아 기도하면서 하나님 아버지를 연신 찾고 있었다. 곁에서 시종일관 돌조각처럼 앉아 있던 홍양숙은 여전히 눈물을 흘리고 있었다. 누가 보면 머리에 리본만 안 달았지 유족 같았다. 소리를 내지르며 섬뜩했던 눈빛은 오간 곳 없고 처연한 모습으로 앉아 있던 홍양숙이 조용히 일어났다.

"미경아, 나 먼저 갈게."

"음마 양숙이 니 가부믄 나는?"

"미경이 넌 좀 더 있다 오든지."

"그믄 나도 갈란다."

차미경도 덩달아 자리에서 일어났다. 참으로 오랜만에 만난 초등학교 동창들 만남은 사진 한 장 때문에 파국으로 끝나가고 있었다. 훈주로서는 이해할 수 없는 일이 벌어진 것이다. 훈주가 태어나기도 전에 여수에서 있었던 사건 때문에 동창들이 싸움을 하고, 장례식장이 난장판이 되었으며, 망자 한 사람과 연결되어 찾아온 많은 조문객들이 분리되는 현상은 도무지 이해가 되지 않았다.

훈주가 단지 알 수 있는 것은 노인네들이나, 초로 사내나, 동창들에게서 공통적으로 나타난 기억의 고통이었다. 기억은 경험을 통해서만 저장되는 것이 아니라 집안을 통해 유전되는 것이기도 했다. 어떤 형질이든 각자에게 유전된 기억은 살아 있는 사람들에게 아픔을 주고 있었다. 아픈 기억이 서로 다른 형질로 교차된 부분에서 다툼이 일어났다. 유전된 기억은 감정과 함께 기록되어 현재를 재구성함으로써 분명히 존재하고 있었다.

차미경과 홍양숙이 장례식장을 나가버리자 동창 중에는 문부영과 훈주만 남게 되었다.

"야 훈주야. 나도 가 불란다."

"그냥 갈 거냐? 동현이랑 화해를 하고 가야지."

"나가 뭣 땀시 화해를 하끄냐. 저 새끼가 재벌 거간꾼 함씨롱 없는 사람들 얼마나 쫓아부렀는 줄 아냐. 나가 언제 한번 봐 불라고 했어."

"그래도 어려서부터 같이 자란 친구인데 그러면 되겠냐."

"친구는 무슨 얼어 죽을 친구냐. 저런 새끼는 동창명부에 빨간 줄 쳐부러야 돼."

"……."

문부영이 정작 김동현과 멱살잡이 싸움까지 이르게 한 것이 여순참변 때 집안 어른들의 죽음 때문이 아니라, 평소 감정에 의한 것이 아니었나 하는 의심이 들기 시작했다. 직접적인 이해관계가 없어도 사적인 감정은 같은 공간에 있다는 사실만으로도 개인의 내면에 공적 감정이 개별 감정으로 드러났다.

비록 문부영의 말이 옳다고 해도, 사람이 세상을 떠난 비극적 장소인 장례식장에서 일어난 동창 사이의 폭력은 그것이 물리적이든 언어적이든 정당화될 수는 없었다. 정당방위처럼 정당화될 수 있는 영역에 폭력이 필수적으로 포함되어야 한다면, 폭력의 방법은 정당성을 갖고 행사되어야 했다.

그러나 사람들은 종종 폭력을 정당화하기 위해 폭력이 일어난 인과관계에 대해서만 집착하는 태도를 보였다. 훈주는 폭력을 사용해야 될 인과관계가 그럴만하면, 즉 목적이 정의롭다면, 수단으로서 폭력은 정당화될 수 있는 것인가 하는 생각을 하고 있었다. 정의를 위한 수단이 필요하고, 수단으로서 폭력이 불가피하게 사용되었다고 해도, 여전히 윤리적인 잣대는 남게 되는 것이었다. 그 잣대는 봉기군 14연대나 이승만 정부 계엄군이나 마찬가지로 대보아야 할 것이었다.

훈주의 의문은 스마트폰에 나타난 사진 속 시신들의 죽음으로 이어지고 있었다. 악질 친일경찰이든, 반민족 이승만 정부에 대항한 봉기군이든, 봉기군 군사행동에 동조한 시민이든, 죽음의 형질에 대해서 윤리적 의문이 들기 시작했다. 죽음에 대한 윤리적 문제가 제기된 것은 비단 죽임을 당한 형태만 뜻하는 것이 아니었다. 바로 죽임의 결과로서 얻어진 것이 과연 합당한 것이었나에 대해 의문이 들었다. 어쩌면 훈주 자신도 그 낯선 시대 죽음과 완전히 떨어져 있지 않은 것 같은 느낌이 비로소 들기 시작했다.

"부영이 너 그냥 이대로 가면 김동현이 하고 화해할 기회가 쉽지 않다.

어릴 때야 오늘 싸우고 내일 화해했지만 이제 나이 들어 그러기 쉽지 않
아."

"난 동현이 저 새끼하고 화해할 생각이 없당께. 저 새끼는 원래 나쁜 새
끼라고 소문 난 놈이여."

"소문만 가지고 동창 사이에 그러면 되겠냐. 같은 여수에 살면서 길거
리에서조차 안 부딪치겠냐."

"길바닥에서 보기만 하믄 나가 콱 낯바닥에다 침 뱉아 부러야 쓰것다."

"……."

"야 훈주야, 니는 어쩔래? 잘 데 없스믄 나가 재워 주께."

훈주는 혼자 장례식장에 남아 있는 것도 머쓱하고 김동현과 화해도 시
킬 겸 문부영을 따라 나서기로 했다. 어차피 난장판이 되어버린 장례식장
은 밤을 샐 수 있는 분위기가 아니었다.

17
형제 묘

문부영이 몰고 가는 트럭은 여수와 돌산도를 잇는 돌산대교 위를 건너고 있었다. 여수 남쪽 해협이 한눈에 내려다 보였다. 어둠이 내려앉기 시작한 여수 밤바다는 아름다웠다. 공중에는 해상케이블카가 갈매기처럼 날아가고 수면에는 유람선이 백조처럼 유유히 헤엄치고 있었다. 예전에 종포라고 불렸던 여수 해양공원에는 길거리 음악가들이 진을 치고 산책 나온 사람들과 함께 여수바다의 풍취를 나누고 있었다. 알록달록한 조명으로 치장한 카페들이 늘어서 있는 해양공원 수변은 아름다운 고을이라는 여수 명칭 그 자체였다.

하늘에는 별빛이 반짝이기 시작하고 흑진주 가루를 뿌려놓은 것 같은 밤바다 위에서 별빛 소리가 터지고 있었다. 화가 빈센트 반 고흐가 여수 밤바다를 봤다면, 그림을 다시 그릴 수 있을까 따위의 편지는 쫙쫙 찢어버렸을 것이다.

"부영이 너 양식장 하냐?"

"그냥 쬐간한 괴기 풀장이여."

"양식장 하려고 돌산 건너갔냐?"

"돌산이 우리 외갓집이여."

"외할아버지가 단정인가 뭔가 하다가 돌아가셨다며?"

"야! 무식한 놈아. 단정반대를 하다가 경찰들한테 맞아서 돌아가셨지. 단정을 지지 했스믄 경찰한테 왜 맞아것냐."

남한을 점령한 미군정은 광풍처럼 번지고 있는 공산주의와 소련의 남하를 막기 위해서는 미국식 자본주의 체제를 이식하는 것이 급선무였다. 그러기 위해 미군정 정책을 수행할 이승만을 내세웠다. 이승만은 남한에 미국의 자본주의 체제를 이식하고 수행하기에 아주 적합한 미국 개신교 교육을 받은 사람이었다. 이승만은 미군정 정책을 즉각 수행했다. 그게 남한 단독정부 수립 필요성을 언급한 1946년 6월 3일 정읍발언이었다. 그러나 이승만의 정읍발언은 일제로부터 해방된 민족을 분단시키려는 반민족행위라 전국적으로 반대 소요가 일어나기 시작했다.

여수는 특히나 단정반대운동이 심했던 지역이었다. 섬 지역 주민들의 반대운동은 더 거셌다. 서울과 멀고 도심과 떨어져 있거나 섬마을일수록 공동체 의식이 강해서 민족분단이라는 것은 집안 형제를 갈라서게 하는 천하에 나쁜 짓으로 여겼다. 돌산도 죽포리에서는 이승만 단독정부 수립을 위한 제헌국회위원 선거일인 1948년 5월 10일 마을사람들이 몽땅 투표소에 몰려가서 습격하는 사건이 발생했다. 경찰은 마을사람 서른 명을 체포하여 모진 고문을 해댔다. 문부영 외할아버지가 고문 후유증으로 사망한 돌산도 죽포리 단정반대 항쟁사건이었다.

하루 동안 훈주의 머릿속은 푸코의 진자처럼 서서히 움직이고 있었다. 거대한 추를 천장에 매달아 흔들어 놓고 지구가 회전한다는 사실을 눈으로 증명해 낸 푸코의 진자처럼, 눈에 보이지 않았던 해방 후 미군정 시기의 사실이 점차 훈주 눈에 그려지고 있었다.

"부영이 너는 집안에 그런 일이 있었다는 것은 어찌 알고 있냐?"

"외갓집 어른들이 갈챠 주드라."

"나는 어른들한테 들어본 적이 없는데."

"니가 쬐간했슨께 어른들이 안 갈챠 줬지."

훈주도 아버지 윤호관이 번영상회를 꾸리고 있을 때 어른들에게 흘려들었던 말들을 떠올렸다. 여수 서쪽에서 살다가 여순참변 때 귀환정으로 옮겨 왔다는 홍양숙 집안이나, 수정동 거지들과 덕충동 인민위원장 아들이었다는 동네어른, 이런저런 기억의 파편들이 하나로 모아지고 있었다. 그러고 보니 훈주 자신의 집안도 결코 여순사건과 떨어져서 생각할 수 없었다. 훈주는 갑자기 순천 요양병원에 있는 아버지에게 다시 찾아가고 싶어졌다. 대대로 여수 서쪽에서 터를 잡아 살고 있던 집안이 왜 동쪽 여수역 앞 덕충동으로 건너 왔는지 꼭 물어보고 싶어졌다.

"부영아, 미안한데 나 지금 순천까지 좀 데려다 줄 수 있냐."

"순천에 뭐들라고?"

"아버지가 순천 요양병원에 계시거든."

"그냐? 그믄 진작에 말할 것이지. 길이 좋아져갓고 금방 가 불어."

날은 어두워지고 있었다. 훈주를 태운 트럭은 다시 돌산대교를 건너 여수로 향했다. 여수 밤바다는 온갖 형형색색 불빛으로 검은 바다를 비치고 있었다. 훈주 눈에는 무서운 호러 장면이 상영되고 있는 극장 스크린 같았다.

트럭은 털털거리면서 여수엑스포역을 향해 달려갔다. 예나 지금이나 순천으로 올라가려면 여수 동쪽 마래산을 통과하여 올라가는 것이 가장 나은 길이었다. 문부영은 옛 추억을 되살려보고픈지 새로 뚫린 마래터널 길을 택하지 않고 해안 길로 빠져 옛 만성리 버스 굴을 택했다. 아이들이 만성리해수욕장을 가려고 걸어서 통과했던 버스 굴은 여전히 사용되고 있었다. 달라진 것이 있다면 돌부리 천지였던 굴 바닥은 포장이 되었고, 낭만적 분위기를 조성하려고 파란 조명이 굴 안을 아늑하게 비추고 있었다.

굴 폭은 좁았다. 만성리 방향에서 마주 오는 차가 있으면 여수역 방향에서 진입한 차는 반드시 오른쪽 대피공간으로 피해 있어야 했다. 마주 오는 차가 지나가면 그제야 다시 출발할 정도로 좁은 굴이었다. 어려서는 천장이 무척 높고 길고도 무서워 아이들이 서로 손을 잡고 노래를 부르면서 통과했던 굴이었다. 중년이 되어 포장이 된 만성리 굴을 차를 타고 통과하는 것과 유년시절에 돌부리 천지였던 굴속을 걸어갔던 감각은 차이가 컸다. 훈주는 감각의 부조화를 일으키고 있었다.

기억된 감각을 추억이라고 한다면, 현실 상황에서 오는 감각과 추억은 이질적 대립이었다. 추억과 현실의 감각 부조화를 줄이려면, 현재의 감각을 부정하는 것이 아니라, 과거의 추억된 기억이 착각이었거나 진실이 아니라고 부정하게 만들어야 했다. 그래야 감각의 부조화에서 오는 혼란 때문에 현실감각이 불편한 것을 극복할 수 있었다. 그래서 사람들은 오늘의 상황을 정당화시키기 위해 어제의 사실마저도 부정하거나 숨기거나 왜곡하는 경우가 많은데 문부영이 그랬다.

216

어린 시절 여름 날 만성리해수욕장을 가기 위해 여수역 광장에 모인 아이들 중에는 김동현도 끼어 있었다. 훈주는 문부영에게 물었다.

"부영아, 너 동현이랑 화해할 생각 없냐?"

"난 그 새끼하고는 옛날부터 상종을 안 할라고 했어."

"일제 경찰 집안이라서?"

"순사 집안인지 나가 어찌 안다냐?"

"근데 왜? 우리 전부 요 굴을 걸어서 만성리해수욕장도 같이 갔던 동네 친구가 아니냐."

"그때 고놈도 있었냐?"

"그래 동현이도 같이 다닌 거 기억 안 나냐?"

"그땐 고놈이 그런 놈인 줄 몰랐은께 같이 다녔지."

"화해하면 좋을 것 같다. 그래야 앞으로도 여수에서 같이 살 것이 아니냐."

"넥꼬따이 메고 다니는 놈들은 다 사기꾼인께 상종을 하지 말라 했어."

"누가 글디?"

"돌아가신 우리 외할부지가."

"너 할 말 없게 만든다야."

굴 안 오른쪽 대피공간에 머물던 트럭은 다시 만성리 방향으로 달렸다. 차를 타고 가도 굴은 꽤 길었다. 일제강점기 때 일제가 전쟁물자를 실어 나르기 위한 기찻길을 놓기 위해 뚫은 굴이었다. 오로지 정과 망치로만 뚫었다. 꾸리라고 불린 중국인 노역자들과 조선인들의 신음소리가 동굴 벽을 치고 있는 것 같았다. 굴이 만들어진 역사를 모르면 관광객들에게는 어쩌면 환상적이고 재미있는 터널로만 느껴질 수도 있을 것이었다. 잠시 후 트럭이 굴속을 벗어나자 바다가 다시 펼쳐졌다. 해양공원 밤바다와는 전혀 다른 여수 동쪽 바다였다.

"여기 어디에 웅덩이가 있었는데? 어두워져 잘 못 찾겠다."

"만성리해수욕장 갈 때 돌 던지고 갔던 웅덩이 말이냐?"

"굴 빠져 나오면 금방이었는데."

"쪼기."

문부영은 트럭 운전석 왼쪽 창문을 열고 손가락으로 절벽 아래를 가리켰다. 어두워서 손가락이 가리키는 지점이 눈에 확연히 들어오지 않았지만 깊은 웅덩이는 보이지 않았다.

"보끄냐?"

"보고 가자."

"귀신 나오건디?"

"그래도 보고 가자."

기억은 세월이 흐른다고 사라지는 것이 아니었다. 다만 물속에 가라앉아 있을 뿐이었다. 트럭은 왼쪽으로 머리를 급하게 틀어 절벽 안 움푹 들어간 공간에 처박히다시피 멈추었다. 반대편에 마주오던 차량이 놀랐는지 길게 경적을 울리며 지나갔다. 무척이나 깊었던 웅덩이는 완전히 메워져 있었다. 대신 자그마한 비석 하나가 덩그렇게 세워져 있는 모습이 트럭 전조등에 비쳐졌다. 비석만 비쳐진 것은 아니었다. 누군가 비석 앞에 쭈그려 앉아 있다가 트럭 전조등 불빛에 놀라 화들짝 일어나더니 불빛 사각지대로 벗어나 홀연히 사라졌다.

"거 봐라, 나가 귀신 나온다고 안 하디."

"남자 귀신도 있냐? 나이가 든 사람 같던데."

"내리서 볼래?"

"부영이 너는?"

"나는 귀신 나온께 차에 있을란다."

훈주는 트럭에서 내려 비석 앞으로 다가갔다. 홀연히 사라진 남자가 올려놓았는지 막걸리 한 통이 며칠 지난 것 같은 술병들과 함께 제단에 놓여 있었다. 제단 위에는 사탕을 담아 놓은 은박지 접시도 있었다. 개인 묘 비석이 아니었다. 비석 정면에는 '여순사건 희생자 위령비'라고 쓰여 있으나, 뒤편에는 점 여섯 개만 찍혀 있을 뿐, 위령비에 대해 아무런 설명이 없었다. 위령비든 위령탑이든 아무 설명이 없는 백비는 훈주로서는 처음 봤다.

옛 선인들 중에는 자신의 생전을 후대에 알리는 것을 꺼려 백비를 세운 사람들도 있다고 하지만 위령비가 백비라는 것은 이해할 수 없었다. 기억할 수 없는 것인지, 기억해서는 안 되는 것인지, 아무 말이 없는 백비는 여수 동쪽 어두운 바다만 내려다보고 있었다.

"부영아, 우리 어렸을 때는 깊은 웅덩이였잖냐."

"아그들이 돌멩이 던져서 다 메꾼 것이여."

"어른들이 여긴 호랑이와 용이 싸우다 떨어져 죽은 곳이라고 했는데."

"어른들이 아그들한테 말하기가 거시기 해서 거짓깔로 근 것이여."

도로 변에 세워진 전봇대에 녹이 슨 안내간판이 초라하게 붙어 있지 않았으면 정체를 알 수 없는 위령비였다. 훈주는 희미한 가로등 불빛에 의지해 안내문을 읽어 보았다. 여순사건 때 종산초등학교(현 중앙초등학교)에 수용된 사람들 중 125명이 희생된 장소라는 것이었다.

위령비가 세워진 절벽 위 오른쪽은 커다란 봉분이 있는 언덕이었다. 굵은 산딸기가 무더기로 피어나던 곳이었다. 만성리해수욕장에 가기 위해 산을 타고 넘던 아이들이 다가가지 못하고 내려와야 했던 곳이기도 했다. 계엄군에 학살된 시신을 찾을 길 없는 유족들이 죽어서라도 형제처럼 함께 있기 바라는 마음으로 만들어 놓은 형제묘였다.

여순참변이 시작된 후 부역의심을 받은 사람들을 끌고가서 도살하고 시신을 불에 태워 소각한 곳은 이곳뿐만 아니었다. 국동 구봉산 골짜기, 호명산 골짜기, 미평 골짜기 등 골짜기가 있는 곳은 온통 도살장이었다. 순천은 말할 것도 없고, 보성, 벌교, 구례까지 전남 동북부 지역은 거대한 공동묘지였다. 경신참변을 잇는 제주참변과 여순참변은 프랑스 식민지에서 해방된 캄보디아 폴포트 정권이 저지른 자국민 대학살 킬링필드보다 앞섰다.

도살은 뭍에서만 자행된 것은 아니었다. 물에서도 도륙했다. 여수 인근 거문도 완도 바다에서도 좌익으로 몰린 사람들을 경찰과 극우청년들이 배에 싣고 바다에 나가 도살한 후 물에 빠뜨렸다. 숨이 붙어 물에서 허우적거리는 사람이 있으면 배 위에서 죽창으로 찔러 수장시켰다. 골로 가고 물 먹는다는 말은 여순참변에서 유래된 것이었다.

훈주는 고향이 낯설었다. 여수가 참으로 낯설었다. 모든 게 낯설어지기 시작했다. 불쑥 나타난 홍양숙도 낯설었다.

"부영아, 너 홍양숙이 아냐?"

"믄 소리여? 아까도 봤는디."

"아니 어디서 살았냐고."

"귀환정에서 살았는디?"

"그 후로 어디에서 살았대?"

"여수에서 살고 있는디."

"아니 우리 초등학교 때 양숙이 부모님이 다 돌아가셨잖냐."

"미경이 아부지가 애양원 고아원에 데꾸 가서 거기서 살았다고 글드라."

"문화원에서 뭐한대?"

"시도 쓰시롱 문화행사도 하고 근갑드라."

기억 속의 홍양숙과 문부영이 전한 홍양숙은 일치되지 않았다. 살아서 불쑥 나타난 것도 낯설었지만 난장판이 된 장례식장에서 석고상처럼 앉아서 살찬 빛을 뿜어내는 눈에서 말간 눈물을 일궈내는 것도 부조화였다.

홍양숙은 살아 있는 비석이어야 했다. 그렇게 살아 있어야 할 홍양숙이 문화원에서 달콤한 슬픔으로 치장한 시로 관광문구나 작성하고 있다면, 그건 시체애호가의 방충제 역할이나 다름없었다. 거대한 엑스포 건물과 수족관이며 해상케이블카 위용이나 뽐내고, 오동도 동백꽃 자태를 자랑하면서 관광객이 뿌리고 간 돈이나 줍고 있다면, 그건 비릿한 바다냄새가 가득했던 여수바다에 인조 방향제나 뿌리고 있는 것이나 다름없었다.

훈주는 바다를 향해 코를 벌름거리며 여수바다 냄새를 맡아 보았다. 아직도 여전히 생선냄새 같기도 하고, 해초냄새 같기도 하며, 피냄새 같기도 한 해감내가 나고 있었다. 여수바다 해감내가 방향제로 은폐되어 드러나

지 않고 세월이 흐른 후 1980년 5월 18일 광주에서 같은 일이 일어나고 말았다.

날은 완전히 어두워졌다. 훈주는 트럭에 다시 올라탔다. 여수 동쪽 밤바다는 해양공원 밤바다처럼 화려하지 않았다. 어둡고 무서웠다.

"우리가 이런 곳에서 살았었구나."

"돌산 어른들 말 들어 봉께 돌산 사람 중에도 여기에 끌려 와서 불에 태어진 사람도 있다드만. 남해에서 고기 장시 하러 여수 온 사람까지 무담시 잡혀서 죽었다드만."

"저승으로 가는 트럭이 저 굴로 들어 왔겠구나."

"글지. 도락구가 몇 번이나 실어 날랐을 거시다."

"여기서 죽어 간 사람들 바다를 바라보면서 무슨 생각을 했을까?"

"옛날에 죽어 뿐 사람들 생각하믄 뭐들꺼시냐. 정신건강에 안 좋아야."

"기억이 날 괴롭히니까 그러지."

"훈주 니가 그때 있었냐? 니 말이 웃겨 분다."

"팔십 년 광주 말이다."

참변은 형태만 다르게 나타날 뿐 반복되었다. 제주도, 대구, 거창, 여수, 순천, 마산, 그리고 광주. 국가폭력이었다.

트럭은 다시 순천을 향해 만성리 방향으로 달렸다. 길 아래로는 해안절벽을 타고 달리던 옛 기찻길이 여전히 놓여 있었다. 승객을 가득 태운 완행열차 대신 관광용 해양레일바이크가 기찻길을 대신하고 있었다. 여수는 여전히 아름다운 곳이었다.

18
국가와 개인

병실에는 환자들이 가득했다. 내일을 기약할 수 없는 노인들이었다. 훈주가 병실에 들어섰을 때 윤호관은 보이지 않았다. 휠체어를 몰고 화장실을 갔나 싶어 복도로 걸어 나오는데 중증 병실 문이 열려 있었다. 행여하여 안을 흘끔 들여다보았다. 호흡기를 입에 매단 채 여러 가닥 선들이 몸통에 붙어 있는 중증환자가 바이털 신호를 모니터에 보내고 있었다.

윤호관은 화장실에도 있지 않고 다른 병실에 있었다. 서분서분한 성격 탓에 그새 다른 병실 사시랑이 노인과 친해져 두런두런 이야기를 나누고 있었다.

"아버지, 왜 여기 계세요?"

"음마? 아야 뭐들라고 금방 또 오냐."

"아버지가 계시니까 왔지요."

"돈만 잘 보내 주믄 나가 다 알아서 하는디."

"무슨 얘기를 재밌게 나누시고 계셨어요?"

"잉 병원에 골치 아픈 일이 있어서 요 성님하고 상의 좀 한다."

"병원에 무슨 일이라도 있습니까?"

"저짝 병실에 있는 환자 땜시 그래야."

윤호관은 훈주에게 건너편 중환자실을 가리켰다. 뇌사상태 환자를 말하는 것이었다. 깨어날 기미도 보이지 않고, 그렇다고 해서 호흡기를 떼어낼 수도 없는 환자였다. 감당할 수 없는 병원비만 늘어나고 보호자 되는 자식들도 나타나지 않아 병원 측에서는 이러지도 저러지도 못하고 있었다. 침상에 누워 있는 사시랑이 노인은 자기 일이나 되는 듯 웅얼거렸다.

"나 같으믄 자슥들 봐서라도 의사한티 호흡기 빼부러라고 하것는디."

"아따 성님, 식물인간이 된 사람이 어쯔게 말을 한다요."

"그건 글제. 그믄 자슥들이 결정을 해야 쓰건디."

"자슥들도 가망 없쓴께 진즉에 호흡기 떼자고 했답디다."

"그랬스믄 인제 자슥들도 안 오고 병원비도 못 받은께 의사가 결정만 하믄 되것그만."

"뭘 결정해라?"

"저거이 맥박만 뛰고 있을 뿐이제 죽은 사람이나 마찬가지제. 긍께 병원에서 결정해서 호흡기 떼불고 편히 가게 해 줘야 쓸 것이 아닌가."

"음마! 성님도 뭘 모르요잉. 의사 맘대로 결정할 수 있스믄 벌써 호흡기 떼 부렀지 병원비 나오는디 가만 놔 뒀갓소."

"그믄 자식들이 결정하는 건가?"

"자슥들도 호흡기 떼자고 먼저 의사한테 말햇다 안 합디여."

"근디 왜 근단가?"

"긍께 그거시 식물인간이라도 죽이고 살리고는 자슥들이나 의사 맘대로 못하고 법원에 가서 결정을 받아와야 한다고 안 그요."

"아따 죽는 것도 자기 맘대로 못 해 불고 판사 결정을 받아 와야 하구만잉."

"긍께 말이요. 근디 판사도 국가가 그런 결정을 내려본 적이 없슨께 어찌게 못 한다요."

"사람을 죽이고 살리고는 판사가 하는 것인디 국가 승낙을 맡아야 하는 것이 요상하시."

훈주는 자신도 모르게 선웃음이 터져나왔다. 생물적 신체일망정 생멸의 결정권이 국가에 있다는 것이 훈주를 비웃게 만들었다.

"아야 니 왜 웃냐. 사람이 저 지경이 됐는디."

"아닙니다, 아버지. 다른 생각이 나서요."

"생명한테 그르믄 안 되야."

"네, 아버지."

뇌사 신체에 생명윤리 때문에 어떤 결정도 내리지 못하는 국가가 어떻게 수많은 생명과 삶을 한꺼번에 절멸시킬 수 있었는지 훈주는 마른 웃음밖에 나오지 않았다.

"근데 아버지, 우리 집이 원래 여수 서쪽에서 살았습니까?"

"글지. 니 할아부지 때부터 뱅모가지 서정시장 건너편 영단창고 근방에서 살았지."

"할아버지가 배를 타셨다면서요."

"그랬지. 선주였지."

"풍선배요?"

"그땐 발동선이 어디 있다냐. 다 돛 단 풍선배 탔지."

여수 외곽을 휘돌아 바다로 흘러내리는 연등천과 맞닿은 지역이 병의 목처럼 오목하다 하여 여수 옛사람들은 병모가지라고 불렀다. 선창가와 접한 곳이라 조선시대부터 부락이 가장 크게 형성되어 일제강점기에는 조선 사람들이 밀집해 있던 곳이었다. 그곳에 영단창고가 있었다. 일제가 조선에서 수탈한 쌀이나 곡식을 체계적으로 관리하기 위해 세운 조선식량저장소였다.

"근데 왜 동쪽 여수역 앞으로 이사 왔답니까."

"뭘라 그런 거를 물어 쌌냐. 살다 보믄 이리저리 옮겨 다니고 글지."

"할아버지가 제가 태어나기 훨씬 전에 돌아가셨다면서요?"

"글지."

"언제 돌아가셨데요?"

"음마? 야가 뜬금없는 것을 물어본다잉. 니 왜 그냐?"

"그런 것은 알고 있어야 해서요."

"그때가 나도 어렸을 뗀께…… 육이오 터지기 전인디 언제다냐."

"어떻게 돌아가셨데요?"

"음마? 왜 씰데없는 것을 물어 봐쌌냐. 나도 오래돼서 기억이 잘 안 난다."

"매년 제사를 지내셨잖아요."

"아따 살날이 많은 니는 옛날 일은 신경 쓰지 말아야."

"아버지, 과거에 눈감아버리면 지금이 뭔지 볼 수 없거든요."

"음마? 믄 말을 그리 어렵게 해부냐. 아야, 나 몸이 힘들다."

윤호관은 더 이상 대꾸하지 않고 침상에 머리를 기대었다. 여수역에 내걸린 국기가 세 번이나 바뀌는 동안 연탄과 쌀가마니를 손수레에 싣고 언덕길이든 내리막길이든 실어 날랐다. 본래 터전도 아닌 여수 동쪽 여수역 앞에서 석유도 팔고 일수 사채까지 하면서 번영상회를 번창시켰던 윤호관이었다. 그러나 역전시장과 함께 쇠락해 가다가 결국 몸뚱이도 쇠잔해졌다. 그때 훈주 방문 때문에 윤호관과 대화가 끊어진 사시랑이 노인이 대화에 끼어들었다.

"그믄 자네 선친이 자유당 시절에 돌아가셨는가?"

"글지라. 이승만 박사가 대통령 되쓸 때 돌아가셨지라."

"그믄 일찍 돌아가셨부러구만."

"글지라."

"뱃일 하시다 돌아가셨것구만."

"……."

윤호관은 사시랑이 노인의 말에 대답하지 않았다. 하지만 훈주는 꼭 알고 싶었다. 좁은 여수에서 엄청난 사건이 벌어졌는데 그 와중에 훈주 집안이라고 해서 비켜나 있지 않을 것이라는 생각 때문이었다.

"아버지, 근데 언제 덕충동으로 이사 왔습니까?"

"모르것다. 오래돼서 기억이 가물가물 흔다."

"할아버지 돌아가시고 나서 이사 왔답니까?"

"음마? 뭘라 옛날 일을 자꾸 물어쌌냐? 그땐 하도 세상이 복잡시러운께 이사 와 부렀지."

"여순사건 때요?"

"……."

윤호관은 또다시 대답하지 않았다. 사람마다 건드리지 말아야 할 그림자가 있었다. 그곳에 생긴 상처를 생채기라고 부르고 세월이 약이라고 사람들은 말한다. 그러나 치료하지 않는 생채기는 썩어 없어지는 것이 아니었다. 대를 이어가며 감정과 함께 기록되어 언젠가 또다시 흉측한 모습으로 드러나는 것을 훈주는 장례식장에서 또렷이 경험했다.

자손은 선대에 의해 유전된 기억을 먹고 자라면서 새로운 꽃으로 피어난다. 피어난 꽃의 뿌리는 선대의 세월이다. 꽃의 형상은 유전된 뿌리에 의해 외화된 것이다. 그 꽃이 철쭉이든 동백이든 아니면 유채꽃이든 뿌리 없이 피어날 수 없는 것이다. 훈주는 만성리해수욕장을 갈 때 넘어간 마래산에 왜 산딸기 꽃이 무더기로 피어났는지 알고 싶었던 것이다. 청산되지 않은 과거는 훨씬 약해진 의구심을 통해서 다시 반복되는 것을 훈주도 겪어 왔기 때문이었다. 사람마다 그림자가 있듯이 사회와 국가에도 그림자가 있는 것이다. 들여다보지 않고 회피했을 때 그림자는 회전문이 되어 또다시 생채기를 남기는 것을 팔십 년 광주에서 겪어야만 했다.

"근데 아버지, 그때 여수 시내가 온통 불바다가 되었다면서요? 그래서 우리 집도 불나서 이사 왔습니까?"

"음마? 니는 왜 자꾸 옛날 일을 물어싸고 그냐?"

"어이, 자네 아들이 궁금해서 물어보는디 갈챠 줘 불소."

"아야! 요 성님혼티 인사드려라잉. 성님 서울에서 살고 있는 우리 아들이요. 돈도 꼬박꼬박 잘 보내줘라."

228

윤호관은 대답 대신 침상에 누워있는 사시랑이 노인에게 훈주를 인사시켰다. 구순에 가까울 성 싶은 사시랑이 노인은 세상풍파에 살이 죄다 깎여나간 듯 수숫대 같은 몸을 하고 있었다. 살아 있는 화석 같았다. 눈은 움평눈이지만, 그래도 눈빛은 굴젓눈이 아니라 붓으로 찍은 듯 초점이 선명했으며, 쉰 목소리일망정 가랑가랑했다.

"아들이요? 아따 잘생겼소잉. 서울에 사요?"

"네, 서울에 삽니다. 어르신께서는 순천이 집이십니까?"

"아니 나는 광주요."

"저도 광주에서 대학을 다녔습니다."

"아 그요. 그믄 이녁 고향은 여수요?"

"네, 여숩니다."

"아 글제. 요 여수 동상 아들인께. 나도 여수는 빼꼼히 잘 알아부러. 여수하고는 사연도 깊어부러."

윤호관은 또 언제 사시랑이 노인과 친해졌는지 오랜 관계처럼 서로 형님 동생으로 호칭했다. 훈주로서는 아버지에게 호형호제하면서 말동무를 할 수 있는 노인이 있어 고마웠다.

"여수에도 사셨던 모양입니다."

"살지는 않았는디 사연은 깊어불제. 종고산에서 여수 내려다 보믄 멋쩌불고."

"어르신, 여수 종고산은 별로 이름 없는 산이라 여수 사람 아니면 잘 모를 것인데 알고 계십니다."

"나가 종고산에서 작전도 하고 그랬는디."

“한국전쟁 때 말입니까?”

“…….”

사시랑이 노인도 역시 대답이 없었다. 병실 천장만 공허하게 쳐다만 보았다. 노인의 눈길이 허공에 머문다고 해서 비어 있는 세월은 아니었을 것이었다. 노인은 살아 있는 박물관이라고 했으니, 말로 보여줄 것은 수없이 기억 속에 전시되어 있을 것이었다. 그런데 노인은 기억을 더듬는 것인지, 아니면 기억된 것을 말로 설명하기 어려운지, 더 이상 입을 열지 않았다. 훈주는 시선을 윤호관에게 돌려 되물어보려 할 때 사시랑이 노인이 그제야 혼잣말인 듯 웅얼거렸다.

“나가 갔을 때도 종고산에서 내려다 봉께 그때도 연기가 모락모락 나드만.”

“어르신, 여순사건 때 말씀인가요?”

“고럼.”

“음마? 그믄 성님 조선경비대 들어갔소? 길바닥에서 군인들 모집하드만.”

“고때는 병력 충당할라고 게나 고동이나 다 군인으로 들어갔지.”

사시랑이 노인의 말에 이번에는 윤호관이 훈주 대신 끼어들었다. 내일을 기약할 수 없는 노인들이 하루를 버틸 수 있는 힘은 주사나 약이 아니라, 지난날을 재생하는 기억에서 나오는 것이었다. 청년은 미래를 말하고 중년은 현재를 중시하며 노인은 과거를 되새김하는 것이라, 윤호관과 사시랑이 노인의 입은 가뭄에 봇물 터지듯 이야기가 오가기 시작했다. 확실히 노인들은 살아 있는 박물관이었다.

"근디 성님은 왜 군대에 들어갔소?"

"고때는 경찰흔티 두들겨 맞으면 성질나서 군대에 들어가고 밥 주고 옷 준다고 항께 들어가고 그랬지. 배고픈께."

"긍께 나도 배가 고파 군대 들어갈라 했는디 나이가 어리다고 안 받아줍디다."

국군 전신인 조선경비대는 모병제로 병사들을 모집했다. 사병들이야 이것저것 가리지 않고 마구잡이로 병력충원을 했지만 군 지휘관들은 군대 경력자들을 선임했다. 그 경력자라는 것이 독립군 때려잡는 만주 간도특설대나 일제 황군들이었다. 미군정은 독립군을 때려잡았든 조선인을 때려잡았든 상관하지 않고 경험이 많은 일본군 출신들에게 높은 계급장을 마구 달아주었다. 소련의 남하를 막는 것이 우선이었다. 미군정 입장에서는 오랑캐로 오랑캐를 무찌른다는 이이제이(以夷制夷)였다. 그 때문에 군대 내에서 간부와 하사관 이하 사병들 간의 괴리는 커져갔다.

사시랑이 노인의 이야기를 듣고 있던 훈주는 문득 궁금한 것이 있었다. 그건 군대 내에 좌익에 기울어져 있는 군인들도 있었는지, 그래서 14연대 부대원들이 군사행동에 나섰는지 그게 의문이었다.

"십사 연대에 남로당 군인들도 있었습니까?"

"하모, 있었지. 어느 부대나 다 있었지. 내가 있던 사 연대도 많았지. 고때는 남로당이 빨갱이가 아니었지."

"공산주의자들이 아니었습니까?"

"공산주의가 뭔지 누가 똑똑히 알간? 그냥 해방 되쓴께 상놈 양반 없애불듯이 있는 놈 없는 놈 할 거 없시 공평하게 살자고 하는 공평주의믄 모를까."

"좌익 편에 선 사람들도 많았을 거 아닙니까."

"좌익이고 우익이고 본디 있었간디. 경찰들한테 안 맞으믄 우익이고 두들겨 맞으믄 좌익이 되는 거시지. 나도 생각 같아서는 일본 놈들한티 붙어묵은 경찰 놈들 다 쏴 죽이불고 싶드만."

침상에 누워 이야기를 풀어내던 사시랑이 노인은 벌떡 일어나고 싶은지 몸을 움쩍거렸다. 친일경찰들과 일본군 출신 군인들에게 해방은 조선인으로 일제경찰 일본군이라는 모순된 신분을 해방시켜 준 것이 아니었다. 오히려 굴욕과 실업을 안겨다주었다. 더구나 반민족행위자특별조사위원회가 구성되어 친일을 했던 사람들에게 민족반역죄를 묻고 있었다. 나라의 해방은 그들에게 수치심과 위기감을 안겨주고 있었던 것이다.

"그믄 성님도 반란군 부대에 있었소?"

"아니 나는 광주인게 광주 사 연대에 있었는디 여수에 반란이 일어나서 인민재판이 열리고 근다고 진압하러 가라드만."

"인민재판이 아니고 인민대회였는디라."

"그건 모르것고 하여간 내려가서 본께 여수가 불나가지고 폭삭 주저앉아 있드만."

"성님, 그때 세상이 하루아침에 헤까닥헤까닥 바까지는디 어느 장단에 춤 춰야 할랑가 헷갈려 돌아불것드만요잉."

"글지. 군인들도 상관에 따라 이쪽저쪽 왔다리갔다리 했은게 질서라곤 항개도 없어부렀지."

"아따 성님, 진압 군인들이 집집마다 쑤시고 다니믄서 집에 숨어 있는 사람은 빨갱이라고 총으로 쏴 죽이분디 똥통에서 총 맞아 죽은 사람도 있었당께라."

"그랬다 글드만. 변소에 숨음시롱 버릇처럼 안에서 변소 문을 걸어 잠그고 똥통에 들어가 있스믄 고거이 나 여기 있소 하고 알리는 거나 다름없어불제."

사시랑이 노인과 윤호관의 대화는 술술 이어져나갔다. 어떻게 그리도 기억이 잘 재생되는지 모를 일이었다. 어쩜 자신이 원하지도 않는 이승만 정부 계엄군이 되어서 여수에 내려온 사시랑이 노인이나, 피해자인 윤호관이나, 자신들이 책임질 일은 없다고 생각하기 때문일 것이다.

"그럼 성님은 총 안 쏴부렀소?"

"나도 종고산에서 몇 방 쐈지."

"오메! 그요? 반란군한티 쐈소 아니믄 민간인들한티 쐈소?"

이번에는 노인의 태연한 이야기에 윤호관은 화들짝 놀라 물었다. 하지만 그건 노인에게는 무척이나 난처한 사실을 말해 달라는 것이었다. 지금껏 적적한 병실에서 형님 아우하면서 많은 이야기를 나누었을 것이지만, 여순참변에 대한 이야기는 없었던 모양이었다. 그런데도 노인은 개의치 않고 기억을 술술 끄집어냈다.

"종고산에서 내려 간께로 믄 초등학교가 있드만."

"동교인디."

"동교인지 뭔지 그짝 주민들을 운동장에 다 모다 놨드만."

"나는 그때 울 엄니랑 서교에 쪼그라 앉아 있었는디."

"글드만 한 가족을 묶어갖고 종고산으로 끌고 올라 가라드만."

"그래갓고 성님이 종고산에서 쏴 부렀소?"

"나가 쫄다구인디 어찌꺼시여 시킨 대로 하긴 해야 하는디 도대체 내 머리로는 맥맥해 불드만."

"뭣가라?"

"순천 여수가 왜 난리가 나불고 나가 왜 사람한테 총을 쏴야 하는지 모르것쓴께 당체 도망 가불고 싶드만."

그런 상황에서 이탈하여 살아남는 확률보다 상황에 합류해 살아남는 확률이 높았을 수도 있을 것이다. 대통령 이승만을 따르지 않으면 무조건 적이 되어버리는 상황에서 이탈했을 경우 치러야 할 비용은 한 인간이 감당할 수 없는 무게였다.

그럴 경우 사람들은 피동적으로 악의 역할을 어쩔 수 없이 수행하면, 그에 대한 모든 책임은 악을 지시한 명령자에게 있다고 여겨 자신의 개인적 책임은 면제받을 수 있다고 생각한다. 좀 더 적극적 의지를 보태 악의 책임에서 벗어나려면 아무것도 하지 않고 중립을 지키는 것이다. 그러나 아무것도 하지 않는 중립은 상황이 악으로 기울어가는 상태에서 자동차 기어를 중립에 놓아버리는 것이나 다름없는 것이었다. 상황은 더욱더 기울어진 악의 방향으로 치닫게 되었다. 중립이라는 도덕성의 이탈은 결국 악의 가속도에 힘을 실어주는 것이나 다름없게 되는 것이었다.

"아, 긍께 그 다음에 성님이 쏴 부렀소 도망가 부렀소?"

"어이 동상. 지금 나가 말하고 있는디 왜 근가."

"답답흔께 안 그요 성님."

노인이 말하는 내용이 소들한지 윤호관은 알고 싶은 것만 듣고 싶어 했다. 그도 그럴 것이 여순참변 상황이 끝나고 나서부터는 여수 사람들은 일체 입을 다물어 버렸다. 누가 어디서 누구한테 어떻게 죽었느니 따위의 의문을 갖고 이야기를 나누는 것은 곧 적이었다.

이승만을 추종하지 않는 자는 불순분자, 불순분자에서 정부를 해치는 자, 살려두면 국가를 공멸시키는 자로 만들어져 가고 있었다. 적이라는 대상이 구체적으로 그려지고 있었다. 김구의 조선독립촉성회도 적을 이롭게 하는 무리로 만들어져 있는 판국에 이승만 편에 서지 않으면 적이 되어갔다. 이승만이 설계한 테두리 안에 들어가면 살고, 테두리를 벗어나면 죽었다. 죽지 않기 위해 침묵했다. 여순참변을 통해서 사람이 어떻게 하면 죽는다는 것을 여수 사람들은 육감적으로 체득했다. 생존불안에 대한 육감은 지금도 유전적으로 이어오고 있는 중이었다.

그러나 생의 말미에 서 있는 윤호관이나 육신의 종말이 가까운 노인에게서 여순참변이 가져다준 정신적 불안은 버거운 것이고, 이를 털어내도 병이 깊어진 신체의 불안은 무거운 것이었다. 노인과 윤호관은 가라앉은 배에 들어찬 물을 퍼내버리듯 서로 번갈아 이야기를 퍼내고 있었다.

"삼 연대 연대장인지 송석하인지 우리 광주 사 연대 병력흔티 시킨께 기분이 나빠 불드만."

"싸부러라고 시킵디여?"

"말하기도 귀찮흔께 턱으로 종고산을 갈키드만."

"그래갖고 종고산으로 갔소?"

"시킨디 어찌끈가 가야제. 그 일가족을 데꾸 종고산 저 쪽, 근께 저어그 미평 넘어가는 언덕배기 안 있드라고."

"지금 중앙여고 있는디?"

"그땐 거기 암것도 없이 그냥 고개마루이드만. 하여간 운동장에서 안 보이는데 까정 데꾸 갔지."

"거기서 쏴 부렀소?"

"어이 동상. 우리 집이 아무리 광산군 대촌면 승촌리에서 소작 붙여 묵고 살았어도 나가 소학까정 띤 사람이여."

"근디라?"

"자네가 알란가 모르것네만, 소학에 보믄 경인천이라는 말이 있어부러."

"사람을 하늘같이 대하라는 그 말이요? 나도 그 정도는 알아 묵어요."

"근디 나가 배운 사람인디 죄도 없는 것 같은 한 가족을 쏴 부믄 쓰건가?"

"아, 근께 성님이 쏴 부렀소 안 쏴 부렀소?"

"총을 안 쏴믄 나가 죽은께 어찌끈가. 쏴야제."

"워메 웨메 환장 하것는 거…… 성님이 쏴 부렀소?"

"방아쇠 땡기는 거이 뭐 힘이 든단가. 그냥 손가락만 까딱하믄 되는 거 신디. 운동장에서 안 보인께 총 소리만 내면 되는 거시여."

"워메 워메 징한 거……! 나가 서교 운동장에 쪼그라 앉아 있을 때 핵교 건물 뒤로 끌고 간 사람들 총으로 쏴 부는 소리가 징 해 죽것든디."

윤호관은 몸을 부르르 떨면서 소스라쳤다. 그건 노인의 이야기에 맞장구쳐 주기 위해 부린 추임새가 아니었다. 병실 안 사람들은 윤호관과 사시랑이 노인이 주고받는 이야기를 물끄러미 쳐다보며 듣고 있는 사람도 있

236

었고, 권태로운 옛날이야기인 듯 무관심한 사람도 있었다. 쓸데없는 지난 이야기가 듣기 싫은 듯 힘겹게 지팡이를 짚고 병실을 나가버리는 사람도 있었다. 그래도 윤호관은 사시랑이 노인을 재촉하면서 물었다.

"긍께 성님이 총을 헛방으로 쏴 부렀다 이 말이제라?"

"그믄 어찌끄나. 군인인께 명령에는 따라야 하고 근다고 일가족한티 총을 쏘는 것은 나가 가진 상식으로는 맞지 않은디."

"그래갖고 고 식구들은 어찌 됐다요?"

"모르것네. 처음부터 가만 있드만 총을 다섯 방 째 쏠 때까지 가만있데. 왜 살려달라고 하지도 않고 가만있는지 나도 모르것데."

"가만히만 있어부러라?"

"글드만 나가 다시 학교 운동장으로 내려 가믄서 뒤돌아 봉께 그제야 고개 너머로 막 도망 가불데."

"그 다음 성님은 어디로 갔소? 여수 어디에 있었소?"

"우리 부대는 광양 백운산으로 간다드만. 거기에 십사 연대가 숨어 부렀다고."

훈주는 이야기를 끄집어낸 것은 자신이었으나 막상 대화에는 소외되어 있었다. 훈주가 사시랑이 노인에게 물어보고 싶은 것은 흰 띠를 철모에 두른 계엄군들이었다. 장례식장을 난장판으로 변하게 만든 발단이 된 사진 속의 장소가 여수 서초등학교인지 아니면 순천 북초등학교인지 정확히 알고 싶었다.

"그럼 어르신도 철모에 흰 띠를 둘렀습니까?"

"흰 띠? 그랬는가…… 어쨌는가…… 기억이 흐리해갖고."

"총에 태극기도 달았더군요."

"잉 생각해 본께 우리는 태극기는 안 달고 하이바에 힌 띠는 둘렀그만. 고거 둘른께 그제야 또이또이 해지드만."

"뭐가요?"

"양놈도 아니고 같은 군복 입은 조선 사람들인디 누가 어느 편인지 알 것드라고."

"누가 누구인지 헷갈렸겠습니다."

"긍께 위에서 힌 띠를 주면서 하이바에 둘르라고 하드만. 그거 둘러맨 께 그제야 이 짝 저 짝이 또이또이 분간하것드만."

색깔은 아주 간단하고 쉬운 분류방식이었다. 죄 없는 사람도 죄수복을 입혀 놓으면 죄인처럼 이미지가 조작되는 것이 색깔이었다. 흰 띠와 흰 옷은 분명히 다르다는 것을 또 구분하기 위해서는 절대적 상상력이 필요했다. 상상력에 의한 이미지 조작에는 절대적 권능이 필요했다. 그것은 국가권력이었다.

같은 흰색, 그러나 국가권력이 조작한 빨갱이 이미지는 철모에 흰 띠를 두른 계엄군에게 방아쇠를 당기는 손가락에 힘을 실어버렸다. 그 손가락 힘은 대통령이라는 권능에서 나온 것이었다. 계엄이라는 상황에서 권능의 명령은 강력한 최면제와 같아서 계엄군의 분별의식을 마비시키고 맹종하게 만들었다. 흐릿해지는 개인 인간성 의식은 계엄군이라는 무리에 파묻히게 되고, 국가권력이 내리는 명령에 맹종하는 것이 집단에서 이탈하는 것보다 개인적 위험비용이 훨씬 덜 드는 것이었다.

"어르신, 이 사진이 그때 여수 서초등학교가 맞습니까?"

"뭔디 돋보기가 없어서 잘 안 보이구먼."

"여기 운동장 사진에 흰 띠를 철모에 두른 군인들이 총을 들고 서 있잖습니까."

"나는 금방 광양으로 올라가서 거기가 어딘지 모르것네."

훈주가 스마트폰에서 검색해 보여준 서초등학교 운동장 수용소를 노인은 확인할 수 없었다. 다만 철모에 흰 띠를 두른 군인들이 14연대 봉기군이 아니라 이승만 정부 계엄군이라는 사실만 확인했다.

"아야! 니 뭐들라고 그런 사진을 씰데없이 갖고 다니냐."

"아버지, 요즘은 전화기가 컴퓨터 같아서 옛날 사진도 다 찾아볼 수 있거든요."

"아 긍께! 뭐들라고 그런 사진을 찾아보고 그냐 이 말이다. 가만있지 않고서리."

윤호관은 갑자기 역정을 냈다. 덕분에 사시랑이 노인이 구한 생명 이야기는 광양에서 멈추고 말았다. 철모에 흰 띠를 두른 계엄군들이 여수 사람들에게 총을 쏜 것에 대해서는 더 이상 기억을 재생하지 않았다. 하지만 계엄군들이 설계된 상황의 힘에 의해 어쩔 수 없이 방아쇠를 당겼다고 하여, 개인의 면죄부를 주장한다 해도, 인간성을 이탈한 도덕적 책임은 피할수 없는 것이었다. 개인의 도덕적 책임 회피는 국가권력이 설계한 악의 상황에 힘을 실어주기 때문이었다.

결국 악의 책임에서 개인은 자유로울 수 없는 것이 그 시대를 살아온개인의 숙명인 것이다. 운명은 의지와 상관없이 예기치 않게 닥쳐오는 것이지만, 숙명은 개인의 인간성에 의지한 도덕적 판단을 요구하기 때문이다. 상황에 따른 도덕적 판단을 내버린 채 상황에 복종하여 사후 면죄부를 스스로에게 준다면, 그건 곧 악의 상황이 형성하는 시스템의 일부가 될 뿐이었다. 다름 아닌 상황복종 범죄인 것이다.

비록 한 개인이 재판정에 서야 하는 것이 아니고, 설계된 상황이 재판정에 서야 한다고 해도, 세월이 흐른 뒤에 재생된 기억은 회상이 아니라 개인의 반성이어야 했다. 반성은 책임이 아니라 책무이기도 했다. 기억의 반성 없이 재생된 기억은 곰팡이 낀 추억에 불과할 뿐이었다. 그 곰팡이 추억을 자양분 삼아 또다시 악의 꽃이 피는 것을 훈주도 살아오면서 여실히 목격했다. 개인이, 시민이, 국가 안에서 사회와 시대가 주는 숙명적 상황에 중립을 지킬 때 또 다른 악의 꽃은 피어났다. 국가폭력이었다.

19
여수엑스포역

훈주는 여수엑스포역 광장 주변을 둘러보았다. 산도 바다도 기차도 모두 새롭게 보였다. 어제와는 전혀 다른 여수에 훈주는 서 있었다. 죽음의 축제가 벌어진 곳이다. 먼저 먹고 마시면 되는 것이고 명분은 나중에 만들면 되었다. 간단하게 빨간 딱지를 붙이면 모든 것은 애국적 행위가 되었다. 살아남은 사람들도 대한민국 국민이 되기 위해서는 죽음의 축제에 대해 입을 다물어야 했다. 그리고 스스로를 살해하기 시작했다. 진실에 대해서, 시민이 국가로부터 보호받아야 할 권리와 자유에 대해서 살해해야 했다. 자신을 살해하자 모양새는 반공좀비로 변해갔다. 그래야 이 땅에서 살아갈 수 있었다.

세계 어디서나 어제와는 전혀 다른 해방이라는 낯선 공간에서는 모두가 저마다의 기대와 소망을 충족하기 위해 경쟁이 무질서하게 나타난다. 그럴 때 안전과 질서를 위해 모두가 두려워하는 공동의 권력을 필요로 한다. 그것이 국가권력이라고 하여, 그 과정에 불가피한 희생양이 좌우에서 생긴 것이라고 애써 치부하여 고개를 돌려도, 눈을 감지 않는 이상 시선을 피할 길은 없었다. 세월이 흘러도 지워지지 않고 유전된 기억 속에 침잠해 있었고 현실에서 반복되었다.

사람들은 국가권력의 먹잇감이 되지 않고 살아남기 위해서는 국가권력이라는 괴물이 그려내는 질서 테두리 안으로 우겨서라도 들어가야 했다. 그러자 괴물의 근육은 단단해지고 오래 지속되어 갔다. 한 손에는 칼을 쥐고, 한 손에는 법이라는 지팡이를 쥔 괴물이 질서를 그려내고 규칙을 만들어내자, 여수엑스포역 자리에 있었던 귀환정 사람들은 귀환동포가 아니라 내부 인민자이고 이방인이 되어버렸다. 멸균해야 할 적이었다. 올바르게 탄생하지 못한 국가권력이 만들어낸 적이었다.

귀환정뿐만 아니라 여수역 일대 덕충동도 마찬가지였고 여수 동쪽 서쪽 사방팔방이 죄다 게토(ghetto)였다. 그러나 귀환정의 홍양숙은 여수를 아름다운 곳이라고 했다. 훈주는 홍양숙이 말하는 아름다움은 수려한 풍광만을 이야기하지 않을 것이라 생각되었다. 그것이 무엇인지 훈주는 꼭 홍양숙을 다시 만나보고 싶어졌다. 지워지지 않고 심연 깊은 곳에 가라앉아 있는 기억의 그물을 끌어올려 햇볕에 말리고 싶었던 것이다. 그래야만 조금이라도 마음 편하게 기차에 올라탈 수 있을 것 같았다. 미생물 같은 귀환정 사람들이 있었기에 번영상회 쌀이 눅지 않고 봉지에 담겨 팔려 나갔으며 번영상회가 번창했다. 단지 그것뿐만 아니라 아버지 윤호관 대신, 할머니 대신, 국가 대신 만나봐야 했다. 그게 살아 있고 살아가야 할 사람이 해야 할 일이었다.

홍양숙을 만나기 위해서는 여수 인민대회가 열렸던 중앙동으로 가야 했다. 문화원을 찾아가는 내내 훈주는 역전시장 통로 끝을 떠올렸다. 십자가에 매달려 휘날리는 고무줄을 팔던 팔 없는 여자, 그리고 훈주 자신은 다리가 없는 몸뚱이로 시장바닥을 기어가면서 소독약 나프탈렌을 팔던 남자 같았다. 누가 만들어놓은 과거 역전시장 액자 속으로 기어가는 느낌인지 정말 모를 일이었다.

홍양숙은 제주와 여수 그리고 순천과 벌교, 보성, 구례, 곡성 등 전남 동북부 지역을 제물로 삼아 세워진 대한민국 초대정부가 그려내는 궤적에서 튕겨나가 소멸되거나 최소한 시들어 있어야 했다. 그것이 더 자연스러운 모습으로 보일 수 있었다. 귀환정 사람들이 먼지처럼 어디론가 사라져갔다면, 홍양숙은 엄동설한에서 피어나다 시들어버린 산수유 꽃이 되어야 했다. 그런데 항거할 수 없는 현실의 옷자락에 휘감겨 애양원 고아원에 맡겨졌던 여자아이가 시를 쓰고 문화원에서 일하고 있었다.

문화원은 중앙동 예전 종포라고 불렸던 하멜 해양공원을 바라보고 서 있었다.

"음악도 흐르고 바다도 보이네. 양숙이 너 경치 좋은 곳에서 일한다."

"훈주야, 여기까지 와 줘서 고맙다. 여수에 자주 내려와라. 여수바다가 얼마나 아름답냐."

홍양숙은 문화원 사무실 창문 밖에 펼쳐진 바다를 손가락으로 가리켰다. 여수바다는 정말 아름다웠다. 바라만 보아도 누구나 시를 짓지 않고서는 배기지 못할 바다였다. 그러나 그건 여수가 낯설어지지 않았던 어제까지 훈주가 갖고 있던 느낌이었다.

"내 눈에는 붉은 바다로 보인다."

"그러지 마라. 아름다운 것은 그냥 아름다운 것이야. 석가는 꽃을 들 때 그냥 꽃으로 들었단다."

홍양숙은 성글거리는 얼굴로 여수바다를 바라보았다. 장례식장에서 보여주었던 차갑고 써늘한 석고상 같은 표정과는 전혀 판판이었다. 자연이 주는 정화작용에 의한 것이겠고, 죽음이 안치된 장소에서 배어나왔던 쌀랑함이겠지만, 여수의 표정처럼 어느 것이 진짜 홍양숙 모습인지 분간할 수 없었다. 훈주는 여수가 잔인한 도시로 여겨지고 있었으나, 홍양숙은 아름다운 바다와 참담했던 과거 생채기를 동시에 갖고 있는 양가감정 표정으로 비쳐졌다. 여수 남쪽 바다를 바라보는 정화된 시선처럼 과거 여수의 참혹했던 역사도 아프게 보듬고 용서와 화해 그리고 상생의 길을 걷고 있는지 정말 궁금했다.

"양숙이 문화원에서 시 쓰냐?"

"시는 그냥 혼자 쓰는 것이고 문화행사도 하고 책도 만들고 그래."

"민족반역에 항쟁하다 불타버린 여수가 언제부터 고상한 문화도시가 됐다냐."

훈주의 말은 엇나가고 있었다. 어쩌면 홍양숙이가 냉소적으로 내뱉어야 할 말이었다. 장례식장에서 보였던 그 싸늘한 눈빛은 오간 곳 없이 안온한 낯으로 바다를 바라보며 미소 짓는 홍양숙에 대한 반발이었다. 원한 맺힌 눈빛으로 증오서린 말이나 살풀이굿을 해야 할 사람은 홍양숙이었다. 그래야 맞는 것 같았다. 그런 표정을 지어야만 훈주 자신이 귀환정을 향했던 손가락질과 아버지, 할머니 대신 용서를 구할 수 있었다. 누구의 설계에 의해 할아버지 때부터 이웃에서 구순히 살아왔던 홍양숙 일가와 적도 아니면서 서름한 관계가 되었는지 모르나, 참회와 용서가 있어야 앞으로 살아가면서 길동무가 될 것 같았다.

"그나저나 양숙이 너 어떻게 살아왔냐?"

"대한민국이 살아왔던 대로 나도 살았지."

"하긴……. 나도 그렇게 살아왔다."

"하지만 인제는 우리가 대한민국을 바르게 살게 해야 하지 않겠냐."

"그래서 문화원에서 일하는가 보구나."

홍양숙은 시큼하게 웃었다. 그 웃음 속에 모든 것이 녹아 있었다. 훈주 역시도 여수와 순천을 불에 녹여 만들어낸 국가 틀에 자신을 욱여넣고 살아왔다. 몸도 정신도 틀에 맞추어 살아내어야 했다.

훈주는 홍양숙에게 더 이상 묻지 않았다. 살아남아 온 것도 중요하지만, 어떤 식으로 살아 있고 앞으로 어떻게 살아가야 하는 것이 더 중요한 것이었다. 몹시도 비탄한 운명을 만들어 낸 여수에 살면서 여수바다를 보고 아름다움을 느낀다면, 심장까지 깊이 파였을 생채기는 충분히 극복되었을 것이라고 훈주는 여겼다. 그제야 훈주의 덴 가슴이 메어지고 귀가 열리고 있었다.

"음악이 오동도 댓잎 사이로 바닷바람이 지나가면서 나는 소리 같다."

"그래? 훈주 너도 살아 있구나. 그게 제대로 살아 있는 것이여."

"그러냐? 그래……."

"여수에서 음악 공연이나 그림 전시도 많이 해. 살기 좋아."

홍양숙은 여수가 살기 좋다는 말을 했다. 훈주는 어떤 사람이 살기 좋은 지 물어보지 않았다. 누구든 사람이 살기 좋고 아름다운 곳이면, 더 아름답게 어울려 살아갈 수 있도록 만들어 가면 되었다. 홍양숙은 어제가 비극적이었다고 해서 오늘이 비참해서는 안 되고 내일이 어두워서는 더욱더 안 된다고도 말했다. 다만 어제를 잊어서는 안 된다고, 그래서 내일을 또다시 어둡게 만들어서는 안 되는 것이라 했다. 그게 살아 있는 사람들이 해야 할 일이고 자신이 여수에 살면서 해야 할 일이라고 이야기했다. 훈주는 홍양숙의 이야기를 듣고 있으면서 옛날 동화를 머릿속에서 떠올리고 있었다.

옛날 옛날에 어느 아주 작고 가난한 나라가 있었다. 그 나라에는 우물이 없었다. 대신에 하느님은 사과나무를 심어주었다. 사람들은 사과를 따먹으며 목을 축였다. 사과나무는 어느 가난한 집 딸이 혼자 놀면서 지키고 있었다. 마왕은 사과가 탐이 났다. 마왕이 혼자 사과를 차지하려고 하자 가난한 집 딸은 손가락으로 땅에 원을 그렸다. 원 안으로는 들어갈 수 없는 마왕은 작은 나라의 왕에게 가난한 집 딸의 손을 잘라버리면 마르지 않는 샘을 주겠다고 제안했다. 샘이 욕심난 왕은 가난한 집 딸의 두 손을 잘라버렸다. 두 팔이 잘려진 가난한 집 딸은 목이 말라도 더 이상 사과를 따먹을 수 없었다. 마왕은 혼자서 마음껏 사과를 따서 상자에 담았다. 사과는 상자 안에서 썩어 들어갔다. 상자가 썩어서 열매가 썩었는지 사과가 썩어서 상자가 썩었는지는 알 수 없었다. 가난한 집 딸은 하염없이 눈물을 일궈냈다. 오랜 세월 동안 눈물을 흘렸다. 눈에서 흘러내린 눈물이 고여 맑은 우물이 생겨났다. 가

난한 집 딸은 물을 마시려고 손을 내밀었다. 그러자 잘려진 팔에
서 두 팔이 새로 생겨났다.

홍양숙이 여수바다에서 건져 올리는 푸른 시는 그런 것이었다. 잔인한
기억의 정서에 의해 가시나무가 되어버린 마음을 치유하는 것은 과거 사
실을 회피하지 않고 정면으로 바라보는 것이 우선이었다. 왼편에 섰든 오
른편에 섰든 어제 사실을 바탕으로 내일을 위한 오늘의 진실이어야 했다.
그래야 자신의 내면이든 외적 관계든 균열 없는 화해가 이루어질 수 있는
것이다. 화해는 진실과 대면할 때부터 시작되는 것이고, 그것은 과거의 아
픈 기억으로부터 자기해방이 되는 시작점인 것이며, 조화되지 않는 홍양
숙과 여수의 표정이, 여수와 홍양숙이 비로소 하나로 조화롭게 일치하게
되는 것이었다.

훈주는 서울행 전라선 시작역인 여수엑스포역에서 KTX 고속기차 계단
에 발을 쭉 펴서 올라탔다. 호랑이 울음소리를 내지르며 용의 콧김을 뿜어
내는 증기기관차가 아니었다. 기찻길에는 조개탄 석고가 떨어져 있지도
않았다. 귀환정 사람을 거두었던 디젤기관차도 아니었다. 여수역 플랫폼
기둥에 붙어서 "여기는 여수…… 여수……."라고, 남도 끝에 오동도가 피
로 물든 바다 위에 떠 있다고, 마래산 너머를 향해 울어대던, 그러나 산에
가려져버렸고 세월에 묻혀버린 나팔스피커 소리도 들리지 않았다. 검은
제복을 입은 승무원이 차표에 구멍을 뚫어주는 검사도 없었다. 객차 통로
를 지나가는 홍익회 이동 판매 카트도 사라졌다. 철도공안경찰도 없어졌

다. 모든 것은 기억 속에 생생히 살아남아 있을 뿐, 기억된 것은 눈앞에는 사라졌다. 그러나 기억에는 묘한 도덕적 기능이 있었다.

객차 문이 열리면서 구둣발 소리가 들려 왔다. 검은 제복을 입은 객차 승무원이 들어섰다. 훈주는 눈을 감고 자는 척하지 않았다. 창밖 여수엑스포역 플랫폼 풍경을 바라보며 남도 끝 한려수도가 시작되는 아름다운 여수, 그리고 바람에 차례대로 쓰러졌다 다시 차례대로 일어나는 푸른 갈대가 드넓은 정원을 이루는 순천을 녹여 만들어진 국가를 생각했다. 친일파를 위한 반공이념을 내세워 국가를 지배도구로 사용했던 이승만 정부는 결국 4·19혁명으로 무너졌다. 국가는 무너지지 않고 이어져 왔으며 국가의 주권자인 시민도 이어져 왔다.

훈주는 국가와 정부는 다르다는 홍양숙의 말을 곰곰이 생각하면서 기차 창문 밖 풍광을 바라보았다. 국가와 민족은 영원하지만 정부는 생명이 있는 생명체라는 것도 상기했다. 하지만 훈주는 국가와 정부는 서로 분리될 수 없는 자웅동체라고 답을 했다. 여수가 아름답기 위해서는 정부가 아름다워야 하고 정부가 아름다울 때 국가도 아름다워질 수 있다고 했다. 그리고 지난 세월을 기억하기로 했다. 사람들이 잠시 기억을 묻어버리고 국가 권력의 안정을 위해 입을 다문 채 점만 찍고 있을 때, 1980년 광주를 녹여 또다시 국가를 지배도구로 삼은 악의 꽃이 피어났다. 나치 아우슈비츠 수용소에 '역사를 기억하지 못하는 사람은 다시 그 역사를 겪게 될 것이다'라는 산타나의 글이 새겨지고 난 이후였다. 사람이 역사를 망각할 때 인간성을 말살하는 폭력은 회전문이 되어 돌아왔다.

기차는 떠서 가는 듯 조용히 움직이기 시작했다. 순천을 향해 내달리며 이내 마래터널로 들어갔다. 일제가 식민지 조선인들을 동원해 뚫은 만성리 굴이 아니었다. 해안절벽을 아슬아슬하게 타고 달리던 옛 기찻길이 아니었다. 여수의 어린아이들이 훗날 훈주처럼 중년이 되었을 때에는 어둡고 무서운 만성리 굴과 여수역이 아니라, 시원한 마래터널과 산뜻한 여수엑스포역으로 기억되어야 했다. 기차가 마래터널을 빠져나오자 훈주는 고개를 바다 쪽으로 돌렸다. 그러나 점 여섯 개만 찍혀 있는 위령 백비는 보이지 않았다.

훈주는 살포시 눈을 감았다. 아름다운 항구 여수바다는 단지 신기루에 지나지 않고 정말 물속까지 푸르러야만 했다. 그러기 위해서는 바닷속에 가라앉아 보이지 않는 그물을 끄집어 올려 햇볕에 말려야 한다는 생각이 들고 있었다. 그리고 이승만과 친일파 민족반역자들을 위한 국가질서에 항쟁하다 살육당해야 했던 시민들의 뼈로 단을 쌓고, 피로 점 여섯 개만 찍어 놓은 백비에 새겨 넣을 문구를 머릿속에 그려보았다.

일본 작가 하루키는 인간 개개인에게 그림자가 있듯이 사회, 국가에도 그림자가 있다고 했다. 이 그림자를 직시하지 않으면 그림자는 더 강한 존재가 되어 돌아온다고 했다. 정신분석학자 칼 융(Carl Gustav Jung, 1875~1961)의 집단무의식 상층 그림자 부분에 해당된다.

그런데 이 그림자 영역은 집단무의식을 바탕으로 하여 자연발생적으로 형성된 그림자가 아니다. 독재권력에 의해 조작되고, 조작된 의식이 국가에 의해 심어져 그림자의 밑바탕 집단무의식으로까지 전이되었다. 이렇게 집단무의식마저 제조해낼 수 있다는 것을 보여준 곳이 바로 여수, 순천이었다. 이를 기호화하여 붙인 명칭이 '빨갱이'였다.

이런 기괴한 그림자와 중독된 집단무의식을 깨치는 사람이 반드시 있게 마련이다. 동굴 안에 쇠사슬로 묶인 채 자신의 그림자를 들여다보지 못하고 살아가는 사람 중에 용감하게 동굴 밖으로 나온 사람이다.

이들이 다시 동굴로 돌아가 밖의 세상을 알리면 용공분자, 심지어 간첩으로 조작하여 사형을 시켰다. 버젓이 실정법으로 구체화되어 법정에서 일어났다. 돌이켜 보면 끔찍한 현상이었다. 플라톤의 동굴우화가 이 땅에서 그대로 재현되고 있었던 것이다. 이런 우화가 더 끔찍한 현상으로 나타난 것은 동굴에서 벗어나기 두려워하는 사람들에 의한 빨갱이 사냥인 것이다.

최순실 국정농단 사건이 터져 촛불집회로 박근혜 전 대통령이 국회를 거쳐 헌법재판소에서 탄핵당하자 조작 전이된 집단무의식은 그 괴기한 그림자로 드러났다. 일명 태극기 집회다. 이런 광적 집회에는 반드시 나오는 단어가 있다. 빨갱이⋯⋯. 그도 명분이 약화되자 용공, 그다음에는 종북세력으로 글자만 바꿔 등장시켰다.

이러한 반동형성(reaction formation)이 나타나는 바탕은 '불안'이다. 불안은 생존욕망의 하녀이고, 이런 하녀 불안의식을 지속적으로 심고 가꾸어 시혜를 받는 자들이 누구이고, 대상화는 누구였던가. 다름 아닌 친일파 독재권력의 끈을 잇는 권력지향 주체들이었으며, 대상은 불안에 중독된 시민이었다.

대상화된 시민은 독재권력의 내부 식민성을 이식받아야만 존재할 수 있었다. 이식받기를 거부하는 사람은 곧 사케르로 분류되어 이 땅에서 존재할 수 없기 때문이었다. 시민으로 존재하기 위해 스스로 사유의 식민성을 이식했다. 내부 식민화인 것이다. 곧 내가 사유하지 않는 곳에서 내가 존재하고 있었다. 나는 내가 태어난 곳에서 스스로 존재하지 않았고, 주체적으로 사유하지 않는 곳에서 자랐다. 그곳이 바로 여수와 순천이다.

이런 기괴한 신기루 의식을 바로세우고 나를 찾기 위해서는 먼저 진실을 찾아나서야 했다. 초등학교 동창들이 길잡이를 해주었다. 각자 부모님들이 겪었던 1948년 여수와 돌산도, 금오도, 안도까지 안내해 주었다. 특히 금오도, 안도에서는 계엄군 김종원 대위에 대해 소상한 증언을 들을 수 있었다. 아직까지 여수 사람들에게는 악마로 기억되고 있는 백두산 호랑이 김종원 대위가 애초부터 일본도를 휘두르지는 않았다는 것이다. 연도, 안도, 금오도, 돌산도를 거슬러 여수에 진입하면서 점차 악의 증강을 보였다는 사실이다. 이 점이 나에게는 특히나 많은 생각을 하게 만들었다.

한나 아렌트(Hannah Arendt, 1906~1975)는 악의 평범성을 말했지만, 지그문트 바우만(Zygmunt Bauman, 1925~2017)은 상황복종 범죄로 규정했다. 나는 바우만의 견해에 찬동한다. 악의 평범성을 인정한다면 이는 곧 악의 증강을 용인하게 되는 것이다. 이러한 현상은 김종원 대위뿐만 아니라 피치 못하게 계엄군이 되어 여수, 순천에 오게 된 사병들에게도 똑같이 나타났다.

여수 부속 섬 안도에서 김종원 대위의 부하들은 섬 주민들의 손을 느슨하게 묶어 도망치게 해주고, 명령에 의해 어쩔 수 없이 총을 쏴도 사람의 생명이 절명하지 않을 신체부위를 쐈다. 그러나 점차 금오도, 돌산도 그리고 여수에 상륙해서는 상황과 권위에 복종하여 역할을 충실히 수행했다. 자신에게 스스로 부여한 상황복종 면죄부가 자신도 모르게 물리적 악마로 변하게 만든 것이다. 이런 서브리미널(subliminal) 현상을 나는 상황악의 증강성이라고 규정한다.

상황악의 증강성은 한국전쟁이 일어나자 엄청난 보도연맹 학살로 이어졌다. 아직도 전수조사조차 제대로 이루어지지 않은 보도연맹 전국적 학살은 반드시 밝혀져야 한다. 정권을 위한 수단으로 반공이라는 이념을 앞세워 자행된 인간성 절멸은 이제 청산되어야 한다. 청산되지 못한 과거 그림자는 하루키 말대로 더 큰 존재가 되어 돌아올 수 있기 때문이다.

여순항쟁을 좌우익 이념대립으로 성격규정을 하면 결국 문제는 이념으로 회귀하여 끝없이 소모적인 논쟁만 이어지게 된다. 이념은 지향성이었지 구체성이 아니었기 때문이다. 아직도 여순항쟁을 좌익준동으로 가두려는 짓은 그만두어야 한다. 좌우익을 막론하고 희생된 분들을 부수적 피해자로 어루만지려는 얼치기 위로도 그만 중단해야 한다. 엄연히 당대 당시 민족모순에 대한 항쟁이다. 그 명예는 이제 회복되어야 한다. 그래야 여수 중앙동에 위령탑을 올곧게 세울 수 있는 것이다. 나의 작은 행보가 백비가 아닌 위령탑 초석의 한 조각이라도 되었으면 하는 간절한 기원으로 이 책을 세상에 내보낸다.

끝으로 이 르포소설이 나오기까지 토론을 통해 사회심리 심도를 높여주고 이 책이 빛을 보게끔 도와준 『유쾌한 심리학』의 저자 박지영 박사에게 감사말씀을 드린다.

2020년 9월
양영제 씀

254

여수역

ⓒ 양영제, 2020

개정판 1쇄 발행 2020년 10월 15일

지은이   양영제
펴낸이   이기봉
편집   좋은땅 편집팀
펴낸곳   도서출판 좋은땅
주소   서울 마포구 성지길 25 보광빌딩 2층
전화   02)374-8616~7
팩스   02)374-8614
이메일   gworldbook@naver.com
홈페이지   www.g-world.co.kr

ISBN   979-11-6536-844-9 (03810)

이 도서의 국립중앙도서관 출판예정도서목록(CIP)은 서지정보유통지원시스템 홈페이지(http://seoji.nl.go.
kr)와 국가자료공동목록시스템(http://www.nl.go.kr/kolisnet)에서 이용하실 수 있습니다. (CIP제어번호 :
CIP2020040934)